ALMAS GÊMEAS

Maurício de Castro

Almas Gêmeas

pelo espírito
HERMES

Almas Gêmeas
Copyright© Intelítera Editora

Editores: *Luiz Saegusa* e *Claudia Zaneti Saegusa*
Direção Editorial: *Claudia Zaneti Saegusa*
Imagem de Capa: *Thamara Fraga*
Finalização de Capa: *Thamara Fraga*
Projeto gráfico e diagramação: *Casa de Ideias*
Revisão: *Rosemarie Giudilli*
Finalização: *Mauro Bufano*
6ª Edição: *2023*
Impressão: *Lis Gráfica e Editora*

Dados Internacionais de Catalogação na Publicação (CIP)
(Câmara Brasileira do Livro, SP, Brasil)

Hermes (Espírito).
    Almas Gêmeas / espírito Hermes ; (psicografado) médium Maurício de Castro. -- 1. ed -- São Paulo : Intelítera Editora, 2016.

ISBN: 978-85-63808-61-5

    1. Espiritismo 2. Psicografia 3. Romance espírita I. Castro Maurício de. II Título.

16-00243   CDD-133.9

Índices para catálogo sistemático:

1. Romance espírita psicografado : Espiritismo   133.9

Intelítera Editora
Rua Lucrécia Maciel, 39 - Vila Guarani
CEP 04314-130 - São Paulo - SP
11 2369-5377
intelitera.com.br - facebook.com/intelitera

Uma dedicatória diferente

Minha mediunidade desenvolveu-se quando eu tinha 13 anos, de uma forma nada agradável. Eu via e ouvia pessoas e vozes que ninguém mais via nem escutava. Aquilo me deixava apavorado, pois além desses fenômenos, eu me sentia doente, cheio de sintomas no corpo físico, fato que fez com que minha mãe me levasse a vários médicos que me fizeram realizar todos os exames possíveis e imagináveis para a época. O resultado era sempre o mesmo: minha saúde era perfeita, ninguém encontrava problema algum.

Minha mãe, bastante católica, sofreu muito até admitir, por intermédio de uma amiga espírita, que o meu problema era espiritual. Fui levado ao Centro Espírita Jesus Nosso Mestre, onde recebi apoio, tratamento espiritual e pude estudar o Espiritismo e o fenômeno da mediunidade com pessoas experientes que me ensinaram muito.

Eu sempre gostei de ler e passei a mergulhar profundamente nos livros espíritas, em especial nas obras de Allan Kardec, André Luiz e Zíbia Gasparetto. Li e aprendi muito com esses mestres, além de ter sempre a companhia de um amigo espiritual que não se identificava, mas tínhamos enorme afinidade e ele me inspirava sempre, orientando em questões espirituais e do dia a dia.

Em momento algum, imaginei que um dia escreveria um livro. Achei que minha mediunidade, depois de educada, seria canalizada a outras tarefas e passei mais de dez anos estudando o Espiritismo até que, no começo do ano de 2004, o mesmo espírito que sempre me orientava pediu que eu pegasse papel e caneta, pois ele iria dizer algumas coisas que eu deveria escrever.

Obedeci e passamos mais de uma hora nesse processo. Eu ouvia as frases e as escrevia em seguida. Como sou um médium totalmente consciente, logo percebi que era o início de um romance. Quando o primeiro capítulo terminou, o amigo espiritual me propôs continuar a tarefa no dia seguinte e eu aceitei. Foi assim por quatro meses, até que ele finalizou seu primeiro livro que se chamou *O Amor Não Pode Esperar*, revelou seu nome (Hermes), informou que era meu mentor e que havíamos combinado, no astral, de desenvolver aqui na Terra uma parceria mediúnica em que escreveríamos romances com ensinamentos espirituais. Aceitei a tarefa e a estou desenvolvendo até hoje, com muito amor, embora nem sempre seja fácil, mas invariavelmente gratificante.

Quando acabei de psicografar o livro, não sabia o que fazer com aquele monte de papel. Perguntei a Hermes o que faria e ele me disse: "Minha tarefa é passar a mensagem, a sua é divulgá-la aí na Terra". Ou seja, colocou em minhas mãos a solução do problema. Fui procurar informação e descobri que algumas editoras analisavam originais espíritas e, caso aprovassem, publicariam.

Para mim era algo muito difícil. Eu teria de digitar o livro, imprimir e enviar para análise. Não tenho receio de dizer que naquela época eu só tinha um computador bem velho em casa e também não tinha dinheiro para imprimir tantas páginas para enviar para as editoras.

Foi aí que entrou um dos meus grandes amigos, verdadeiro irmão espiritual, Jorge da Silva Sobral Júnior, que prometeu me ajudar. Disse-me que eu poderia digitar que ele iria imprimir para mim. Hoje em dia, essas coisas são muito mais fáceis, mas naque-

tempo não era, pelo menos para mim. Então, digitei e passei o texto ainda em disquete para ele, que, dois dias depois, chegou com o livro impresso nas mãos, feliz por estar me ajudando.

Enviei para a Editora Vida e Consciência e esperei. Eu era, como sou até hoje, um grande fã e admirador do trabalho da médium Zíbia Gasparetto. Eu me senti ousado em enviar um livro para sua editora, achando que ela, com tantas coisas para fazer, não daria atenção a um livro meu.

Qual não foi minha surpresa quando, dois meses depois, a secretária de Zíbia entrou em contato comigo por telefone, dizendo que Zíbia havia lido meu livro, que o considerava muito bom e iria publicar. Além disso, Zíbia queria falar comigo para tratar da produção do romance.

Minha felicidade foi enorme, pois pude lançar meu primeiro livro e ter amizade com essa escritora que eu tanto admiro. Assim, em agosto de 2006 foi lançado meu primeiro romance em parceria com o espírito Hermes.

Até agora, com este, *Almas Gêmeas*, já são 11 romances publicados, todos com grande aceitação por parte dos leitores.

Porém, grande parte de tudo isso devo ao meu amigo Jorge Sobral Júnior, que, com sua força, otimismo e boa vontade, se propôs a me ajudar.

Esperei o momento certo para lhe fazer uma singela homenagem e prestar-lhe agradecimento, e só agora, com essa história, foi que chegou o momento.

Por quê?

Durante a psicografia deste livro, eu me sentia estranho. Desde o início, estranha melancolia me invadia sempre que, junto com Hermes, eu dava prosseguimento à história. Minha mente parecia viajar no tempo e tudo aquilo era para mim bastante conhecido.

Somente na metade do romance, Hermes revelou que aquela era uma história de pessoas muito queridas de minha alma, todas elas reencarnadas atualmente, partilhando a vida comigo. Eu também estava nessa história, e provavelmente o meu amigo Jorge Sobral Júnior estava lá.

Por isso, este é o momento de agradecer-lhe por tudo que fez por mim desde o início, por ser este meu amigo que torce por mim e pelo meu sucesso com sinceridade e lealdade.

Deixo aqui expressa a minha gratidão e meu desejo que sua vida seja sempre abençoada, rica em espiritualidade, cheia de alegria, paz, prosperidade e esperança.

A você, meu amigo Jorge da Silva Sobral Júnior, com imenso amor fraterno, dedico esta obra que, com certeza, traz pedaços de nosso passado, como grandes amigos que sempre fomos, e ficará para sempre imortalizada em nossas memórias.

Que Deus o guie sempre, em todos os seus caminhos...

Maurício de Castro
17 de agosto de 2015.

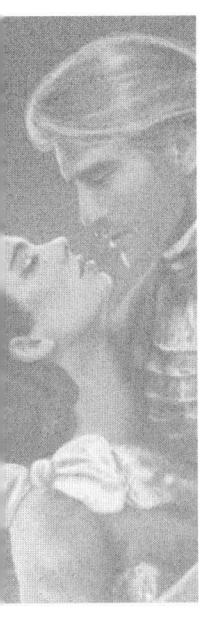

Capítulo

1

A bela quinta de Santo Antônio ficava quase às margens do Rio Tejo, não muito distante de Lisboa, na belíssima e requintada Portugal do século XVIII. A coroa vivia seus grandes anos de prosperidade, não apenas pelas conquistas de colônias africanas e asiáticas, mas principalmente pela exploração do ouro e pedras preciosas vindas do Brasil, uma de suas colônias.

Na quinta, vivia uma numerosa família formada de doze filhos, o casal Raimundo e sua esposa Margarida, e alguns empregados que viviam com eles ajudando-os nos trabalhos de agricultura e pecuária.

O senhor Raimundo herdou as terras do pai e continuou com a criação de gado bovino e a comercialização de frutas, verduras e legumes. A família vivia bem, tinha posses, mas não era rica. Para o senhor Raimundo e a senhora Margarida, casar bem os filhos era uma obrigação. Eles os educaram para o casamento e assim que ficaram adultos, um a um foi contraindo matrimônio. Dos doze filhos do casal, oito eram homens e quatro eram mulheres. Os rapazes foram se casando mais cedo porque eram mais velhos e receberam do pai terras e condições para construírem suas casas.

O tempo foi passando e quando Bernadete e Teresa se casaram, ficaram na quinta apenas as duas filhas mais novas, Rosa Maria e Isabel. As duas irmãs caçulas eram diferentes das demais, muito unidas e amigas, pensavam da mesma maneira. Queriam casar, ter família, mas elas mesmas é que escolheriam seus maridos, e eles deveriam ser homens ricos.

Rosa Maria e Isabel sonhavam em sair da quinta e morar em Lisboa, vivendo no luxo e na fartura, frequentando teatros, cafés, lugares famosos e requintados, os saraus da corte, tendo intensa vida social. Rosa Maria gostava dos ares do campo, mas gostava muito mais de dinheiro. Já Isabel sentia-se entediada com a quietude do lugar e foi com felicidade que soube que sua irmã mais velha, Bernadete, iria se casar com um homem rico e viver na capital. Dizia para si mesma que seu futuro não seria diferente.

Aproveitando a moradia da irmã em Lisboa, passava dias por lá em sua companhia. Quando chegava, trancava-se em um dos grandes quartos e contava todas as novidades à irmã.

Em uma segunda-feira, Isabel acabava de chegar à quinta, trazida pelo cocheiro em uma das carruagens da irmã, quando Rosa Maria foi recebê-la com semblante preocupado:

– Ainda bem que chegou, Isabel. Estava ansiosa e com medo de que não viesse hoje.

– O que aconteceu? Não precisa ficar ansiosa, sabe que só passo os finais de semana em Lisboa, na segunda sempre estou aqui.

– Pegue suas bagagens e entre logo.

Ajudada pelo cocheiro, Isabel levou seus pertences para dentro de casa, despediu-o e logo questionou a irmã:

– Diga-me o motivo de sua ansiedade, pelo seu rosto não é nada bom.

– Papai está doente. Assim que você saiu na sexta-feira, começou a tossir de repente e logo apresentou febre. De lá para cá quase não saiu da cama, e mamãe chora sem parar temendo sua morte.

Isabel empalideceu. Amava o pai e o que menos queria era vê-lo morto.

— Mas por que não chamou o doutor Gumercindo? Por que não mandou avisar os nossos irmãos?

— Porque ele diz que vai morrer e não quer que chame ninguém. Proibiu-me e à mamãe de avisar a quem quer que fosse e até o Carlinhos, seu escravo mais fiel, fez jurar que o deixaria partir em paz. Nossa única esperança é você. Papai nunca negou a predileção que lhe tem e com certeza a ouvirá. Se você não viesse hoje, eu mandaria Carlinhos buscá-la.

Isabel soltou as mãos da irmã e correu até o quarto do pai que ficava no fundo de um grande corredor. Ao entrar, foi abraçada pela mãe que enxugava as lágrimas com um lenço, olhou para ele e viu que seu estado realmente não era bom. O senhor Raimundo estava pálido, havia emagrecido, sua testa cobria-se de fino suor e tossia sem parar. Ao ver a filha predileta, ele abriu mais os olhos e disse:

— Minha filha querida! Que bom que chegou, só faltava vê-la para poder deixar este mundo.

— Não diga isso, papai, o senhor ainda é moço, vai viver muitos anos. Por que não deixou que Rosa Maria chamasse o médico? Se ele tivesse vindo, o senhor já estaria bom. Vou chamá-lo imediatamente.

Ele segurou com firmeza o braço de Isabel que já se levantava e ordenou:

— Você vai me obedecer e não chamará ninguém. Sei que vou morrer, não adianta médico.

— Mas por que diz isso, papai? O senhor está com tosse forte, febre, mas não é nada que os remédios do doutor Gumercindo não resolvam.

O senhor Raimundo olhou para um canto do quarto e disse:

— Estou vendo seu avô, ele veio me buscar.

Isabel arrepiou-se. E continuou:

— O senhor está tresvariando de febre. Vovô já morreu faz muito tempo e quem morre não volta.

— A alma do seu avô está aqui, e desde o dia que adoeci, ele me apareceu e disse que eram meus últimos dias sobre a Terra. Não gaste dinheiro com médicos.

Rosa Maria olhou para a irmã com tristeza:

— Desde que caiu doente diz isso. E o pior é que mamãe acredita. Você sabe que ela e o papai conversavam sobre as almas dos mortos com Carlinhos, que afirma que as vê e conversa com elas.

— Cruz credo, Rosa Maria. Tudo isso é crendice. Quem morre vai para o céu ou o inferno e de lá não sai nunca mais. Não é assim que os padres ensinam?

Rosa Maria deu de ombros, nunca fora dada à religião. Isabel continuou:

— Por mais que o senhor fique dizendo isso, vou chamar sim o médico. Mandarei Carlinhos selar um cavalo e ir o mais rápido possível buscar o doutor Gumercindo.

O senhor Raimundo ainda protestou, mas Isabel era de temperamento forte e decidido, e logo Carlinhos estava na estrada em direção à cidade.

Isabel olhou para a mãe, que estava sentada numa cadeira de balanço segurando as mãos do pai, e pediu:

— Venha comigo, mamãe. A senhora não pode ficar aí chorando desse jeito. Não ajuda em nada. Se quer que papai fique bem, tem de permanecer firme.

A senhora Margarida falou triste:

— Meu velho vai embora mesmo. Acredito que ele está vendo o pai e que ele veio do outro mundo para buscá-lo.

Isabel não queria ir contra às crenças da mãe, por isso disse:

— Mesmo que ele esteja vendo o vovô, vamos orar e pedir a Deus que Ele deixe o papai mais tempo conosco. Os padres não dizem que tudo que pedimos a Deus com fé ele nos dá?

A velha senhora sacudiu a cabeça, com tristeza, concordando. Isabel continuou:

– Então, deixemos Rosa Maria olhando o papai e vamos para o oratório rezar.

Ela obedeceu e foram para a grande sala do oratório. Toda a família era devota de Santo Antônio, com fervor, e assim as duas rezaram pedindo ao santo que intercedesse a Deus pela saúde do senhor Raimundo.

Quase uma hora depois, Carlinhos chegou com o doutor Gumercindo. Apearam dos cavalos e logo o médico entrou no quarto começando rapidamente a examinar o paciente. Minutos depois, olhou para as filhas e disse:

– O pai de vocês está com tuberculose. Quando começou a ter os sintomas?

Rosa Maria, mesmo nervosa com o diagnóstico, respondeu:

– Começaram na sexta-feira por volta do meio-dia.

– E deixaram chegar a esse estado para me chamar?

– A princípio, pensei que fosse uma gripe forte e não me assustei, e também o papai proibiu-nos de chamá-lo ou de avisar qualquer um dos filhos.

– Fizeram muito mal – disse o médico sacudindo a cabeça. – Essa tuberculose do senhor Raimundo evoluiu muito rápido, não sei se haverá tempo para cura.

Rosa Maria, abraçada à mãe, começou a chorar. Isabel tentou ser forte:

– Vamos fazer o que for possível. Passe os medicamentos, mandarei Carlinhos buscar, e meu pai ficará bom.

– Não será necessário buscar na cidade. Tenho medicamentos suficientes para esse problema aqui na minha valise, e como o empregado de vocês contou-me os sintomas, trouxe ventosas para aplicarmos nas costas.

Isabel assustou-se:

— Não é um tratamento muito agressivo? Papai está magro, fraco, temo que não aguente.

— No caso dele, é preciso fazer. As lesões nos pulmões devem estar bastante profundas, o tratamento aliviará o sofrimento.

O médico começou o procedimento imediatamente, o que foi fácil, pois devido à fraqueza, o senhor Raimundo havia dormido profundamente. Quando terminou olhou para Isabel e disse:

— Vou deixar aqui os remédios e a prescrição de como tomá-los. Devo avisar que devem seguir à risca os horários. No final da tarde, passo aqui novamente para vê-lo. No estado dele, é bom que avise os outros filhos também.

Rosa Maria pagou a consulta e, deixando a mãe com o pai no quarto, seguiu para a grande varanda com Isabel, que comentou:

— Pobre papai, logo agora que tenho uma ótima notícia para lhe dar, ele adoece.

— Ótima notícia? O que é? – perguntou Rosa Maria, eufórica.

— O Pedro Menezes me pediu em casamento.

— Não posso crer! – exclamou a irmã com olhos brilhantes de alegria. – Quer dizer que as saídas nos finais de semana resultaram num namoro?

— Não saímos tanto assim, na verdade foram apenas três vezes e acompanhados pela Bernadete e João. Você sabe que Pedro é filho de um dos homens mais ricos e influentes da corte, não sabe?

— Sei sim! O pai dele está ajudando o rei nas expedições de exploração. A família está cada vez mais rica. Mas como ele a pediu em casamento?

— Ele havia me dito, nas poucas vezes que ficamos a sós, que estava apaixonado por mim, que não conseguiu me esquecer desde que me viu pela primeira vez no sarau dos sábados no palácio real.

Rosa Maria não cabia em si de tamanha felicidade. Adorava a irmã e tudo o que mais queria era vê-la feliz. Comentou:

— Pelo que você me diz, Pedro é rico, bonito, educado e elegante. Você nasceu com uma estrela!

.... Capítulo 1 ....

— Estou muito feliz. Bernadete me disse que ele é um dos jovens mais cobiçados da corte. Os pais das moças casadoiras não cansam de lhes oferecer as filhas, mas até agora ele não quis ninguém – falou Isabel, um tanto vaidosa.

— É a estrela da sorte.

— Sabe que eu não acredito em sorte? Eu sempre gostei muito de mim mesma, acho-me bonita, atraente, culta, refinada, merecedora de todas as coisas boas da vida. Acho que por isso Deus me deu o Pedro.

— Pode ser...

Rosa Maria ia continuar quando foi interrompida por Carlinhos:

— A senhora vai mandar avisar os seus irmãos? Tenho muitos homens aqui que podem levar o recado.

Isabel tomou a frente:

— Vamos avisar sim, Carlinhos. Mande os homens avisarem os meus irmãos que moram pelas redondezas e vá você mesmo avisar os que moram em Lisboa.

— Estou indo. Com a vossa licença.

Carlinhos retirou-se, e Isabel comentou entristecida:

— A chegada de Carlinhos me fez lembrar que, apesar de minha felicidade, nosso pai está preso numa cama, com uma doença grave, não sabendo se vai viver.

— Não podemos ficar desanimadas. Logo você, que é a rainha do otimismo?

Isabel retorquiu:

— No caso de nosso pai, não sei se o otimismo vai ajudar. Quero ser realista e estar preparada para tudo.

Rosa Maria a abraçou com carinho e disse:

— Vamos entrar, você não comeu nada desde que chegou.

Embevecida pelo carinho da irmã, Isabel entrou, dirigindo-se para a copa.

Capítulo 2

Apesar do esforço do médico, dos filhos e da mulher, o senhor Raimundo desencarnou na quarta-feira pela manhã. A família ficou consternada, os filhos choraram muito e todos os vizinhos e conhecidos de Lisboa compareceram ao sepultamento no velho cemitério da quinta.

A senhora Margarida entrou em melancolia profunda por perder o companheiro de mais de 50 anos, e como os demais irmãos tinham suas vidas para cuidar, restaram à Rosa Maria e à Isabel os cuidados para com a mãe.

Pedro, que esteve presente no enterro, junto com os pais, acabou por conquistar a simpatia de toda a família. Era um rapaz bonito, alto, olhos amendoados, forte e era nítida sua paixão por Isabel que, por sua vez, parecia também se derreter de amores por ele.

Não foi fácil para as duas irmãs cuidarem da mãe que, a todo momento, chorava chamando pelo marido.

Em um fim de tarde, Isabel encontrava-se recostada no balaústre em frente à casa, olhando o pôr do sol, deixando que lágrimas de tristeza e saudade banhassem seu belo rosto. Tristeza por ter perdido o pai a quem tanto amava, por saber que nunca mais o veria, e por ter a mãe doente. Bernadete a havia convidado para passar alguns dias em Lisboa, mas ela não podia deixar a mãe sozinha com Rosa Maria. Adorava a capital, mas não cometeria essa injustiça.

Carlinhos aproximou-se dela silencioso e perguntou com educação:

– Posso saber por que a senhorita chora tanto?

– Ainda pergunta, Carlinhos? Há uma semana perdi meu pai, minha mãe está doente, estamos sozinhas aqui, eu e minha irmã. Pode haver outro motivo? Havia um tom de raiva nas palavras dela que não passou despercebido ao escravo.

– Não fique zangada comigo, senhorita. Gostaria de ajudá-la.

Carlinhos falava bem, nascera ali e era filho de uma das escravas prediletas de Margarida. Desde cedo aprendeu a ler e escrever, por isso Isabel o admirava.

– Desculpe-me, Carlinhos, mas é que não consegui me conter. Não quis ser ríspida com você. Sei que foi a pessoa que meu pai mais confiava e gostava. Mas no que pretende me ajudar?

– Se a senhorita me permitir, gostaria de acompanhá-la até as margens do rio. Lá é mais calmo e o contato com a natureza sempre nos harmoniza.

Ela resolveu segui-lo. Conhecia Carlinhos desde criança e sabia que era um homem de inteira confiança. Avisou Rosa Maria que iria dar um passeio e saíram juntos.

O Rio Tejo era belíssimo. Suas águas límpidas, abundantes e cristalinas corriam velozmente, e ambos sentaram-se numa pedra próxima. Ficaram observando a beleza da correnteza em silêncio até que Carlinhos começou:

– Queria pedir uma coisa à senhorita.

– O quê? – perguntou Isabel, curiosa.

– Quero que pare de chorar pela morte de seu pai.

– Como pode me pedir isso? É impossível, amava-o demais e perdê-lo foi a pior coisa que aconteceu em minha vida – dizendo isso, Isabel recomeçou a chorar. – Meu pai era um homem trabalhador, criou-nos a todos com dignidade, e ainda era jovem para morrer, não me conformo com isso.

Carlinhos pensou um pouco e disse:

— A morte não tem remédio, só nos resta aceitar.

— Eu não aceito!

— A sua rebeldia contra os acontecimentos não vai trazer seu pai de volta e ainda poderá prejudicá-lo no outro mundo.

— Não acredito em nada disso. Quem morre está dormindo, não vê e nem sente nada.

— Pois, eu garanto à senhorita que está enganada. Quem morre continua vivo em outro lugar, vendo, sentindo, amando, odiando, tudo como era na Terra. Seu pai era um homem bondoso, queria o bem de todos, não é justo agora que ele morreu, que venha a sofrer por causa dos filhos.

Isabel sentiu firmeza nas palavras de Carlinhos. Percebendo que era escutado com atenção, ele continuou:

— Quem morre precisa seguir um novo caminho. É difícil para quem partiu deixar aqueles que ama aqui na Terra e, se os entes queridos ficam chorando e lamentando o tempo inteiro, a alma de quem vai sofre muito mais e não consegue se desapegar deste mundo. Por isso, pelo amor que a senhorita teve pelo seu pai, peço que, em vez de chorar, pense numa luz muita bonita o envolvendo. Quando estiver no quarto, feche os olhos, imagine que ele está à sua frente e despeça-se dele. Diga o quanto foi bom viverem tanto tempo juntos, mas que agora você o liberta para que possa seguir adiante. Aproveite e ensine sua mãe e irmã a fazerem a mesma coisa. Tenho certeza de que, além de vocês se sentirem melhor, o senhor Raimundo vai ter mais coragem para enfrentar a nova vida.

— Você está certo, Carlinhos, farei isso. Eu preciso aceitar que a morte o levou.

— Exatamente. A aceitação das coisas que não podemos mudar é o único caminho para encontrar a paz. Quanto mais você se rebela pelas coisas que não consegue e que não são possíveis, mais você sofre, mas na exata hora em que aceita, todo o sofrimento desaparece.

Isabel olhou para o escravo de tantos anos e parecia estar vendo-o pela primeira vez.

– Carlinhos, onde você aprendeu tanto? Vejo que sabe falar com profundidade.

– Sua mãe ensinou-me a ler e escrever e, apesar de nunca ter tido oportunidade de estudar, sempre gostei de ler. Dona Margarida sempre me empresta seus livros, e eu entro fundo nos conhecimentos.

– Por que meu pai morreu? – perguntou Isabel novamente, com tristeza na voz. – Deus não o devia ter levado enquanto deixa tantas pessoas ruins e criminosas no mundo. Dizem que Deus é justo, mas confesso não entender sua justiça.

– A morte é um fenômeno natural de transformação, todos estamos sujeitos a ela. Morrer é tão natural quanto nascer, mas as pessoas fazem uma tragédia com a morte, como se ela fosse o fim de tudo, mas isso não é verdade. Deus não mata ninguém, Ele criou leis que regulam o universo e essas leis são perfeitas. A morte, assim também o nascimento e os outros fatos da vida são uma escolha feita por cada um, não é Deus que determina como as pessoas dizem por aí.

Isabel não conseguia acreditar no que ouvia:

– A morte é uma escolha de cada um? Como assim? Deus é quem chama as pessoas.

– Não, não é Deus que chama ninguém. A morte é uma escolha nossa, algumas vezes consciente, mas na maioria das vezes inconsciente. Nossa alma é quem dita o momento que vamos partir da Terra, e isso ocorre por vários motivos. Quando sentimos que estamos sem objetivo na vida, sem algo nobre para fazer, quando cultivamos a tristeza, o desencanto de viver, estamos nos candidatando a morrer mais cedo. Quem procura abafar seus vazios interiores por meio dos vícios também está escolhendo inconscientemente a morte.

Quando nossa alma sente que nosso progresso não está mais na Terra, ela provoca o fenômeno a qual chamamos de morte.

— Mas meu pai tinha muitos objetivos aqui, não tinha vícios, não vivia triste. Por que escolheu morrer?

— Porque não é só sentimento negativo que leva à morte, mas também a sensação plena do dever cumprido. Foi isso o que aconteceu com o senhor Raimundo. Ele já havia trabalhado muito, criado todos os filhos, restam só você e a Rosa Maria, mas como moças formosas que são, logo estarão casadas, amparadas e bem de vida. A alma dele já havia realizado tudo o que veio realizar, então achou melhor ir embora, viver outras experiências.

Isabel estava assustada com aquelas informações. Aquilo mudava tudo o que ela pensava sobre a vida e a morte. Tinha muitas dúvidas:

— Mas há pessoas sem objetivos que vivem chorando, lamentando, fazendo coisas ruins e, no entanto, morrem idosas.

— É que, para elas, permanecer nesse estado é temporariamente benéfico, pois é através dele que reagirão, ganharão forças e mudarão suas vidas para melhor. Mas se insistirem em se manter assim, sem chance de progresso, logo morrerão.

Isabel permaneceu muda. Conseguiu entender a explicação de Carlinhos, mas aquilo tudo era assustador e ela não queria se aprofundar. O que mais desejava era viver a vida com tudo de bom que ela lhe pudesse oferecer. Não queria viver pensando em morte, vida no outro mundo, espíritos. Por isso, disse:

— Agradeço pela ajuda, Carlinhos, mas não quero mais falar sobre isso. O que mais importou foi você ter me ensinado a lição do desapego. Falarei com Rosa Maria e minha mãe para que façam o mesmo que eu. Conversando com você já me senti melhor.

Carlinhos ia dizer que Isabel ainda precisaria muito do conhecimento da espiritualidade para enfrentar as adversidades da vida, mas diante da postura firme da moça em não querer mais falar no assunto, ele se calou.

O sol começou a esquentar, e eles resolveram voltar para casa. Isabel comentou com a mãe a conversa com o empregado, e dona Margarida ficou bastante emocionada. Somente Rosa Maria não deu muita atenção, não acreditava naquelas coisas e sua religiosidade era só aparente, por uma convenção da família.

Naquela mesma noite, Isabel e a mãe, reunidas no quarto, seguiram as orientações de Carlinhos. Imaginaram Raimundo à frente delas, disseram quanto o amavam, mas que o libertavam para a nova vida. Sem que elas pudessem ver, Raimundo realmente estava ali, amparado por duas enfermeiras. A força e a verdade que mãe e filha colocaram no ato foi tão grande que luzes brancas foram projetadas por todo o ambiente, beneficiando o espírito de Raimundo e todos da casa. A partir daquele dia, a situação na quinta começou a melhorar, a senhora Margarida foi, aos poucos, se recuperando da perda, e Isabel também se sentia mais fortificada.

Duas semanas haviam se passado quando, num domingo pela manhã, Isabel ouviu um trotar de cavalos aproximando-se. Foi à frente da casa, debruçou-se no balaústre e viu que uma carruagem vinha em sua direção.

O cocheiro parou, abriu a porta e dela surgiu Pedro, com terno sorriso nos lábios e um ramalhete imenso de rosas vermelhas nas mãos. Isabel correu e, emocionada, abraçou-o chorando.

– Não sabe como senti sua falta esses dias todos. Não podia passar os finais de semana na corte e você também desapareceu, nem sequer um bilhete mandou-me.

Pedro abraçou-a ainda mais dizendo:

– Perdoe-me, querida, mas meu pai precisou muito de mim esses dias. Serei seu continuador nas explorações, estamos ficando cada vez mais ricos. Quero que você tenha uma vida de rainha.

Isabel, sorrindo, beijava-o nos lábios e no rosto amorosamente. Rosa Maria surgiu na varanda, abraçou o cunhado e o convidou a entrar.

Pedro tinha conversa agradável e logo todos estavam entretidos com seus assuntos. A senhora Margarida estava contente, pois nenhum dos seus genros a tratava com tanta deferência.

O almoço foi servido, e durante a tarde Pedro e Isabel passearam pela quinta. Entraram no belo pomar e Pedro a convidou a se sentar com ele na grama verde debaixo de um pessegueiro.

– Isabel, eu a amo loucamente – disse com paixão. – Não sei o que faria se a perdesse. Prometa que nunca vai me deixar.

Ela se enterneceu:

– Como posso deixá-lo, Pedro? Amo-o como nunca amei ninguém, você é o homem dos meus sonhos.

– Não sei... Sinto um medo grande de perdê-la. É como se algo ou alguém me avisasse que não vamos ficar juntos.

Ela sorriu.

– Isso é bobagem, é insegurança por estar namorando uma verdadeira beldade como eu.

– Não estou brincando, Isabel. Nunca fui dado a essas coisas, mas desde que a conheci e me apaixonei, sinto uma mistura de felicidade e medo dentro de meu coração.

Isabel arrepiou-se e lembrou-se de Carlinhos. Ele dizia que algumas pessoas podiam prever o que ia lhes acontecer. Será que Pedro não estava sentindo que eles não iriam ficar juntos? Procurou ocultar aqueles pensamentos dizendo:

– Deixe esse medo de lado, meu amor. Nada pode nos separar.

Isabel beijou-o com muito ardor, ao que ele correspondeu. Depois se levantaram, ele olhou para o tronco do pessegueiro, tirou um pequeno canivete do bolso e começou a desenhar um coração na árvore.

– Que está fazendo? – indagou Isabel, curiosa.

– Registrando aqui que nosso amor durará pela eternidade.

Pedro terminou de desenhar o coração e escreveu dentro dele o seu nome e o de Isabel. Embaixo fez outra escrita: "Amor eterno".

O casal emocionado continuou o passeio às margens do rio. Pedro não sabia, mas era sua intuição que se manifestava avisando que aquele amor poderia não ser possível naquela reencarnação. Isabel tinha laços espirituais com outro homem, era *alma gêmea* de outro, e a prova que Pedro escolhera antes de renascer estaria chegando: ou ele aceitaria as coisas como elas aconteceriam ou daria um rumo negativo para a própria vida.

Capítulo 3

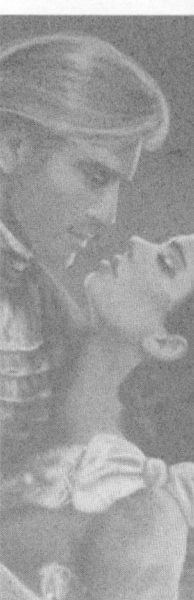

Mais dias se passaram e Isabel só falava em Pedro e no grande amor que ele sentia por ela, mas naquele dia ela estava particularmente irritada com a irmã. As duas discutiam:
– Como você teve a coragem de rejeitar o Francisco Silveira? – bradava Isabel com revolta. – Desse jeito vai ficar sozinha para o resto da vida.
– Eu sei o que faço de minha vida, deixe-me em paz.
– Mas, Rosa, Francisco é rico, herdou a fazenda Santa Tereza e está cada dia mais próspero. E se você não encontrar alguém com mais posses que ele?
Rosa Maria fulminou-a com o olhar enquanto disse:
– Pensa que é só você que tem capacidade para fisgar um milionário? Eu também passarei a frequentar Lisboa, irei aos mesmos eventos que você vai com Bernadete e logo estarei muito bem casada.
– Deus queira, minha irmã.
– Sei como comandar minha vida. No próximo final de semana, quando você for para se encontrar com Pedro, irei também. Mamãe está muito bem, tanto que concedeu facilmente sua mão em casamento quando Pedro pediu. Nós a deixaremos aqui

aos cuidados de Benedita e Carlinhos e só voltaremos na segunda-feira. Você verá se não encontrarei o homem dos meus sonhos.

Isabel olhou a irmã com admiração. Rejeitar um rapaz de vida promissora tal qual Francisco foi um ato de coragem, daqueles que só as pessoas que sabem exatamente o que querem são capazes de fazer.

– Tudo bem, minha irmã. Peço-lhe desculpas, mas é que não consegui entender suas razões no momento. Torço para que seja feliz, e se acha pouco o que Francisco teria a lhe oferecer, tem todo direito de procurar outro homem.

As irmãs se abraçaram e Rosa Maria disse:

– Eu não sonho tanto com o casamento quanto você. O meu desejo mesmo é ter muito dinheiro, muitas terras, condições de conhecer o resto da Europa com requinte e luxo. Sonho em viajar num navio luxuoso, de proporções gigantescas, acompanhada por um belo homem, mas quando penso em casar e ter de aturar o mesmo homem pelo resto da vida, sinto-me desanimada.

– Sei muito bem como você é, mas eu penso que o casamento seja a melhor maneira para sermos felizes. Uma mulher que levar uma vida como essa que você quer, será chamada de prostituta.

Rosa Maria sorriu:

– E você pensa que eu dou importância aos mexericos da corte? Uma mulher, com o dinheiro que pretendo ter, pode ser chamada do que quiser, mas impõe respeito por onde passa. Se tivesse nascido homem, a essa hora estaria por aí fazendo fortuna e não enfurnada nessa quinta.

– Mas você sempre adorou o campo.

– Adoro, mas embora nossa quinta dê dinheiro suficiente para nos mantermos, essa terra aqui nunca me dará fortuna. Muito pior agora que nosso pai morreu e tudo está sendo administrado pelo Carlinhos.

– E devemos dar graças a Deus por termos ele. Senão estaríamos correndo o risco de perdermos tudo. Nenhum dos nossos irmãos liga para esta casa.

Rosa Maria olhou para Isabel com ternura:

– Nossos irmãos sempre foram desunidos, nós duas é que mais nos amamos.

– Sim, eu amo você, minha irmã.

Ambas se abraçaram novamente e começaram a fazer planos para a viagem à corte.

A sexta-feira chegou e pela manhã, antes do meio-dia, as irmãs partiram com destino a Lisboa. A família possuía bela carruagem e um cocheiro para as viagens necessárias, de modo que em pouco tempo estavam na capital.

Foram recebidas pela irmã Bernadete que as fez sentar, e enquanto os criados arrumavam as malas nos quartos, conversavam sobre a saúde da mãe e a situação da quinta. Bernadete havia se tornado milionária quando se casou com João e era com requinte que vivia na cidade. Sabia que as irmãs estavam ansiosas pelas festas da corte, por isso disse:

– Amanhã iremos para uma bela serenata em homenagem ao casal Souza e Silva. Estão fazendo bodas de ouro e abrirão as portas de seu palacete. Toda a sociedade portuguesa estará presente. Eles são ricos e os filhos estão bem encaminhados na vida. Felipe é médico e Augusto é advogado.

Os olhos de Rosa Maria brilharam quando perguntou:

– São solteiros?

– Felipe já é casado, mas Augusto é solteirão. Passa já dos 30 anos e nunca quis casar.

– Será que terei chances com ele? – tornou Rosa Maria, interessada.

– Não sei. Dizem que ele teve um amor frustrado na juventude e por isso nunca mais quis ninguém. Pode ser que se encante por você que é uma verdadeira beldade.

Foi com ansiedade que Isabel e Rosa Maria esperaram a noite do sábado chegar. Isabel estava louca para desfilar com Pedro e com certeza o reencontraria por lá, já Rosa Maria não via a hora

Capítulo 3

de encantar Augusto e levá-lo ao casamento. Ela não tinha tendência a ser uma dona de casa, por isso pensava em se casar, tirar o que pudesse do marido e depois pedir a separação. Com esses pensamentos, as irmãs chegaram ao palacete.

Os portões estavam abertos de par em par e antes de chegarem à bela vivenda, os convidados percorriam belíssima alameda florida que dava um tom ainda mais mágico ao ambiente.

Bernadete e João apresentaram as moças ao casal, que as recebeu com simpatia. Logo, Isabel estava de braços dados com Pedro circulando pelo salão, enquanto Rosa Maria, angustiada, perguntava a Bernadete:

– Onde está Augusto? Não vai aparecer?

– Dizem que é reservado e não gosta de festas, mas garantiu que nas bodas dos pais estaria presente. Ele mora aqui com eles. Contenha a ansiedade, logo aparecerá sua vítima – disse Bernadete, sorrindo.

Não demorou muito e Felipe apareceu de braços dados com sua esposa Helena. Cumprimentou a todos e foi sentar-se ao lado dos pais. Rosa Maria não deixou de observar:

– Felipe é um homem lindo, espero que Augusto seja mais lindo ainda.

– Como pode estar tão certa de que vai conquistá-lo? – perguntou a irmã, curiosa.

– Tenho meus encantos. Quem eu quero nunca me escapa – Rosa Maria lançou um sorriso enigmático ao dizer aquelas palavras, que não passou despercebido à irmã.

Depois de quase duas horas, foi anunciado que a serenata iria começar.

– Os seresteiros são boêmios, párias da sociedade. Por que um casal tão distinto como esse foi logo escolher uma serenata para comemorar suas bodas? – perguntou Rosa Maria, sem entender.

– É que esses seresteiros não são homens vagabundos, apesar de um pouco boêmios. É um grupo que faz serenatas, composto de filhos de casais abastados, da alta sociedade. Foi um problema para eles conseguirem fazer essas apresentações, os pais não queriam, mas só concordaram após a promessa de que não abandonariam os estudos.

Naquele momento, enquanto os músicos se preparavam num pequeno palco improvisado, Isabel e Pedro chegavam e sentavam-se com os demais. Os instrumentos foram afinados e logo surgiu um belo rapaz, loiro-claro, estatura mediana, olhos cor-de-mel, barba rala levemente aparada, que começou a cantar:

O Amor é fogo que arde sem se ver,
é ferida que dói, e não se sente;
é um contentamento descontente,
é dor que desatina sem doer.

É um não querer mais que bem querer;
é um andar solitário entre a gente;
é nunca contentar-se de contente;
é um cuidar que ganha em se perder.

É querer estar preso por vontade;
é servir a quem vence, o vencedor;
é ter com quem nos mata, lealdade.

Mas como causar pode seu favor
nos corações humanos amizade,
se tão contrário a si é o mesmo Amor?

A belíssima letra do poema de Luiz Vaz de Camões, aliada à melodia enternecedora e à voz calma e doce do cantor, elevou a todos.

Isabel, ao ver o rapaz que começava a cantar, sentiu o coração acelerar, passou a tremer, e quando ele a olhou profundamente, sentiu-se presa no magnetismo daquele olhar. Onde o teria visto antes? Aqueles olhos eram-lhe por demais familiares e Isabel deixou-se entregar àquele sentimento.

A serenata prosseguiu com o grupo tocando e cantando outras músicas, sempre letras dos poemas de poetas lusitanos. Mas Isabel não mais conseguiu se conter. Sentiu que arrebatadora e proibida paixão tomava de assalto o seu coração. Precisava saber quem era tão belo jovem.

Enquanto isso, Rosa Maria finalmente era apresentada a Augusto:

– É um prazer conhecê-lo – disse, estendendo-lhe a mão que ele beijou com delicadeza, e concluindo que o rapaz era mais bonito e charmoso do que o irmão.

– O prazer é todo meu, senhorita.

– Seu palacete é lindo, e mais linda ainda é essa festa de bodas. Sonho ter em minha vida um amor que dure eternamente – mentiu.

– Amores... Às vezes, duvido que eles existam de fato – balbuciou Augusto, com melancolia na voz.

– Podemos conversar no jardim? A noite está tão agradável...

– Vamos sim – ele lhe deu o braço e ambos foram para o maravilhoso jardim de inverno, em uma das laterais do palacete.

– Apesar de apreciar o estilo de música que estão tocando, confesso não gostar muito de casa cheia. Acostumei-me ao silêncio – tornou Augusto.

Ela, sabendo de seu temperamento reservado, disse para agradá-lo:

– Eu também não gosto muito do barulho. Sou daquelas que gostam de apreciar a natureza, viver na calma. Muitas pessoas num ambiente deixam o ar viciado, e eu adoro ar puro. Sabia que moro numa quinta?

Augusto surpreendeu-se:

– Não, senhorita. Onde fica?

– Não muito longe daqui, quase às margens do Tejo. Qualquer dia o senhor poderá ir lá nos visitar. Claro que não tem o requinte de seu palacete, mas nossa casa é grande, bem arrumada e vivemos em paz – eu, minha irmã Isabel e minha mãe Margarida. Infelizmente, nosso pai morreu faz dois meses.

Augusto estava encantado com Rosa Maria sem ao menos saber o porquê. Depois que se desiludiu do amor, após ter sofrido terrível traição da mulher amada, jurou para si mesmo que jamais deixaria se levar novamente por ninguém. Contudo, Rosa Maria tinha um jeito sedutor sem ser vulgar, uma personalidade interessante, via sinceridade em seu olhar. Involuntariamente, estava se envolvendo e gostando daquilo. Mal sabia que estava frente a frente com sua *alma gêmea*, aquela com quem havia vivido inúmeras reencarnações, perdidas no tempo.

– Posso visitá-la no próximo final de semana?

Ela corou:

– Pode sim, ficarei muito feliz.

Os dois continuaram em animada conversa, até que ele a convidou para entrar e dar-lhe o prazer de uma dança. Rosa Maria deixou-se levar e entregou-se totalmente àquele momento. Sabia que o que tinha feito para conseguir a atenção de Augusto não era tão certo, mas funcionara. O homem caíra em seus encantos mais fácil do que poderia imaginar. Durante a dança, ela já imaginava a vida que teria ao lado dele e sorria feliz.

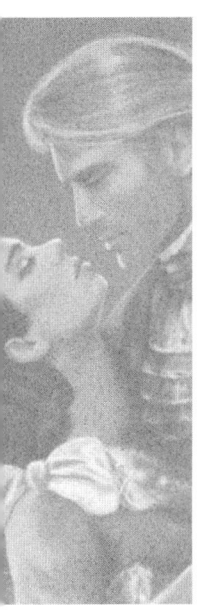

Capítulo

4

Assim que a festa terminou, Bernadete, João e Rosa Maria entraram na carruagem e seguiram para casa, enquanto Pedro e Isabel vinham logo atrás em outro veículo. Pedro questionava:

– Por que você ficou tão estranha de repente?

– Eu? Ora essa, Pedro. Estou como sempre.

– Não está, Isabel. Eu a conheço muito para perceber que está nervosa, angustiada. O que está acontecendo com você?

– Não é nada. Confesso que estou ligeiramente indisposta, com sono, louca para dormir.

– Tudo bem – disse Pedro com doçura, enquanto acariciava seus cabelos cacheados e volumosos. – Descanse bem para que possamos aproveitar melhor o domingo. Amanhã quero levá-la, junto com sua irmã, para um piquenique na chácara de nossa família.

Isabel queria dizer que não estava nem um pouco a fim de ir, mas não podia dizer um não.

– Tudo bem, meu amor. Amanhã estarei mais disposta e teremos um belíssimo domingo.

Assim que chegaram em casa e após ouvir os gracejos de Bernadete, felicitando a irmã por ter conquistado o homem mais difícil da corte, Isabel e Rosa Maria foram dormir.

Em seu quarto, virando-se na cama, Isabel não conseguia parar de pensar um instante sequer no seresteiro que havia cantado tantas músicas lindas e a olhado com paixão. Cada vez que seu rosto vinha-lhe à mente, ela sentia o coração descompassar e um brando calor invadia seu corpo. Gostava de Pedro, mas jamais sentira tais sensações com ele. Estaria apaixonada por um homem que tinha visto apenas uma vez?

Não conseguindo conciliar o sono, levantou-se e foi bater na porta do quarto da irmã, que, por sua vez, também não conseguia dormir, pensando em Augusto. Quando Rosa Maria abriu a porta, Isabel entrou, puxou a irmã pelo braço e a conduziu de volta à cama dizendo:

– Sei que você está nas nuvens por causa do Augusto, mas preciso contar-lhe algo. Se não me abrir com alguém, não conseguirei dormir, nem saberei como agir.

– O que aconteceu? Por que está tão nervosa?

– Acho que estou apaixonada por outro homem.

Rosa Maria pareceu não ter escutado direito:

– Como é que é? Você, apaixonada por outro?

– Isso mesmo. Lembra o cantor do grupo de seresteiros?

A outra fez que sim com a cabeça e ela continuou:

– Assim que o vi entrar e começar a cantar, senti uma emoção nunca antes experimentada na vida. Meu coração bateu acelerado, senti um calor por dentro e quase fui ao chão quando ele me olhou pela primeira vez. Tenho certeza de que aquele olhar foi de paixão e aconteceu durante toda a noite. Pedro não percebeu nada, mas acabei por lhe retribuir os olhares.

– Você enlouqueceu, Isabel? Pedro é rico, bonito, elegante, ama você. Como pôde fazer uma coisa dessas?

Capítulo 4

— Eu não quero trair ninguém, minha irmã, mas foi mais forte que eu. Sinto que encontrei o homem de minha vida.

Isabel falava com tanta convicção que Rosa Maria acabou por acreditar:

— Parece loucura, mas vejo que está mesmo apaixonada. Pensei que amores à primeira vista só aconteciam nos romances, mas estou vendo um na realidade. O que você pretende fazer?

— Não sei ao certo. Mas você vai me ajudar.

— Eu? — assustou-se Rosa Maria. — O que você quer que eu faça?

— Primeiro, amanhã você vai mentir, e quando Pedro chegar aqui à tarde nos convidando para um piquenique na sua chácara, você vai dizer que passei mal a noite inteira, tive febre e não poderei ir.

— Mas por que vai fazer isso? Não custa nada irmos a um passeio tão gostoso.

— Pedro perdeu a importância para mim no exato momento que vi aquele rapaz. Quero ficar distante dele o máximo possível.

Rosa Maria estava incrédula:

— O que diz é sério? Até ontem você amava o Pedro.

— Eu nunca o amei, gosto dele apenas e pensava na fortuna que teria se o tivesse como marido, mas agora quero aquele rapaz. Mesmo sem saber seu nome, ouvi comentários que os rapazes daquele grupo são filhos dos homens mais ricos de Lisboa.

— Você pretende terminar tudo com Pedro para se aventurar?

— Sim, é isso o que quero.

— Mas, minha irmã — disse Rosa Maria apelando para o bom-senso. — Um rapaz como aquele pode já estar de compromisso com alguma moça ou mesmo estando solteiro poderá lhe rejeitar. Esses seresteiros são assim, não podemos confiar.

Isabel pensou um pouco e viu que a irmã tinha razão.

— Está certa. Mesmo ele tendo me olhado com amor, vou continuar com Pedro até descobrir tudo sobre o outro e nisso também você vai me ajudar. Amanhã, à hora do café, pergunte à nossa irmã ou ao nosso cunhado quem é ele. Você é solteira, eles não irão desconfiar.

– Farei isso. Mas trate de ir também ao piquenique, senão Pedro poderá desconfiar.

– Terei de fazer esse esforço.

– Sim, e fingindo muito bem.

– Agora conte-me de você e Augusto. Todos estavam comentando sobre vocês.

Empolgada, Rosa Maria se esqueceu de tudo e começou a narrar como tinha se aproximado de Augusto e até do seu pedido de ir visitá-la na chácara.

As duas irmãs conversaram tanto que nem perceberam o adiantado da hora. Só quando o dia começou a clarear é que foram para a cama.

Na manhã seguinte, à hora do café, Rosa Maria, aproveitando o diálogo animado que se iniciara entre a irmã e o cunhado, perguntou como que por acaso:

– Os senhores conhecem o cantor do grupo de seresteiros da festa de ontem?

Bernadete sorriu:

– Conhecemos muito. É um boêmio inveterado. Chama-se Lúcio de Alvarez.

Isabel corou levemente, mas disfarçou bem. Rosa Maria continuou:

– Ouvi dizer durante a festa que aqueles rapazes são filhos das melhores famílias de Lisboa. É verdade?

Foi João quem respondeu:

– Sim, todos eles têm berço, mas resolveram levar essa vida boêmia. Os pais têm muito desgosto.

– Mas a música que eles cantam é muito bonita. Eles recebem pelo que fazem?

– Sim. Agem iguais a profissionais, o que mais dá desgosto às famílias. Imaginem, filhos criados em berço de ouro cantando por bagatelas.

Capítulo 4

Foi a vez de Isabel se pronunciar:
– Já eu acho isso dignidade. Se eles trabalham, é justo que recebam.
– Seria dignidade se eles não fossem tão ricos – tornou João.
Rosa Maria continuou como quem não queria nada.
– E Lúcio? Tem noiva, já é casado?
– Lúcio é noivo de Rosalinda, uma moça muito respeitada em nossa sociedade. Os pais têm colônias de exploração em vários países. Dizem que é um traidor. Chega em casa altas horas, envolvido com as prostitutas da Casa da Perdição.
Isabel sentiu-se decepcionar. Ele, assim como ela, era comprometido. Aquilo dificultava muito. Rosa Maria prosseguiu o interrogatório:
– E os pais dele? Aprovam esse noivado? Estão noivos há quanto tempo?
Bernadete riu:
– Vejo que, apesar de ter quase fisgado Augusto, você está é de olho em outro.
Ela fingiu:
– Achei Lúcio muito bonito. Confesso que, se ele me fizesse a corte e não fosse já comprometido, eu aceitaria.
– Lúcio já é noivo há mais de um ano. Seus pais, a senhora Tereza e o senhor Januário de Alvarez, são totalmente favoráveis ao noivado e ao casamento do filho. Tanto que, devido aos escândalos dele com as prostitutas, a senhora Tereza teve de interceder muitas vezes para que a moça Rosalinda não terminasse de vez a relação. O interesse é unir as fortunas.
Após os esclarecimentos de João, Rosa Maria calou-se, não queria mais levantar suspeitas, percebeu que Isabel havia ficado completamente perdida com aquelas informações. A manhã custou a passar e as irmãs não conseguiram mais ficar a sós, pois a todo momento eram requisitadas pela irmã que lhes mostrava as tapeçarias e pinturas em tecido que estava aprendendo a fazer.

O almoço transcorreu tranquilo, e quando Pedro surgiu para levá-las ao piquenique, Isabel sentiu grande repulsa por ele. Como pôde aguentá-lo por tanto tempo?

A chácara da família de Pedro era linda e harmoniosa. Os três se dirigiram para uma grande tamareira e estenderam pequena esteira, onde se sentaram e dispuseram as iguarias. Para desespero de Isabel, Pedro estava ainda mais meloso e lhe fazendo juras de amor ininterruptas. Cada vez que ele a abraçava, ela sentia vontade de sair correndo e de gritar. Foi a custo que deixou que a beijasse, sendo correspondido por um beijo fingido e sem sentimento.

Quando voltaram para casa, passava das cinco horas, e após as despedidas, Isabel e Rosa Maria foram tomar banho. Enquanto trocavam-se Isabel comentou:

– Não sei por quanto tempo mais aguentarei essa situação. Pedro está insuportável.

– Não sei como ele não percebeu sua repulsa – tornou Rosa Maria. – Era nítido que você o evitava todo o tempo.

– Preciso logo terminar esse noivado, mas para isso preciso encontrar-me com Lúcio, declarar-me e ver o que ele diz.

Rosa Maria corou de vergonha.

– Você tem coragem de se oferecer a um homem? Esse comportamento ficou para as prostitutas. Com certeza, se você fizer isso, ele vai tomá-la como amante.

Isabel pensou um pouco:

– É o que vamos ver – disse resoluta. – Ele me olhou com amor. Tenho certeza de que vai querer casar comigo.

– Você só pode mesmo ser louca. Pelo amor de Deus, não termine nada com Pedro antes de saber ao certo o que Lúcio quer com você. Imagine você ficar sem nenhum dos dois?

– Calma, Rosa Maria, isso não vai acontecer. Serei esperta e continuarei com Pedro até conquistar Lúcio em definitivo. Quando tiver a certeza de que ele será meu e que serei sua esposa, aí termino tudo com Pedro.

Capítulo 4

Rosa Maria sentiu uma sensação ruim apoderar-se de seu peito:

– Você está brincando com os sentimentos de uma pessoa. Não tem medo que isso se volte para você?

– Voltar? Como assim?

– Tem gente que acredita que Deus dá o retorno de todas as nossas ações, boas ou más.

– Não estou preocupada com isso no momento e me admira muito você estar também. Nunca foi religiosa. Só eu que dou ouvido às conversas do Carlinhos e até acredito em muita coisa, mas nesse instante não quero ficar preocupada com Deus. Ele é bom e com certeza me perdoará.

Rosa Maria calou-se.

Capítulo 5

Na segunda-feira pela manhã, Isabel e Rosa Maria saíram cedo pretextando comprar tecidos. Ficaram na praça central observando as pessoas, até que um negrinho escravo apareceu-lhes pedindo moedas. Isabel abriu seu saquinho de seda, retirou algumas e lhe deu. Aproveitou e perguntou:

– Você é escravo de que família?

– Dos Albuquerque, senhorita.

– Você conhece o Lúcio de Alvarez, cantor do grupo de seresteiros?

– Não, senhorita.

O negrinho se foi e Isabel sentiu-se impotente.

– Preciso falar com o Lúcio ainda hoje. Amanhã teremos de voltar para a quinta e preciso declarar-me antes disso.

Rosa Maria mal podia acreditar em tamanha impetuosidade.

– Acalme-se, Isabel. Viremos no próximo final de semana e conseguiremos descobrir onde ele mora. Acho uma loucura o procurarmos em sua casa, mas se é isso o que você quer, iremos, contudo, bem que poderíamos esperar pela semana que vem.

Isabel estava extremamente ansiosa e não podia esperar, por isso disse:

Capítulo 5

– Falarei com ele ainda hoje, nem que passemos o dia inteiro na rua.

Vendo que a irmã não iria desistir, Rosa Maria pôs-se a esperar. Abordaram mais algumas pessoas, até que um casal finalmente deu-lhes a resposta:

– A família Alvarez reside à Rua Santa Maria do Castelo.

– É muito longe daqui? – indagou Isabel, ansiosa.

– Não muito – o senhor explicou-lhe o lugar, dando-lhe referências e por fim, olhando-as curioso, perguntou:

– Posso saber o que duas senhoritas querem com os Alvarez?

– Queremos falar com o filho dele, o senhor Lúcio.

O casal estava curioso. Notando o embaraço, Rosa Maria prosseguiu tentando ser natural:

– É que moramos na quinta Santo Antônio, muito próxima daqui, às margens do Tejo. Fomos ontem às bodas do casal Souza e Silva e nos encantamos com a apresentação do grupo. Nossa mãe ficou viúva, vive entristecida e pretendemos contratá-los para uma serenata lá. Ela ficaria muito feliz.

O homem ainda permanecia desconfiado:

– Mas esse não é assunto para ser tratado por mulheres, principalmente por duas senhoritas. Vocês não têm irmãos?

– Nossos irmãos estão todos no campo, estamos aqui na casa de uma irmã, mas seu marido trabalha todo o dia e não podemos contar com ele. Pela nossa mãe fazemos tudo, até quebrar os costumes e irmos nós mesmas conversar com o seresteiro.

– Quero que saibam que correm sérios riscos de ficarem com má fama. O Lúcio tem péssima reputação e dizem que Madame Celina é louca por ele. Tomem cuidado.

– Quem é Madame Celina? – indagou Isabel, irritada.

– É a dona do mais famoso bordel de Lisboa: a Casa da Perdição. É lá que Lúcio vive metido todas as noites. Dizem que é uma mulher cruel, perigosa e vingativa.

Isabel agradeceu, e o casal, vendo que não tinha mais o que conversar, saiu. Elas foram andando seguindo as indicações do senhor e no meio do caminho conversavam:

– Você está fazendo uma loucura – disse Rosa Maria. – Esse Lúcio não serve para você, é perdulário, boêmio, viciado em bebidas, metido com uma prostituta vingativa e ainda noivo.

– O coração não escolhe a quem amar. Eu irei até o fim. Quero esse homem a todo custo.

– E Madame Celina? Parece ser uma mulher perigosa. Não tem medo?

– O que uma prostituta poderá fazer com uma dama de respeito feito eu? Se ele me quiser, estarei protegida.

Finalmente, chegaram à belíssima vivenda da família Alvarez. Isabel e Rosa Maria notaram que, pela imponente aparência da construção, eles eram mais ricos do que poderiam supor. Tocaram a sineta e uma criada veio atender:

– O que desejam?

– Gostaríamos de falar com o senhor Lúcio de Alvarez. Ele se encontra?

– O sinhozinho acabou de acordar e está fazendo o desjejum. Em nome de quem as anuncio?

– Diga-lhe que é em nome do senhor João Mendonça.

A escrava entrou e Rosa Maria apertou o braço da irmã com força:

– Você enlouqueceu? Como ousou usar o nome de nosso cunhado?

– E você acha que alguém iria receber a nós? Nossos nomes não significam nada.

Rosa Maria ia retrucar quando a belíssima figura de Lúcio surgiu à porta de entrada.

– O que as senhorinhas querem comigo?

– Precisamos lhe falar, podemos entrar? – disse Isabel, com o coração aos saltos.

Capítulo 5

– Com toda certeza.

A escrava que o acompanhava abriu o portão de ferro ricamente adornado e logo as duas irmãs estavam dentro da casa. Notaram que por dentro a beleza era ainda maior. Tudo era luxo e riqueza como elas nunca haviam visto na vida.

Imediatamente, Lúcio reconheceu a dama que o havia olhado durante toda a noite do sábado e sentiu o coração descompassar. O que ela queria ali?

Rosa Maria, percebendo que Isabel estava nervosa demais para falar, tomou a iniciativa:

– Nós viemos aqui para contratá-lo junto com seus amigos para uma serenata em nossa quinta.

– Que prazer! – disse Lúcio, dando belíssimo sorriso. – Adoramos o que fazemos. Onde é a quinta?

– Trata-se da quinta Santo Antônio de Pádua, às margens do Tejo.

– Já ouvi falar, mas não conheço.

– É muito fácil de chegar. Basta perguntar a qualquer cocheiro de aluguel.

Olhando profundamente nos olhos de Isabel que o fitava fascinada, ele disse:

– Nada é difícil para um seresteiro. A propósito, vocês não se apresentaram.

– Desculpe-nos a falha. Chamo-me Rosa Maria e ela é Isabel, minha irmã caçula.

Lúcio beijou as mãos de Rosa e quando foi beijar as de Isabel tornou:

– Lindas mãos, assim como a dona delas. É um prazer.

Lúcio deu um beijo carinhoso e demorado que quase fez Isabel desmaiar. Ele, percebendo sua reação, continuou:

– Como eu disse, nada é difícil para um seresteiro, nem mesmo conquistar o coração da mais bela dama de Lisboa.

Rosa Maria cortou-o:

– É melhor o senhor parar com isso, seus pais estão em casa e podem chegar a qualquer momento.

– Engana-se. Meus pais estão em viagem, estou só em casa. Não querem me fazer uma visita à noite?

Rosa Maria, horrorizada com o atrevimento, deu-lhe uma bofetada dizendo:

– Calhorda! Vamos embora daqui. E não queremos mais a sua serenata, não passa de um patife!

As duas saíram rápido, enquanto Lúcio passava a mão no rosto sorrindo malicioso.

– A irmã quis dar uma de santa, mas sei que Isabel está apaixonada por mim. Tenho certeza que não dormirei só esta noite.

– Falando sozinho, sinhozinho?

– Ah, é você que está aí, Belarmina? Aproxime-se.

A escrava aproximou-se alegre. Era tratada naquela casa como uma amiga, e Lúcio tinha com ela muita cumplicidade.

– Sei que estava escutando atrás da porta. Viu como é duro ser bonito?

Ela riu:

– Mas o sinhozinho é lindo demais, parece um anjinho do céu.

– E anjinho do céu faz safadeza, Belarmina?

– Claro que não. Credo Cruz! O senhor está mais para diabo mesmo.

– Deixe de bobagens. Você hoje fique atenta e não durma cedo. À noite vou me recolher mais cedo, mas você ficará de vigília até Isabel aparecer. Fique atenta, olhando pela janela ou no jardim, se vir um vulto de mulher se aproximar, vá até ela e a convide a entrar.

– Com certeza, sinhozinho.

Lúcio levantou a escrava do chão, beijou-a na face e cantando foi para o quarto.

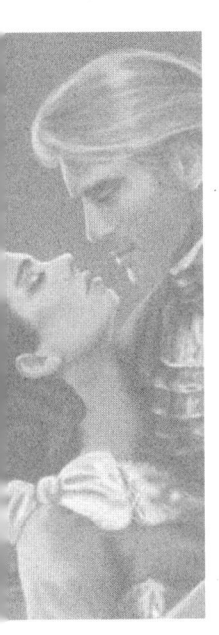

Capítulo 6

Na rua, Isabel e Rosa Maria andavam aturdidas e nervosas. Isabel retrucava:
— Por que você foi esbofeteá-lo e dizendo que não queremos mais a serenata? Ficou louca?
— Não. É você quem está maluca, Isabel. Ele nos tratou como se fôssemos prostitutas. Convidou-nos a dormir com ele.
— Ele não convidou você, mas a mim.
— Ainda assim. Você não é nenhuma prostituta para dormir com ele naquela casa enquanto os pais estão fora.
Rosa Maria parou de andar e um pensamento sinistro lhe passou pela cabeça:
— Não me diga que você terá a coragem de dormir lá com ele.
Isabel, olhos brilhantes de paixão, disse:
— É isso o que farei.
— Se você fizer isso, contarei à nossa irmã.
— O que é isso, Rosa Maria? Nós sempre fomos cúmplices e confidentes uma da outra. Está querendo dar uma de moralista agora?
— Não é isso, minha irmã. Tenho medo de que ele só a veja como uma prostituta, a use e depois a descarte. Imagina se isso acontecer?

— Eu vou arriscar. Tenho certeza de que amo e sou amada, mas se ele me rejeitar depois, saberei como fazer.

— Você irá trair o Pedro. Não tem pena dele?

— Eu preciso pensar em mim e na minha vida. Viu o luxo daquela casa? Lúcio é três vezes mais rico que Pedro. Se eu conseguir tirá-lo da noiva e casar-me com ele, serei duplamente feliz.

Rosa Maria concordou:

— Se é pelo seu bem e pela sua riqueza futura, eu aceito. Mas como você fará para sair à noite sem que nossa irmã e cunhado desconfiem?

— Não sei. É isso que precisamos pensar e decidir daqui para a noite.

As duas continuaram a andar, dessa vez mais devagar, até que chegaram à casa da irmã, que já as aguardava com preocupação.

— Onde estiveram esse tempo todo? — indagou Bernadete, visivelmente nervosa.

— Estávamos escolhendo tecidos, mas nenhum nos agradou — explicou Rosa Maria.

— Demoraram demais, passou da hora do almoço. João saiu para o trabalho preocupado. E além dele, a tia Elisa está fazendo aquela tempestade de sempre.

— Tia Elisa está aí? — indagou Rosa Maria, surpresa.

— Sim, chegou assim que vocês saíram. Veio passar uma temporada conosco. Josefa acompanhou o marido numa viagem ao Brasil e ela não quis ficar na mansão sem a filha. Sabe como é tia Elisa, detesta solidão.

As duas entraram e logo viram a tia sentada em uma das poltronas tomando chá. Era uma senhora idosa, mas muito viva, excessivamente arrumada e principalmente ativa. Muito lúcida, conversava sobre todos os assuntos, gostava de dar palpites em tudo e tinha um senso de humor único. Tudo para ela era motivo de piada. Fingiu assombro quando viu as sobrinhas entrarem:

Capítulo 6

– Minhas belas! O que lhes aconteceu? Algum malfeitor as atacou?

– Não, tia – respondeu Isabel. – Fomos comprar fazendas, mas nenhuma nos agradou.

– Todos estávamos muitos nervosos aqui. Já tomei duas chaleiras de cidreira e ainda não consegui me acalmar.

– Que exagero, tia Elisa. Lisboa é tranquila.

– Você é que pensa, minha filha. Lisboa está uma coisa horrorosa, sujeira por toda parte, o povo passando fome, está perto de estourar uma coisa aí de matar todo mundo. Quero estar longe daqui quando esse império ruir.

As duas riram. Já estavam habituadas ao exagero da tia.

– Não creio que Lisboa esteja assim. Acabamos de sair, e a cidade está linda.

– Então, vocês não foram comprar tecidos, foram a bairros ricos. Porque no centro comercial é ladrão por toda parte. Desde que o Rei João I assumiu o trono, isso aqui virou uma desgraça. Nunca se ouviu falar de tanto estupro quanto agora. Os homens estão atirando para todos os lados – Elisa parou de falar por alguns instantes e continuou curiosa. – Mas foram comprar tecidos e nenhum as agradou? O que mais tem em Lisboa é loja de fazendas. Aonde é que vocês foram realmente?

A pergunta direta e rápida de tia Elisa as fez ficar sem resposta. Rosa Maria raciocinou rápido e respondeu:

– Na verdade, eram tecidos para mamãe. Sabe que está de luto, e não veste qualquer coisa.

– Ah, sei – tia Elisa fingiu acreditar. – Coitada da Margarida! A propósito, como ela está?

– Muito triste – tornou Isabel. – Apesar de ter melhorado muito, ainda não se recuperou da perda do papai. Foram muitos anos de casamento. A senhora sabe como é difícil.

– Eu não sei nada – disse tia Elisa, com vigor. – Eu nem de luto fiquei quando o falecido se foi. Luto pra quê? Não vai trazer a pessoa de volta, nem chorar adianta. Em uma semana já estava num baile de máscaras.

Todos riam, pois foi exatamente aquilo que tinha acontecido. Tia Elisa era excêntrica e todos já estavam acostumados.

As duas se retiraram para almoçar, e tia Elisa comentou com Bernadete:

– Essas duas não me enganam. Sou mulher vivida, sei que não foram a loja alguma, foram atrás de homem.

Bernadete horrorizou-se:

– A senhora está enganada. Isabel é noiva de Pedro e Rosa Maria começou a ser cortejada por Augusto, um excelente partido. Aonde elas iriam a uma hora dessas?

– Eu não sei, mas que elas foram atrás de homem, foram, e é bom que você fique atenta se não quiser ter duas perdidas na família.

Bernadete percebeu que o que tia Elisa falava poderia ser verdade. As duas haviam levantado muito cedo dizendo que não regressariam à quinta naquele dia e que iriam às compras. Voltaram tarde, nervosas e sem nada nas mãos. Mas aquilo não fazia muito sentido. Rosa Maria não ousaria procurar Augusto uma hora daquelas e não havia motivo para Isabel mentir que iria comprar fazendas. Se quisesse ver o noivo, era só falar. Mas, de qualquer forma, ela iria averiguar melhor.

A tarde passou rapidamente, pois a presença de tia Elisa alegrava a todos com suas tiradas cômicas. A noite chegou e enquanto se preparavam para o jantar, Isabel tornou:

– Chegou a noite e ainda não temos ideia de como vou sair daqui para dormir com Lúcio.

– Eu pensei muito e também não cheguei a nenhuma conclusão.

– Pois eu posso ajudá-las – era a voz de tia Elisa que acabava de entrar no quarto. – Desculpem, mas ouvi toda a conversa. Sei que Isabel quer dormir com um homem e não sabe como sair desta casa, pois eu as ajudarei.

Capítulo 6

As duas ficaram nervosas. Tia Elisa era uma mulher à frente de seu tempo, mas não sabiam até que ponto podiam confiar.

– Percebo que não estão confiando em mim. Realmente, desconfiei que tinham feito alguma coisa errada, até comentei com Bernadete para ficar de olho em vocês, mas fiz isso só para ludibriá-la. Percebi que uma das duas está amando e sou sempre a favor do amor, o amor é lindo!

Isabel sorriu embaraçada:

– Não tive culpa, tia. Sou noiva, mas me apaixonei por outro. Não foi intencional.

A velha senhora aproximou-se mais, encarou-a e disse:

– Nada no amor é intencional, até que se prove o contrário – riu gostosamente. Seus olhos brilharam parecendo perdidos num ponto indefinido quando prosseguiu: – Eu amei muito nesta vida, todo mundo sabe que não tenho certeza de quem Josefa é filha. Sempre traí meu marido que era um homem insípido, sem graça. Quem mandou me casarem com quem não queria? Traí muito, tive muitos amores e amantes. Por isso, sou a favor de tudo. Se você quer se encontrar com outro homem, que vá. Na hora certa as ajudarei.

Isabel e Rosa Maria agradeceram e foram jantar como se nada houvesse acontecido.

Em seguida, enquanto todos saboreavam os licores, tia Elisa chamou Isabel a um canto dizendo:

– Quando for para o quarto, não feche a porta. Fique atenta e assim que eu entrar, não faça barulho.

Quando a sessão de música acabou, todos foram se recolher. Isabel estava nervosa e não conseguia ficar quieta na cama. Perto da meia-noite, a porta abriu-se e tia Elisa entrou no quarto com uma escrava.

– Fique calada. Durvalina vai dormir em sua cama, enquanto você sairá com as roupas dela.

– Com as roupas dela?

– Sim. O cocheiro a levará para a casa do seu amado e ninguém desconfiará de nada. É comum escravos saírem às noites para dar recados de seus donos. Se Bernadete desconfiar, fingirei um ataque do fígado e direi que mandei o cocheiro com Durvalina buscar umas ervas na casa de uma conhecida. Fique tranquila.

Isabel e Durvalina trocaram as roupas com rapidez e logo ela estava indo em direção à casa de Lúcio. Ao ver a sobrinha partir, tia Elisa chorou emocionada por estar ajudando o que na sua visão era o amor, sem saber que estava auxiliando Isabel a cometer uma vil traição pela qual seria responsabilizada também diante das leis cósmicas que regem o universo.

Capítulo 7

Não foi difícil para Belarmina reconhecer Isabel, que desceu rapidamente da carruagem e seguiu em direção ao palacete de Lúcio. Ninguém àquela hora passava naquela rua e, à medida que Isabel se aproximava do portão, fácil lhe foi reconhecer o rosto. Belarmina abriu o portão com rapidez dizendo:

– A moça é muito corajosa, daquelas que o sinhozinho Lúcio gosta. Entre logo, ele a espera no quarto.

Já dentro da casa, Isabel seguiu as orientações da escrava, chegou à porta do quarto de Lúcio, girou a aldrava, abriu e entrou. A visão de Lúcio deitado na cama, completamente nu a esperá-la, fez com que Isabel tremesse de emoção. Embora a atração física tivesse aumentado naquele momento, ela sentia que o amava profundamente e não tinha dúvidas de que aquele era o momento certo de se entregar.

Lúcio, observando sua emoção, fez um gesto convidando-a para a cama, ao que ela obedeceu prontamente. Ambos se beijaram com muita emoção e naquele instante Isabel percebeu que jamais sentira algo parecido. Os beijos de Pedro, apesar de carinhosos e sensuais, jamais despertaram nela a emoção que sentia naquele momento.

Lúcio foi tirando lentamente as roupas de Isabel e logo os dois estavam se amando. O tempo foi passando e Isabel esqueceu-se de tudo. Amaram-se por quase toda a noite e em seguida, exaustos, adormeceram.

Na casa de Bernadete, tia Elisa e Rosa Maria não conseguiam dormir. Passava das quatro da manhã e Isabel não aparecia. O que diriam a Bernadete e João caso amanhecesse e Isabel não se encontrasse em casa? Tia Elisa, naquele momento, já estava arrependida por ter ajudado a sobrinha naquela aventura. Ela era uma mulher liberal, a favor do amor e do sexo livre, mas naquela época uma mulher assim era rara e bastante incompreendida, por isso não queria confusões com Bernadete, que a recebera com carinho e atenção. Olhou para Rosa Maria e disse nervosa:

– Sua irmã é uma doida, tudo bem que fosse se encontrar com o homem amado, mas já deveria estar aqui. Se o dia amanhecer e Isabel não descer para o café, Bernadete virá até o quarto dela e vai encontrar a escrava no lugar. Não quero ser prejudicada por ter ajudado uma pessoa inconsequente e sem juízo igual Isabel.

-Acalme-se, tia, se Isabel não chegar até o dia amanhecer, diremos que ela amanheceu indisposta e não quer se alimentar. Se Bernadete quiser entrar no quarto para vê-la, direi que Isabel não quer ver ninguém, e que quer ser cuidada por mim.

– Temo que isso não dê certo, Bernadete pode desconfiar e descobrir tudo. O jeito é você ir lá, bater na porta e trazê-la de volta, custe o que custar.

– Ficou louca, tia Elisa? O palacete de Lúcio é longe daqui e como a senhora mesmo disse, Lisboa está cheia de malfeitores. Se sair daqui a uma hora dessas, é capaz de não voltar com vida.

Tia Elisa refletiu um pouco e percebeu que a sobrinha tinha razão. Tomou uma decisão e falou:

– Então, eu mesma irei lá. Tenho 60 anos, retiro minhas joias, vou com roupas simples. Não creio que nenhum malfeitor se aproximará de mim.

Capítulo 7

Rosa Maria não aprovou muito aquilo. Tia Elisa podia ser velha, mas ainda era atraente, tinha formas exuberantes, era de boa família, podia sim ser vítima de um malfeitor, afinal, a capital estava realmente cheia de ladrões, salteadores, bêbados e viciados de todos os tipos, contudo não via alternativa. Por isso concordou:

– Então, vá logo antes que o dia amanheça.

Tia Elisa trocou-se rapidamente e saiu pelas ruas em direção ao palacete dos Alvarez. Ao contrário das sobrinhas, ela conhecia muito bem a cidade e não foi difícil chegar lá. Naquela madrugada as ruas estavam calmas e apenas alguns vultos humanos se esgueiravam pelas esquinas.

Aproximou-se do cocheiro que dormia e pediu:

– Levante-se e toque a sineta, preciso tirar Isabel urgente daí.

O cocheiro fez o que ela pediu, e após muita insistência, Belarmina apareceu na porta com rosto assustado.

– O que deseja?

– Vim buscar minha sobrinha que está aí. Por favor, chame-a.

A escrava respondeu:

– Sinto muito, senhora, mas não posso incomodar o sinhozinho Lúcio. São ordens dele.

– Eu preciso tirar minha sobrinha daí, o dia vai amanhecer e ela não pode estar fora de casa. Por favor, acorde o seu dono.

– Eu não posso, senhora, ele me castigaria...

Tia Elisa, irritada e notando que a escrava possuía muita cumplicidade com o senhor, disse:

– Se você não fizer isso, faço um escândalo aqui na porta e acordarei os vizinhos. Ou você chama minha sobrinha ou saberá do que sou capaz.

Belarmina, percebendo a determinação daquela senhora e sem coragem para acordar o sinhozinho Lúcio, deixou tia Elisa entrar e ela mesma ir ao quarto acordar a sobrinha, afinal, se era tia, tinha esse direito, e ela não sairia como culpada.

A escrava desceu a escadaria, passou pela grande alameda e abriu o portão dizendo:

– Vá a senhora mesma até o quarto dele.

Tia Elisa entrou e, seguindo as orientações de Belarmina, foi até a porta do quarto e bateu com força gritando pelo nome de Isabel. Como ninguém abria, ela girou a aldrava e entrou. A cena que viu chocaria qualquer outra mulher decente da sociedade lusitana, menos ela que estava acostumada com tudo. Isabel e Lúcio estavam completamente nus, enroscados um no outro. Ao lado e por cima da cama, várias garrafas de bebidas vazias levavam a crer que, além de sexo, eles tinham bebido muito.

Ela começou a sacudir Lúcio e Isabel, mas nenhum dos dois acordava por causa do sono pesado provocado pela atividade física e bebidas. Então, ela pediu a Belarmina uma jarra com água fria, ao que a escrava atendeu prontamente. Assim que tomou a jarra nas mãos, ela despejou o conteúdo nos dois, que acordaram assustados sem saber o que estava acontecendo. Quando deram por si, Isabel gritou:

– Tia? O que está fazendo aqui?

Lúcio esbravejou:

– Quem é essa maluca e o que faz no meu quarto? Como entrou aqui?

– Isso não importa. O que importa mesmo é tirar Isabel daqui o mais rápido possível.

– Isabel agora é minha, e não precisa sair de minha casa.

– Isabel é noiva, tem boa família e um nome a zelar. Foi loucura eu tê-la ajudado a vir aqui dormir com você – olhou para Isabel com energia e falou: – Vamos logo, sua maluca, se sua irmã descobre onde você está ou caso Pedro desconfie do que aconteceu, nem sei o que será de você.

Tia Elisa percebeu que Isabel tremia de frio. O inverno estava rigoroso em Portugal, e, temendo que ela adoecesse, tratou de enxugá-la com a primeira toalha que viu na frente. Assim que a sobrinha estava arrumada, ela a pegou pela mão e olhando para Lúcio disse:

– Se você está gostando mesmo de minha sobrinha, deve esquecer encontros clandestinos como esse. Isabel é noiva, tem um nome a zelar. Se ela gosta de você, deve terminar o noivado com Pedro e só depois voltem a se encontrar.

Lúcio sabia que aquela senhora tinha razão. Apesar de Isabel ter se entregado a ele com facilidade, era uma moça de família, não iria continuar se sujeitando àqueles encontros. Também havia sua noiva, Rosalinda. Se ela descobrisse o que havia acontecido, terminaria o noivado para sempre. Naquele momento, Lúcio refletiu que era aquilo que deveria fazer: romper definitivamente com a noiva e pedir a Isabel que rompesse com Pedro. Por isso disse:

– Isabel, sua tia tem toda razão. Nós nos amamos e não podemos ficar nos encontrando assim. Você precisa acabar com seu noivado e eu com o meu. Só assim poderemos ficar juntos.

Isabel sabia de sua fama de boêmio e leviano, mesmo amando não podia confiar.

– Não sei se tenho coragem para romper meu noivado com Pedro que me ama também e com sinceridade. Toda a corte diz que você é um doidivanas que se envolve com todo tipo de mulher, mas no final acaba sempre voltando para Rosalinda. Só termino tudo com Pedro após ter a comprovação de que você rompeu tudo com ela.

Vendo que Isabel era decidida, ele afirmou:

– Pois é isso que farei. Depois dessa noite, tenho certeza de que você é a única mulher que amei na vida. Não se preocupe, pois terá notícias minhas em breve.

Tia Elisa puxou Isabel pelo braço com mais força e logo estavam na carruagem. Enquanto se dirigiam para casa, tia Elisa salientou:

– Vejo que o moço está realmente amando você. Que sorte! Ele é muito bonito e sensual.

— E eu o amo, tia Elisa. Sei que, a partir de hoje, não conseguirei mais viver longe dele, mas por outro lado, não posso terminar meu noivado sem garantias de que vou me casar com Lúcio. Não nego que desejo ser riquíssima, ter vida de rainha. Pedro é muito rico, mas Lúcio, pelo que vi, tem o dobro de sua riqueza. Estarei unindo o amor aos meus interesses materiais.

— Acha que isso pode dar certo?

— Claro que sim! Casarei com o homem da minha vida e ainda por cima serei rica.

— Quero dizer que o amor não deve ser misturado a interesses materiais, nunca dá certo. Digo por experiência própria. Se o Lúcio fosse um boêmio pobre, você se casaria com ele do mesmo jeito?

Aquela pergunta apanhara Isabel de surpresa. Ela não havia parado para pensar naquilo. Refletiu que, mesmo amando, se Lúcio fosse pobre, ela não seria sua esposa.

— Não sei, tia, não sei. A senhora me deixou confusa — disse encerrando o assunto.

O resto do caminho elas percorreram em silêncio, cada uma imersa em seus pensamentos íntimos. Ao chegarem em casa, o silêncio continuava, dando sinal de que não havia ninguém acordado. Isabel banhou-se rápido e trocou de roupa novamente com a escrava. Pela manhã, levantou-se novamente como se nada houvesse acontecido, embora Bernadete tivesse observado que fundas olheiras cobriam seu rosto.

Em seguida, as irmãs se arrumaram para voltar à quinta, e tia Elisa pediu para ir com elas. Logo, o cocheiro estava partindo para levá-las ao destino.

Capítulo 8

Estava perto da meia-noite quando Lúcio chegou ao bordel de Madame Celina. A cafetina já o esperava ansiosa, pois havia mais de quatro dias que seu amado não aparecia. Vestida de vermelho carmim, cabelos lisos e soltos a escorrerem pelos ombros nus e morenos, flor no cabelo, maquiagem vermelha exagerada, unhas igualmente na cor vermelha, grandes e afiadas, junto com uma sombra negra nos olhos grandes e inquietos faziam seu visual. Estava tamborilando as unhas afiadas sobre o balcão quando viu Lúcio entrar e se aproximar. Foi beijá-la, mas ela se esquivou:

– Onde esteve todos esses dias? – perguntou raivosa.

– Resolvendo problemas de meu pai e cantando, oras! Onde mais poderia estar?

A cafetina continuava desconfiada:

– Tem certeza de que não tem um rabo de saia metido nisso?

– Claro que não, meu amor – disse beijando-a finalmente. – Sou louco por você e sabe que só me casarei com Rosalinda por questões sociais.

– É que quando você não vem aqui às segundas-feiras, geralmente é porque apareceu algum rabo de saia. Se eu souber que está me enganando novamente, nem saberei do que sou capaz.

Celina era uma mulher de meia-idade, muito bonita e sensual. Havia herdado o bordel da mãe e prosseguiu na tarefa da comercialização de corpos sem, contudo, prostituir-se. Vestia-se daquela maneira para agradar aos clientes, mas só se relacionava mesmo com Lúcio.

Ele era um pouco mais jovem quando começou a frequentar a Casa da Perdição e logo ela se apaixonou, iniciando com ele um intenso caso de amor. A partir daquele dia, Celina fazia de tudo para deixar o rapaz aos seus pés.

Enquanto as outras prostitutas divertiam-se em sonoras gargalhadas e dançavam ao som de estridente melodia, sendo aplaudidas pelos fregueses, Madame Celina pediu que Lola tomasse conta de tudo enquanto levava Lúcio ao quarto. Amaram-se por mais de uma hora, mas não passou despercebido à cafetina que Lúcio estava distante e frio, longe daquele homem ardente e fogoso que ela bem conhecia. Tinha certeza de que havia outra mulher na vida dele e faria tudo para descobrir e tirar de seu caminho.

Já a quinta estava bastante animada com a visita de tia Elisa. Embora Margarida fosse uma mulher bastante conservadora e religiosa, acabava por se abrir às brincadeiras da velha cunhada que, por sua vez, procurava não exagerar, sabendo de seu temperamento moralista.

Isabel não parava de pensar em Lúcio um instante sequer e foi com satisfação e alívio que recebeu um dos mensageiros de Pedro dando-lhe o recado que havia viajado com o pai a negócios, regressando somente dali a duas semanas.

Por sua vez, Rosa Maria esperava com ansiedade que os dias passassem e logo chegasse o final da semana para receber a visita de Augusto. As irmãs estavam entretidas olhando o belo pôr do sol, debruçadas no balaústre, quando tia Elisa chegou comentando:

– Que lindo o pôr do sol! Lembro-me dos belos finais de tarde em Paris quando o admirava ao lado dos meus amantes. Grande

Capítulo 8

Paris! É o único lugar do mundo onde o sexo é livre!

Rosa Maria achou aquilo esquisito:

– Não estará a senhora enganada? Sempre soube que as leis de Paris são muito rígidas no que diz respeito à moral.

Tia Elisa sorriu ao dizer:

– As leis podem ser rígidas, minha filha, mas a moral lá é meio mole, sabe?

As irmãs sorriam divertidas. Tia Elisa perguntou:

– E você, querida Isabel? O que resolveu fazer com seu noivo?

– Ainda não sei. Já é quarta-feira e não tive sinal algum de Lúcio. Ele ficou de terminar tudo com a noiva e vir me procurar, preciso esperar.

– Você está mesmo apaixonada – tornou Rosa Maria, suspirando.

– E pelo visto você também está. Conheço bem esse suspiro – observou tia Elisa. – Quem é o escolhido?

Ela corou:

– É Augusto Souza e Silva...

– O solteirão convicto? Estarei ouvindo bem?

– É ele sim, tia, embora não tenhamos firmado nada, senti que mexi com ele. Tanto que virá nos visitar no domingo. Farei um almoço especial e espero que a senhora seja mais discreta possível.

– Nem precisa pedir. Terei comportamento de freira.

Rosa Maria e tia Elisa continuaram a conversar sem notar que Isabel, perdida em pensamentos, acabava de ter uma ideia. Saiu sem ser percebida pelas duas e foi ter com o escravo que servia de cocheiro:

– Tonho, prepare a carruagem, você levará um bilhete para mim até Lisboa.

– Para quem sinhazinha?

– Em breve saberá, vá preparando tudo que logo retorno.

Isabel foi para o quarto e escreveu para Lúcio:

"Amado Lúcio,

Espero que já tenha encontrado uma solução para o nosso problema. Amo-o como nunca, e se me ama também, resolva tudo o mais rápido possível e venha passar o domingo na quinta com minha família. Teremos visitas especiais, e me sentiria muito feliz com sua presença.

Da sempre sua, Isabel".

Colocou rapidamente o papel num envelope e na pressa esqueceu-se de lacrá-lo. Voltou ao cocheiro e dando-lhe referências, enviou-o à procura de Lúcio.

Ao chegar à casa do jovem, não o encontrou, contudo, a escrava Belarmina, pensando ser algo importante ligado às suas serenatas, informou:

– Você poderá encontrá-lo na Casa da Perdição. Basta dizer o nome que uma das meninas de Madame Celina vai chamar.

Tonho seguiu até o bordel e tocou a sineta. Logo, uma prostituta apareceu e ele disse ter importante missiva para Lúcio. Guilhermina procurou Celina que, interessada, foi pessoalmente receber o cocheiro.

– Sinhozinho Lúcio está dormindo. Pode deixar o bilhete comigo que o entrego assim que ele acordar.

Tonho ainda pensou em desistir, mas se lembrou da urgência de Isabel pedindo que entregasse ainda naquele dia o bilhete e acabou passando-o às mãos da estranha mulher.

Assim que despediu o escravo, Madame Celina aproveitou que Lúcio estava adormecido, por ter passado a tarde inteira bebendo e fazendo sexo, e abriu o bilhete e leu. Seu rosto ficou rubro à medida que leu o conteúdo. Então, realmente existia uma mulher nova na vida dele. Como ousou traí-la daquela maneira? Possuída pela ira, Madame Celina pensou em rasgar o bilhete, mas auxiliada por espíritos inferiores, teve uma ideia.

– Lola, faça-me o favor.

Capítulo 8

A mulher aproximou-se solícita e ela prosseguiu:

– Fique com este bilhete que vou me recolher aos meus aposentos. Fingirei dormir junto com Lúcio e assim que ele acordar, diga que acabou de recebê-lo e o entregue. Ele não poderá saber que o li. Existe uma tal de Isabel que está de ligação com ele. Fingirei nada saber para poder agir com mais precisão. Eles não sabem o que os aguarda.

Lola pegou o bilhete e, enquanto via a patroa subir, guardou-o numa gaveta para fazer justamente como ela pedira.

Capítulo 9

Assim que Lúcio acordou, ainda tonto pelas muitas taças de vinho que havia tomado, levantou-se e começava a se vestir quando Madame Celina, que fingia acordar com seus movimentos, perguntou bocejando teatralmente:

– Já vai, amor? Ainda está cedo...

– Tenho de chegar em casa antes de meu pai. Ele está cismado que continuo me encontrando com você. Não é bom que veja meu estado.

– Seu pai precisa entender que um homem como você não pode ficar sem uma boa amante – tornou vaidosa.

– O que meu pai quer é evitar outro escândalo de Rosalinda e seus pais. Meu casamento com ela é prioridade, não posso decepcioná-lo.

Aquela frase soou estranha para Celina. Era fato que ele estava gostando de Isabel e pelas vestes do cocheiro, era uma moça de família. Será que a estaria enganando também? Ou será que teria coragem de romper realmente com Rosalinda? Pensou em lhe fazer algumas perguntas, mas resolveu calar. Seu plano não podia falhar.

– Então, não decepcione seu pai, vista-se e chegue rápido a sua casa. Só quero lembrá-lo de que, mesmo casado, nosso

Capítulo 9

caso continuará. Não sei do que seria capaz se um dia você me deixasse.

Lúcio fez com que ela levantasse da cama, puxou-a para si e disse com ardor:

– Nunca a deixarei. Nunca me senti tão realizado como homem, do jeito que me sinto a seu lado.

Beijaram-se e Celina sentiu-se a mulher mais feliz do mundo, naquele momento.

Desceu as escadarias de braços dados com ele, quando Lola, fingindo naturalidade olhou-o e disse:

– Sinhozinho Lúcio, perdoe-me tomar seu tempo, mas enquanto esteve no quarto com a madame, um escravo veio até aqui e pediu-me que lhe entregasse este bilhete. Como a madame não gosta de ser interrompida quando está com o senhor, esperei que descesse.

Lúcio pegou o envelope das mãos de Lola, afastou-se de Celina e o abriu. À medida que o lia, seu rosto se distendia e seus olhos brilhavam. O bilhete era de sua amada Isabel e ela o convidava para passar o domingo a seu lado na quinta. É claro que ele iria. Tentou disfarçar o entusiasmo, virou-se para Celina e disse:

– Nada tão importante, um convite para uma serenata numa quinta.

– E você vai? – perguntou Celina, tentando disfarçar o ódio.

– Sim, querida, sabe como adoro cantar. Agora dê-me licença que realmente preciso ir.

Assim que Lúcio fechou a porta, Madame Celina teve um ataque de fúria e saiu pela sala quebrando tudo o que achou pela frente. Lola e as meninas tentaram acalmá-la, mas em vão. Só quando tudo estava estragado foi que caiu em si, arriou-se no chão e chorou como nunca. Tinha certeza de que Lúcio amava Isabel. Sua expressão de amor ao ler o bilhete e seus olhos brilhantes de emoção não lhe deixavam dúvidas. Mas ela faria tudo que estivesse ao seu alcance para separar os dois, e se não conseguisse, faria de tudo para que nunca fossem felizes.

Assim que Lúcio adentrou a sua casa, foi direto para o banho. Caprichou no visual e uma hora depois estava sentado na sala tirando algumas notas no seu violão. Sua mãe Tereza estava entretida em um bordado quando o marido Januário chegou, colocou a bengala e o chapéu no aparador e dirigiu-se diretamente ao filho:

– Até quando você vai ser irresponsável? – sua voz era ríspida e arrogante.

– Está falando comigo? – perguntou Lúcio, sem olhar para o pai, continuando a dedilhar o violão.

O senhor Januário tirou-lhe o instrumento das mãos com violência jogando-o sobre o sofá dizendo:

Sei que passou toda a tarde com a rameira da Celina. O que eu faço com você? O que fiz para ter um filho pervertido desse jeito?

Tereza deixou o bordado e interveio:

– Não fale assim com nosso filho, Januário. O Lúcio só faz o que todos os jovens da idade dele fazem.

– Quando não são noivos e nem têm um compromisso sério e honrado com uma moça honesta feito Rosalinda. Honesta e de excelente família.

– Como disse mamãe, só faço o que é normal a todo homem fazer. Rosalinda que se acostume. Passarei mais tarde na casa dela, ficarei alguns minutos e que se dê por satisfeita.

O senhor Januário não se conformava:

– Parece que você não gosta nem um pouco dessa pobre moça. Ela morre de amores por você.

– Meu casamento com ela é de conveniência. Não gosto mesmo de Rosalinda. Ela não é mulher pra mim. E se eu pensar melhor, acabo por desistir desse casamento.

Januário ficou rubro:

– Você só desiste de se casar com ela por cima de meu cadáver. Eu já sou muito bondoso com você em deixá-lo cantar para ganhar um dinheirinho e não obrigá-lo a fazer uma faculdade. Todos os seus amigos estudam, menos você. Fiz isso em troca de você casar-se com a mulher que eu escolhesse. Lembra do nosso acordo? Você seria cantor com minha permissão, mas eu é que escolheria sua mulher.

– E por que foi escolher logo Rosalinda?

– Por causa do nome, fortuna e tradição de sua família. Nós somos da aristocracia portuguesa, precisamos unir fortunas, nomes. Quer uma pessoa melhor do que Rosalinda para isso?

– Pois eu me caso, mas não me obrigue a amá-la ou deixar de ter minhas amantes. Sei que sou bonito, ardente e desejado. Preciso aproveitar.

– Permito tudo isso, desde que não venha mais aborrecer sua futura mulher. Não vou tolerar mais nenhum escândalo.

O senhor Januário saiu da sala, e Tereza pegou as mãos nervosas do filho com carinho:

– Não se preocupe, Lúcio, seu pai tem essas crises de nervos, mas logo volta ao normal. Certamente, alguém o viu entrando no bordel e logo foi contar. O que menos faltam são fofoqueiros em Lisboa. Agora tome muito cuidado. Rosalinda já sofreu muito com suas traições, terminou o noivado duas vezes. Se acontecer novamente, tenho certeza de que ela não voltará atrás, e aí não poderei defendê-lo junto a seu pai.

Lúcio sentiu que não poderia levar o noivado com Rosalinda adiante, mas não sabia como fazer para terminar. Ele vivia sustentado pelo dinheiro do pai que havia prometido ajudá-lo a manter o lar com riqueza e luxo após o casamento para que nada faltasse à Rosalinda. O dinheiro que ganhava com as serenatas não dava para viver com dignidade e ele não queria estudar. O que fazer?

Sentindo-se sufocado, pegou o chapéu e saiu em direção à casa da noiva. Lá chegando, foi recebido com entusiasmo pela moça:

– Meu amor, como senti sua falta esses dias que não apareceu!

Ele a beijou discretamente no rosto e a conduziu para a sala de estar, onde estavam seus pais.

— Nem sempre dá para aparecer. Meu pai chega tarde, às vezes, e fico fazendo companhia à minha mãe. Quando isso não acontece, estou ensaiando com meus amigos ou compondo.

A senhora Brígida, mãe de Rosalinda, abraçou Lúcio com carinho dizendo:

— Já disse para minha filha se acostumar, afinal, está noiva de um músico, de um seresteiro.

— Está noiva de um boêmio, isso sim — foi a voz de Modesto, pai da moça, com ar de crítica e reprovação. — Se o seu noivo fosse mais disciplinado, viria vê-la todas as noites.

Lúcio jamais apreciou o sogro que, a seu ver, era um homem antipático e sem caráter. Cobrava perfeição nos outros, mas era também viciado em bebidas e mulheres da vida.

— Não se preocupe, meu sogro, esse boêmio aqui sabe fazer sua filha feliz.

— Pare de implicar com o moço, Modesto — atalhou a senhora Brígida. — Não vê como nossa filha é completamente feliz quando está com ele? Um casamento por amor é tudo quanto uma mulher precisa para se realizar.

— Minha filha ama Lúcio, isso bem sei. Mas será que ele a ama? Tenho minhas dúvidas.

Rosalinda cortou:

— Tenho certeza de que Lúcio me ama e já que chegou cedo, venha jantar conosco.

Lúcio engoliu a contrariedade e foi para a mesa com os sogros e a noiva. Mais tarde, na sala de estar, enquanto eram servidos os licores e a senhora Brígida tocava piano, Lúcio e Rosalinda falavam sobre suas vidas e ela demonstrava o quanto estava feliz com a proximidade do casamento. Só o senhor Modesto ouvia tudo calado, meneando a cabeça negativamente como se não acreditasse em nada daquilo.

Capítulo 10

Era sábado à tarde quando Rosalinda e sua mãe bordavam peças de seu enxoval. A conversa entre as duas fluía fácil. Uma contando como era a vida de mulher casada, a outra revelando seus sonhos de felicidade para o futuro. Ouviu-se o característico som da sineta e, após alguns minutos, uma escrava entrou na sala e com a cabeça baixa disse:

– Um moleque de rua mandou entregar esta carta para a sinhá.
– Moleque de rua? – bradou a senhora Brígida com raiva.
– Como você recebe uma carta das mãos de uma pessoa dessas? Merecia castigo.

A escrava começou a chorar com medo e implorou:
– Perdão, sinhá, é que não tive tempo de vir avisar. O moleque colocou a carta em minhas mãos, disse que era para a sinhazinha Rosalinda e pôs-se a correr. Não adiantou gritar.
– Está bem, Cícera. Volte para seus afazeres e dê-me cá isto.

A escrava saiu a passos rápidos sumindo no longo corredor, enquanto Brígida observava o envelope.
– Está lacrado e sem remetente.
– Abra logo, mamãe, e leia. O que será que essa pessoa quer me dizer?

A senhora abriu o envelope, retirou a carta de dentro e pôs-se a ler:

"Querida Rosalinda,
Como você já sabe, sou amante de seu noivo há muitos anos. Sei que tiveram sérias brigas por minha causa, mas não é comigo que deve se preocupar, mas sim com Isabel, uma moça pela qual seu noivo está perdidamente apaixonado a ponto de pensar em deixá-la para sempre. Se duvida de minhas palavras, vá amanhã até a quinta Santo Antônio, às margens do Tejo, e terá a certeza do que digo. Seu noivo ama outra e esta outra chama-se Isabel. Como sou uma mulher da vida, não dou importância ao amor, mas me sinto penalizada em ver a senhorinha, uma verdadeira dama, sofrer esse tipo de traição. Vá lá amanhã e resolva logo sua vida. Você não pode viver para sempre humilhada.
Da grande admiradora,
Madame Celina".

Rosalinda, que foi ficando vermelha a cada frase lida pela mãe, caiu no sofá desabando num choro convulsivo, gritando entre dentes:

– Maldita seja essa Isabel, maldita seja! Como ousa roubar meu Lúcio? Isso não ficará assim, eu juro que a mato!

Brígida ficou preocupada com o estado da filha. Sempre que descobria uma traição do noivo, Rosalinda perdia o controle e não raro ficava doente, prostrada na cama por vários dias. Por isso, tentou contemporizar:

– Acalme-se, filha, você não sabe se essa dona de bordel está falando a verdade. Pode ser apenas na intenção de vê-la sofrer como está acontecendo agora. Não se deixe levar por uma calúnia como esta.

Rosalinda, olhos vidrados de ódio, respondeu:

Capítulo 10

— Mas é claro que é verdade, mamãe. A Madame Celina é apaixonada por ele, e não mandou esta carta por pena de mim, mas para que eu faça um escândalo e acabe com o romance entre o Lúcio e a Isabel. E ela fez certo, pois é isso mesmo que farei amanhã. Irei até essa quinta e mostrarei do que sou capaz. Assim como terminei o romance entre ele e outras mulheres, acabarei com mais um. Eu amo Lúcio e é só comigo que ele vai ficar.

— Com você e com Madame Celina — salientou Brígida, tentando trazer a filha de volta à razão. — Se ela sabe que ele estará amanhã com essa Isabel, é porque os dois ainda continuam se encontrando.

— Eu já não me importo com essa prostituta, todos os homens as têm. O que não posso deixar é que ele termine o nosso noivado por causa de outra. Se ela disse que ele pensa em romper comigo, é porque a outra também deve ser moça de família — fez pequena pausa e continuou. — A senhora já ouviu falar dessa quinta Santo Antônio?

— Não. Sei que às margens do Tejo existem muitos sítios e quintas, mas dessa em particular nunca ouvi dizer, mas não será difícil descobrir. Qualquer cocheiro de aluguel saberá nos conduzir.

— Então prepare-se, mamãe, amanhã iremos lá e acabaremos com essa festa.

— Mas procure se controlar, filhinha. Lúcio virá aqui esta noite noivar com você, não é bom que a veja com esse semblante raivoso e sofrido.

— Não irei recebê-lo. Quando ele chegar, diga-lhe que estou deitada com uma terrível dor de cabeça por conta das minhas regras.

A senhora enrubesceu:

— Ficou louca? Um homem não deve saber quando as regras da noiva chegam.

— Então, invente que comi alguma coisa e passei mal. O que não posso é deixar que me veja hoje.

Rosalinda saiu em direção ao quarto chorando, e dona Brígida agradeceu aos céus o fato de o marido não estar em casa àquela hora. Depois que a filha fizesse o escândalo, teria certeza de que ele não permitiria mais o casamento entre ela e Lúcio, seria a gota d'água para seu marido Modesto. Daí ela teria de enfrentar o pior: curar Rosalinda da tristeza aguda que seria o rompimento definitivo com o homem que amava.

Quando Lúcio chegou à noite, a senhora Brígida disse-lhe que a noiva estava mal do fígado e repousava. Pediu desculpas pela filha não poder noivar aquela noite e o convidou para um chá, o que ele recusou de pronto.

Lúcio sentiu-se profundamente aliviado e dali foi direto para a Casa da Perdição, onde passou toda a noite nos braços de Madame Celina.

Apesar de ter passado quase toda a noite acordado, Lúcio levantou-se muito cedo no domingo, foi para casa, arrumou-se com esmero e disse aos pais que passaria o dia fora. Por mais que o pai insistisse para ele dizer aonde iria, Lúcio simplesmente respondeu que não lhe pertencia e bateu a porta.

Revoltado com a atitude do filho, o senhor Januário esperou alguns instantes e pediu que o outro cocheiro da vivenda o seguisse e voltasse dizendo-lhe onde Lúcio se encontrava.

Na casa de Rosalinda, não foi difícil a senhora Brígida mentir para o marido dizendo que ela e a filha passariam o domingo no sítio de sua irmã Clarice. O senhor Modesto percebeu o ar triste e abatido da filha, mas pensou que ainda era reflexo da comida que lhe havia feito mal no dia anterior e não deu mais importância.

Mãe e filha saíram com o cocheiro particular e no meio da rua abordaram outro que lhes indicou o caminho da quinta Santo Antônio. Já em viagem, Rosalinda tornou:

– Não podemos chegar agora, teremos de esperar.

Brígida estranhou:

– E vamos esperar o quê?

Capítulo 10

— Se chegarmos agora, ele pode nos mentir, dizendo que se trata de uma conhecida que o contratou para uma serenata. Vamos nos aproximar e ficar escondidas nos arredores. Pretendo flagrar os dois numa situação que não possam negar, sob hipótese alguma, que estão se envolvendo. Daí mostrarei quem sou e acabarei com esse circo.

— Muito inteligente de sua parte. Mas e se alguém nos descobrir?

— Ficaremos escondidas no mato, ninguém nos verá.

Rosalinda mostrava-se sempre arguta e inteligente quando via-se à frente de uma traição de Lúcio. Nem parecia aquela moça loura, apagada e quieta que vivia a fazer bordados e a esperar pelo noivo. Dona Brígida sempre se surpreendia naqueles momentos. De qualquer forma, a filha tinha razão e elas seguiram adiante.

Não foi difícil para elas encontrarem um bom lugar para ficar de onde pudessem ver todo o movimento da casa grande.

Dentro da casa a alegria era muita. Tia Elisa, como sempre, contava piadas e bebericava licores, enquanto Rosa Maria e Isabel, auxiliadas por escravas, preparavam um belo assado de carneiro.

Às dez horas, Carlinhos entrou na cozinha e as avisou que visitas importantes haviam acabado de chegar. Coração aos saltos, as duas irmãs correram para a frente da casa. Viram quando Lúcio e Augusto desceram das carruagens praticamente no mesmo momento e conversavam animados entre si.

As moças lhes estenderam as mãos, que eles beijaram com carinho, e foram conduzidos para o interior. Foi com respeito que Lúcio e Augusto beijaram as mãos de Margarida e de tia Elisa e se puseram a conversar com elas.

Isabel havia dito à mãe que Lúcio era um grande amigo de Pedro que viria passar o dia com elas, e a senhora Margarida acreditou. Foi com prazer que, ajudadas por Carlinhos, mostraram toda a quinta e como funcionavam os trabalhos de agricultura e pecuária. Os jovens ficaram surpresos em saber como uma quinta poderia ser tão próspera sendo administrada apenas por mulheres. Foi Isabel quem respondeu:

— Isso só é possível com a ajuda de Carlinhos. Ele aprendeu todo o serviço com nosso pai e é quem faz praticamente tudo aqui.

O almoço transcorreu calmo e todos riam muito com as tiradas cômicas de tia Elisa. Ao terminar, foram para a varanda apreciar a paisagem e tomar licores. Num dado momento, tia Elisa chamou Margarida para dentro da casa, a fim de deixarem os jovens mais à vontade. Os casais foram se distanciando e Rosa Maria e Augusto foram para o pomar enquanto Lúcio e Isabel continuaram na varanda. Vendo-se a sós com a amada, ele lhe tomou as duas mãos e as beijou com paixão.

— Eu amo você, Isabel, mais do que tudo na vida, mas não resolvi ainda minha situação com Rosalinda. Meu pai insiste que me case com ela para unir os nomes e as fortunas e eu não sei como dizer não a ele. Pensei até em fugir com você, mas para onde iremos e do que viveremos?

Isabel olhou-o entristecida:

— Há de existir algum jeito, Lúcio, o que não podemos é nos amar tanto e ficarmos assim, longe um do outro.

Não resistindo mais à paixão, Isabel puxou Lúcio para si e o beijou apaixonadamente nos lábios. Adorando a ousadia dela, Lúcio retribuiu com mais ardor ainda. Ficaram assim, envolvidos no clima de paixão, quando ouviram um grito agudo e estridente vindo do lado esquerdo da casa.

Foi com susto e preocupação que Lúcio viu Rosalinda surgir no terraço junto com a mãe, gritando histérica:

— Largue essa rameira, essa vagabunda! Deixe-a agora, Lúcio, ou não respondo por mim.

Nervoso e sem saber o que fazer, ele apenas disse:

— Acalme-se, Rosalinda, vamos conversar.

Ela se aproximou dele estapeando-o no rosto, nos braços, no peito, enquanto a senhora Brígida puxava os cabelos de Isabel

Capítulo 10

chamando-a de prostituta e outros nomes indignos. Os gritos ecoaram por toda a quinta, e logo todos estavam presentes na varanda separando a briga. Tia Elisa sacudiu Brígida com força jogando-a ao chão, enquanto Rosalinda era separada de Lúcio pelas mãos fortes de Augusto. Quando a confusão se amainou, a senhora Margarida, indignada com o que viu, perguntou com voz severa:

– O que está acontecendo aqui? Eu exijo uma explicação.

Era visível a vergonha no rosto de Isabel, e antes que Rosalinda começasse a gritar novamente, Lúcio se pronunciou:

– Eu explico tudo, senhora Margarida. Acalme-se.

Capítulo 11

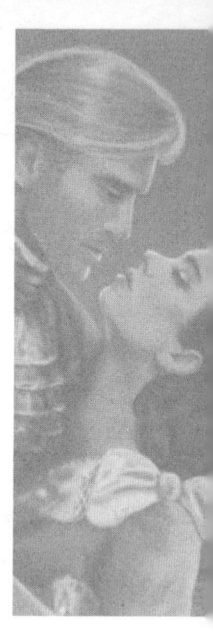

Diante do tom grave que Lúcio imprimiu à voz, Rosalinda calou-se temerosa. Se ele estava disposto a esclarecer tudo, era porque iria preferir Isabel. Coração aos saltos, ouviu atenta:

— Senhora Margarida, eu deveria ter-lhe dito antes que estou interessado em sua filha Isabel e pretendo me casar com ela. Vim como amigo para sua casa, mas na verdade amo sua filha e meu maior desejo é tê-la como minha esposa.

Rosalinda deixava que lágrimas sentidas caíssem sobre seu rosto, enquanto Isabel, olhos vibrantes e postura altiva, sorria alegre.

Margarida não conseguia entender:

— Eu nunca o vi antes. Onde conheceu minha filha?

— Nos conhecemos numa festa de bodas onde meu grupo musical estava tocando. Foi amor à primeira vista. Devo dizer que nos encontramos algumas vezes e Isabel também me ama.

— E essa, aí, gritando e fazendo escândalo, quem é?

— É minha noiva Rosalinda.

Margarida assustou-se, mas antes que ela dissesse alguma coisa, ele prosseguiu:

Capítulo 11

— Nunca amei minha noiva. Eu queria muito ser cantor, ter meu grupo de serenata, tocar nas festas da corte, mas meu pai, sempre muito severo, queria outro destino para mim. O que ele desejava era que eu ingressasse numa faculdade e me tornasse médico ou advogado. Mas não tenho vocação para nenhuma profissão que não seja a música. Disse a ele que não iria estudar, então ele me propôs: deixar-me-ia livre, mas eu teria de casar com a mulher que ele escolhesse. No ímpeto de ser livre, aceitei. Então, ele escolheu Rosalinda, que seria a mulher perfeita. A senhora não sabe, mas meu pai é muito rico, um dos maiores milionários de Portugal, mas quer aumentar o patrimônio casando-me com ela, que é igualmente rica e goza de boa posição na sociedade. Nunca amei Rosalinda e ela sabe disso. Nosso noivado é de conveniência e nosso casamento também seria. Por isso, aproveito o momento para lhe dizer, Rosalinda, que a partir de hoje não temos mais nada, nosso noivado acabou. Quero Isabel e é com ela que quero ficar.

Naquele momento Rosalinda empalideceu, soltou um grito agudo e desmaiou. Todas as atenções foram voltadas para ela. Margarida chamou Carlinhos que a pegou no colo e a levou para uma das camas num grande e arejado quarto. Rosalinda respirava fracamente e fino suor cobria sua testa. Brígida lamentava:

— Meu Deus, minha filha é fraca e não aguentou. Foi um erro termos vindo aqui. Se Modesto descobre, estaremos perdidas.

— Acalme-se, senhora — tornou tia Elisa, solícita. — Tome esse chá de cidreira. Vamos aguardar um pouco para ver se sua filha acorda. Se não acordar, teremos de chamar seu marido de qualquer jeito.

A senhora foi ingerindo o chá, rezando a Deus para que Rosalinda despertasse e elas pudessem voltar logo para casa.

Enquanto isso na sala, Lúcio continuava a conversar com Margarida, na presença de Rosa Maria e Augusto.

— Eu peço mais uma vez desculpas à senhora pelo incidente. Já tentei várias vezes interromper minha relação com Rosalinda, mas sempre cedi às insistências de meu pai e acabei voltando. Mas agora é definitivo. É a sua filha que amo e não descansarei enquanto não me casar com ela.

Os olhos de Isabel brilhavam de amor e contentamento. Augusto aproveitou e disse:

– Senhora Margarida, talvez o momento também não seja oportuno, mas, enquanto estávamos no pomar, eu e Rosa Maria conversamos muito sobre a vida, sobre nós dois e decidimos namorar. Peço a mão de sua filha em namoro e prometo fazê-la muito feliz.

Tia Elisa levantou-se e feliz, disse:

– Que maravilha! Teremos na quinta Santo Antônio dois casamentos! Nada pode haver de maior felicidade.

Margarida fingiu não ouvir o comentário efusivo da cunhada, olhou para Augusto e tornou:

– Eu concedo a mão de Rosa Maria. Vejo em você um moço bom, de caráter ilibado. Tenho certeza de que minha filha será feliz ao seu lado. Já você, Isabel, não tem minha aprovação para casar com Lúcio, e se fizer isso, eu a deserdo e mando ir embora desta casa. Agiu como uma rameira e parece que esqueceu que é noiva de um rapaz bom e honrado feito Pedro.

A fala de Margarida surpreendeu a todos. Isabel protestou:

– Mas, mamãe, o que pode haver de errado com Lúcio? Não vê que nos amamos?

– Esse homem é desonesto, não é pra você, não a fará feliz.

Tia Elisa interveio:

– Margarida, pense bem. Lúcio é honesto, ele se abriu para todos nós, revelou não amar a noiva e que simplesmente está com ela por imposição do pai. Vejo que ele ama Isabel com o coração. Por que impedir que sejam felizes?

– Não gostei do que presenciei aqui, e esse moço vive para cantar. Como vai sustentar uma família?

Lúcio respondeu:

Capítulo 11

— Sou muito rico, tenho inúmeras posses em meu nome. Podemos viver de renda. Sei que a música não daria para oferecer a Isabel a vida de luxo que ela merece, mas com tudo o que tenho, sua filha será muito feliz.

O espírito de Raimundo, ao lado da esposa, dizia:

— Aceite, Margarida. Esta união está no destino dos dois. Não atrapalhe a marcha das coisas.

Margarida captou os pensamentos de Raimundo, mas em seguida, envolvida por um espírito inferior, não deu ouvidos e disparou:

— Mas não temos apenas esse problema, rapaz. Isabel é noiva de Pedro, um excelente rapaz que a ama com todas as forças do coração. Ela não sabe, mas é prometida a ele desde criança, e eu não posso desfazer esse compromisso.

— Mas é injusto que Isabel fique presa a um homem que não ama. Não quer que sua filha seja feliz?

— Quero que ela seja honrada, como todos em nossa família.

Nessa hora, Carlinhos, que estava ouvindo a conversa no corredor, entrou e disse:

— A honra é uma virtude preciosa, mas em nome dela não podemos viver na infelicidade. É mais honrado ser honesto e fazer o que o coração sente, do que viver em nome de um dever social sendo infeliz para o resto da vida. Desculpe-me, dona Margarida, mas a senhorita Isabel nunca seria feliz ao lado de Pedro. Que honra é essa que obriga duas pessoas a viverem infelizes? Será que Deus aprova isso?

Margarida ia reclamar do atrevido escravo, mas Carlinhos tinha sido criado desde pequeno dentro de casa, aprendera a falar corretamente e o que ele acabava de dizer fazia sentido.

Lúcio perguntou:

— E então, senhora Margarida? Concede a mão de sua filha a mim?

Ela permanecia inflexível:

— Não, e o melhor a fazer é tentar acordar sua noiva e tirá-la daqui. Não quero confusões em minha família que sempre foi respeitada por ser honrada e digna.

Isabel ia protestar, mas tia Elisa, com um gesto a impediu. Olhou para Margarida e pediu:

— Não dê resposta definitiva nenhuma a Lúcio. Antes precisamos conversar.

Margarida olhou-a desconfiada.

— Não há nada que você possa me dizer que me convença a aceitar essa relação.

— Há algo muito importante sim, por isso peço que vocês nos esperem aqui enquanto converso em particular com minha cunhada. Prometo que não demoraremos.

Mesmo sem querer, Margarida foi praticamente arrastada por tia Elisa que a levou ao seu quarto. Lá chegando, as duas sentaram e Margarida apressou-se:

— Vamos logo, Elisa, diga o que tem a dizer, não podemos perder tempo. Tenho certeza de que nada me fará mudar de ideia.

Tia Elisa fez um semblante sério, pegou nas mãos de Margarida e tornou:

— Você disse lá na varanda que nossa família é respeitada porque sempre foi digna e honrada, mas se você não permitir que Lúcio e Isabel se casem, a honra de nossa família irá por água abaixo no primeiro dia em que ela se casar com Pedro.

Tia Elisa falava sério, o que era raro, por isso Margarida sentiu o coração descompassar. O que ela sabia de tão grave a ponto de manchar a honra de sua família? Temerosa, perguntou:

— Posso saber o porquê?

— Simplesmente porque Isabel não é mais virgem. Ela foi deflorada por Lúcio durante um dos finais de semana que passou na corte.

Margarida teria caído se estivesse de pé. Empalideceu, sentiu a vista turvar e colocou as mãos na cabeça. Vendo que a cunhada passava mal pela notícia, tia Elisa lhe afrouxou as roupas e começou a massagear seus pulsos. Quando estava melhor, Margarida pediu:

– Conte-me tudo. Como sabe que essa desgraça aconteceu?

– Isabel conheceu Lúcio numa festa de bodas em que foi com Bernadete e Rosa Maria. Foi paixão à primeira vista. Você sabe como sua filha é voluntariosa. Logo conseguiu um jeito de se aproximar do rapaz e começaram a namorar. Numa noite percebi que Isabel não estava na cama. Era madrugada e fiquei muito preocupada. Deduzi que Isabel só poderia estar em companhia de Lúcio. Mesmo com medo, pedi que o cocheiro me levasse até lá, toquei a sineta e uma criada atendeu. Consegui entrar na casa e fui até o quarto. A porta estava aberta e eu mesma vi Isabel e Lúcio nus, dormindo abraçados.

Margarida não podia acreditar no que ouvia.

– Você está falando sério? – perguntou com a voz entrecortada pelo choro.

– Sim, minha querida. Jamais iria brincar ou criar uma história dessas. Isabel não é mais virgem e se ela se casar com Pedro, na noite de lua de mel ele vai descobrir, fazer um escândalo e trazê-la de volta. Você sabe como os homens são orgulhosos. Pedro ficará com muita raiva, e o nome de Isabel irá para a sarjeta, e com ela o seu nome e também o de toda a família.

Margarida tremia de nervoso. Como aquilo pudera acontecer? Sempre percebeu que Isabel e Rosa Maria eram diferentes, sempre com pensamentos de grandeza, dizendo coisas à frente do tempo em que viviam. Mas daí a imaginar que Isabel tivesse coragem de se entregar a um homem antes do casamento era demais. Naquele momento, fragilizada e sem saída, ela chorou muito. Não adiantaria mais brigar com a filha, dar-lhe sermões, ela já estava perdida e a única maneira de salvá-la e à família era deixá-la que se casasse com Lúcio. Seria uma situação difícil, mas ela teria de fazer aquilo. Isabel era prometida de Pedro desde pequena. Como faria para desfazer o compromisso?

— Você está bem? — perguntou tia Elisa, vendo que Margarida estava demasiadamente calada.

— Não posso estar bem com uma coisa como esta. Mas preciso enxugar minhas lágrimas e fazer o que tem de ser feito. Vamos para a varanda.

Margarida se recompôs com a ajuda de tia Elisa e quando voltou todos estavam ansiosos. Ela olhou para Lúcio com raiva e disse:

— Tudo bem. Depois do que acabei de saber, é impossível negar a mão de Isabel a você. Que sejam noivos, casem e vivam felizes para sempre.

Isabel, mesmo sem saber o que tia Elisa havia dito, corou de felicidade e beijou Lúcio no rosto.

— A senhora pode ter a certeza de que Isabel será a mulher mais feliz do mundo.

Naquele momento, foram interrompidos pela senhora Brígida que bradou, colérica:

— Podem ter certeza de que isso não ficará assim.

— A senhora não poderá fazer nada. Eu e Lúcio nos amamos — tornou Isabel provocativa.

— Eu não posso, mas meu marido pode. É poderoso, influente e não vai aceitar esse acinte à nossa filha. Ela até agora não acordou e mandarei o cocheiro buscar meu marido. Rosalinda precisa de um médico. Mas Lúcio terá de ficar aqui e esclarecer tudo com Modesto. Se teve coragem de trair descaradamente minha filha, terá coragem de enfrentar meu marido.

Lúcio não queria enfrentar aquele homem severo e desagradável, mas não podia ser fraco naquele momento. Amava Isabel e era com ela que iria ficar. Se tinha de romper em definitivo com Rosalinda, aquele seria o momento. Ficaria esperando o ex-sogro chegar, juntaria forças e o enfrentaria.

Capítulo 12

Não foi preciso o cocheiro andar nem cinco metros com a carruagem, pois logo ouviram trotar de cavalos e no outro extremo da estrada nova carruagem surgiu. Lúcio gelou ao constatar que era seu pai quem vinha dentro dela. Como ele descobrira que estava ali?

Lúcio ignorava que tinha sido seguido e seu pai, assim que soube onde ele estava e a confusão que estava acontecendo, correu para lá. Não imaginava que o filho pudesse estar namorando outra moça de família, mas sabia que, para ele estar numa quinta àquele horário, certamente era por uma mulher.

Quando Lúcio disse que era seu pai, todos se puseram a esperar. Dona Brígida estava alegre, pois iria forçar Januário a fazer com que o filho não abandonasse Rosalinda. Por outro lado, Lúcio estava nervoso por ter de enfrentar o pai, mas como amava Isabel, sabia que isso aconteceria a qualquer momento. Então, que fosse logo.

Assim que a carruagem chegou ao pátio, o senhor Januário desceu com rosto severo. Deu boa tarde de maneira formal a todos, olhou para o filho e perguntou grosseiramente:

– Posso saber o que você faz aqui?

– Calma pai, posso explicar-lhe tudo.

– Acho bom que seja uma ótima explicação, ou então você se verá comigo.

Lúcio tremeu por dentro, mas continuou:

– O senhor teria mesmo de saber, então que seja agora. Estou namorando Isabel, uma moça de família, e pretendo me casar com ela. Rosalinda descobriu, veio aqui com a mãe e armou esse circo. Mas, seja como for, não volto mais para ela. Amo Isabel e espero que o senhor entenda isso.

Januário empalideceu de ódio pela ousadia do filho.

– E você pensa que irei permitir que se case com outra mulher que não seja Rosalinda? Onde você está com a cabeça? Saia já daí e venha comigo. Agora!

A voz de Januário era bastante imperativa, mas Lúcio, ganhando coragem, não cedeu:

– Não vou. Tenho direito de fazer minhas escolhas e ser feliz do meu modo. Sou livre e sou adulto.

– Você pode ser adulto, mas não é livre. É meu filho e me deve obediência. Como teve a coragem de namorar outra moça sendo que é noivo e prestes a se casar? É um irresponsável. A vontade que dá é mandar chicoteá-lo como faço com os escravos. Você iludiu essa jovem, por isso agora terá de lhe dizer a verdade, que não vai desposá-la de forma alguma, pois sua mulher será Rosalinda.

– Não. Nem que o senhor me deserde e me jogue no olho da rua. Jamais me casarei com Rosalinda, a quem não amo e faria infeliz para o resto da vida. Por isso é o senhor quem decide: ou aceita meu casamento com Isabel, ou não ponho os pés naquela casa nunca mais e também não mais me considere seu filho.

Januário não esperava ver tanta decisão nos olhos de Lúcio. O rapaz sempre fora irresponsável, arrumando confusões, tendo caso com prostitutas e até mulheres casadas, mas sempre que algum problema acontecia, corria para os braços dele pedindo ajuda. Agora não aparentava fraqueza nem medo, via diante de si um homem

Capítulo 12

de verdade. Aquilo fez com que se orgulhasse do filho. Januário queria ser duro, impor sua vontade, mas a realidade era uma só: amava o filho como nunca amara ninguém na vida e jamais suportaria perdê-lo. Teria de ceder.

– Lúcio, meu filho, temos um compromisso com a família de Rosalinda. O senhor Modesto é amigo de longa data de nossa família, não podemos desfazer uma coisa dessas. Como quer que eu fique perante a sociedade? Como um homem sem palavra?

Lúcio prosseguiu firme:

– Não vou mais discutir isso com o senhor. Terá de me dar a resposta agora. Ou permite que me case com Isabel ou não serei mais seu filho.

Januário percebeu que Lúcio falava com verdade. Seus olhos encheram-se de lágrimas que procurou disfarçar, mas acabou dizendo:

– Tudo bem. Que seja feita a sua vontade. Case-se com Isabel e terá minha bênção. O que não posso é perdê-lo.

Lúcio correu para o pai abraçando-o com carinho e beijando-o na face. Logo o abraço foi interrompido pelo grito agudo da senhora Brígida que, do mesmo modo que a filha, acabou desmaiando. A cena foi patética. Todos correndo para colocar a pesada mulher na primeira cama que encontrassem. Januário sorriu ao dizer:

– Cuidem dessa histérica que de meu filho cuido eu. Agora vamos, Lúcio. Precisamos sentar em casa para decidir como faremos para conversar com o pai de Rosalinda – olhou para Isabel, apertou sua mão e completou. – Muito prazer, você é uma bonita moça, meu filho escolheu bem. Que seja muito feliz com ele.

Isabel o abraçou com carinho e despediu-se dele, já que Lúcio disse que ficaria mais tempo. Em seguida, o cocheiro da senhora Brígida saiu em busca do senhor Modesto, pois naquele momento eram mãe e filha precisando de médico.

A felicidade de Isabel era tão grande que não se importava com nada. Foi a vez de Augusto se despedir e também partir para voltar no próximo final de semana. As mulheres se dispuseram a esperar o pai de Rosalinda aparecer. A respiração das duas continuava fraca, e pela testa da moça um fino suor teimava em sair.

Carlinhos entrou na sala e pediu:

– Posso ver as senhoras que desmaiaram?

– Para quê? – indagou Margarida. – Você já ousou muito por hoje, não acha?

– Desculpe-me, senhora, mas sei que posso ajudá-las. É melhor que estejam acordadas quando o senhor Modesto chegar, não acham?

– Sim, mas o que você pode fazer para acordá-las?

– Venham ver.

Elas seguiram para o quarto atrás dele. Lá chegando, perceberam que Rosalinda e a mãe permaneciam desacordadas. Carlinhos aproximou-se do leito de dona Brígida, colocou a mão direita sobre sua testa, fechou os olhos e pediu em voz alta:

– Volte ao seu corpo, senhora. Não adianta tentar fugir dos fatos da vida. Ninguém foge do que precisa enfrentar, pois os problemas dos quais fugimos um dia voltam com mais intensidade e força. Quanto mais rápido os enfrentamos, mais eles se resolvem. Por isso, em nome de Jesus, volte ao corpo.

Dona Brígida começou a suar fino e de repente abriu os olhos indagando:

– Onde estou? O que aconteceu?

– Calma, dona Brígida, a senhora desmaiou, mas agora acordou e está entre amigos.

Ela, de repente, lembrou-se de tudo:

– Meu Deus! O rompimento definitivo de Lúcio com minha filha, o desgosto dela, o desgosto do pai. Céus! O que será de nós?

Como ela fez menção de voltar a chorar, Carlinhos pediu:

– Não chore mais, vamos nos juntar e orar para que sua filha também acorde do desmaio.

Capítulo 12

Ela estranhou estar recebendo ordens de um negro, mas havia nele uma superioridade moral que fez com atendesse sem discutir.

Todos no quarto estavam impressionados com o que Carlinhos havia feito. Ele chamou Brígida como se ela estivesse em algum lugar distante, e simplesmente ela acordou. Que coisa fantástica era aquela? Todos indagavam.

Carlinhos foi para a cama onde Rosalinda jazia desmaiada e fez o mesmo procedimento. Com a mão direita em sua testa, pediu:

– Volte para seu corpo, senhorita. A vida muitas vezes não é da maneira que queremos, as coisas nem sempre acontecem como gostaríamos, mas Deus é sábio e só faz o melhor. Não seja covarde tentando fugir, volte agora e enfrente suas provações com coragem.

Rosalinda começou a respirar fundo e parecia não querer acordar. Carlinhos, percebendo que seu espírito resistia em voltar para assumir o corpo, continuou com mais força e fé:

– Volte, senhorita Rosalinda, em nome do Nosso Senhor Jesus Cristo!

Ela suou muito, remexeu-se inquieta na cama e finalmente abriu os olhos. Demorou a recobrar a consciência, mas quando o fez, olhou todos em volta e sentiu vergonha, humilhação e medo. Começou a chorar baixinho enquanto sua mãe a amparava.

Tia Elisa, percebendo que as duas estavam bem, sugeriu:

– Vamos sair e deixar que mãe e filha conversem, enquanto o senhor Modesto não chega.

Quando estavam na sala, Isabel e Rosa Maria não contiveram a curiosidade e perguntaram a Carlinhos:

– Como você fez para que elas acordassem? Como tem esse poder de chamar as pessoas e elas voltarem de um desmaio?

Carlinhos ficou calado, não gostava de falar daquele assunto na frente da senhora Margarida, que estava ali e também esperava uma explicação para o que tinha visto. Vendo que ele não ia falar e permanecia de cabeça baixa, Isabel insistiu:

– Não tenha receio, Carlinhos, pode falar.

— Na verdade não fui eu que tive o poder, eu apenas fiz o que era certo, mas quem trouxe mãe e filha de volta foi Deus — falou embaraçado.

— Mas foi muito fantástico! — exclamou tia Elisa. — Nunca em minha tão bem vivida vida vi algo semelhante. Conte logo como isso aconteceu, rapaz!

— Quando uma pessoa desmaia, na verdade é sua alma que sai do corpo e vai para outro lugar. Por isso, a pessoa fica respirando fraco, pálida e parecendo morta.

— A alma sai? — indagou Isabel. — Como pode ser isso?

— Algumas vezes a pessoa desmaia porque a alma não suportou a situação e preferiu fugir. Mas fugir de um problema só o coloca para frente, um dia ele volta e teremos de encará-lo inevitavelmente. Quando alguém com fé chama a pessoa em nome de Jesus, seu espírito toma consciência e reage, daí volta a acordar.

— Que incrível, nunca havia pensado nisso. Será que é verdade? Será que não foi coincidência? — questionou tia Elisa, curiosa.

— Mas a senhora não viu que foi verdade? — disse Rosa Maria. — Eu também nunca acreditei nessas histórias do Carlinhos, mas depois de hoje começarei a pensar.

Carlinhos, percebendo que todos queriam saber mais sobre o que havia acontecido, continuou:

— Não é só na hora do desmaio que nossa alma sai do corpo. Na hora que dormimos, todas as noites, ela sai também e vai passear pelo outro mundo. Quase tudo que sonhamos foi aquilo que vimos e vivemos durante a noite.

— Que incrível! — disse Isabel, eufórica. — Um dia sonhei que eu e Lúcio estávamos caminhando por uma estrada coberta de grama molhada pelo orvalho. Estávamos de mãos dadas e com os pés descalços, foi tão emocionante que acordei procurando-o e procurando aquele lugar. Será que vivi isso durante a noite?

— Sim, senhorita — tornou Carlinhos, calmo. — As pessoas que se amam costumam se encontrar durante a noite e passeiam juntas pelo outro mundo.

Capítulo 12

– Se for verdade, como será este outro mundo?
– Podemos perguntar ao pai João e ele responderá.
– Quem é pai João? – tornou Isabel, curiosa.
– É o espírito com quem eu converso. Ele me instrui muito, me ensina muitas coisas sobre a vida espiritual.

Margarida disse com altivez:
– Isso de conversar com as almas é pecado. Não aceito isso dentro de minha casa.
– Pois, um dia nós vamos até a casa do Carlinhos e vamos conversar com esse pai João – tornou Isabel, curiosa e voluntariosa. – Alguém aqui tem medo?

Lúcio confessou:
– Eu tenho medo dessas coisas desde pequeno. Prefiro não ir.
– Já eu vou com Isabel – disse Rosa Maria, sempre cúmplice da irmã. – Quero ver o que ele vai nos dizer. Que dia podemos fazer isso?
– Vamos marcar para amanhã ao final da tarde. Está bom para as senhoritas? – perguntou Carlinhos.
– Sim, amanhã ao final da tarde estaremos lá.

A conversa mudou de rumo, para alívio de Margarida, e todos se puseram a esperar por Modesto.

Capítulo

13

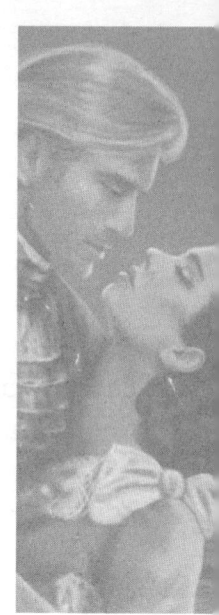

Modesto chegou meia hora depois e, informado de tudo o que havia acontecido, travou violenta discussão com Lúcio, só não chegou a agredi-lo porque Carlinhos e o cocheiro impediram. Saiu da quinta prometendo vingança àquela família e também a Lúcio e a seu pai.

Já era noite quando Lúcio finalmente resolveu voltar para casa onde foi recebido com carinho pelos pais.

A segunda-feira amanheceu ensolarada e as irmãs, felizes, comentavam os últimos acontecimentos. Isabel já sonhava, morando na mansão de Lúcio, sendo servida por escravas, vestindo roupas de luxo e frequentando a mais alta sociedade. Já Rosa Maria imaginava-se casada com Augusto, mas resolvera que não iria deixar a quinta até sua mãe partir para o outro mundo. Estavam tão entretidas na varanda que não perceberam um trotar de cavalo se aproximando. Quando Isabel viu quem estava à sua frente, braços abertos e sorrindo, sentiu que ia desmaiar. Mal conseguiu balbuciar:

– Pedro?!

– Sim, meu amor, eu mesmo. Voltei para nosso amor! Não está feliz?

Capítulo 13

Rosa Maria também empalidecera, mas Pedro, tão emocionado que estava não percebeu. Correu a abraçar Isabel, sem nem observar que ela estava fria e sem emoção. Beijando-lhe o rosto disse:

– Meu amor, que viagem longa fiz! Se soubesse que iria passar tanto tempo longe de você, teria recusado o convite de meu pai. Mas nossa viagem foi muito melhor do que supúnhamos, agora meu pai está ainda mais rico e poderemos marcar nosso casamento para breve.

Não aguentando mais a pressão, Isabel gritou:

– Chega! Não quero ouvir mais nada!

Pedro, assustado, tornou:

– O que houve, Isabel? O que está acontecendo?

– Chega, Pedro, você precisa saber a verdade, não suportarei vê-lo enganado.

Rosa Maria interveio:

– Não faça isso agora, Isabel, não vê que Pedro acaba de chegar?

Pedro, então, já estava desconfiado.

– O que aconteceu com Isabel enquanto estive fora? Posso saber?

– Acalme-se, Pedro, você... – Rosa Maria foi interrompida por Isabel.

– Eu vou falar tudo ao Pedro, agora.

Tia Elisa e Margarida que ouviram os gritos e estavam já chegando à grande varanda, estancaram perplexas ao ver que era Pedro que havia chegado e que Isabel já ia lhe contar a verdade. Margarida tentou intervir, mas tia Elisa pediu:

– Deixe que ela fale, é melhor o moço saber o quanto antes e por ela. Imagine se ele fica sabendo por alguém de Lisboa? A essa hora muitos da sociedade já devem estar comentando.

Margarida conteve-se e permaneceu na antessala ouvindo o desenrolar da conversa.

Prosseguia Isabel:

— Nosso noivado foi um erro, Pedro. Aliás, nosso namoro foi um erro e nunca deveríamos ter começado.

— Mas o que está acontecendo com você? Acaso ficou demente? Está louca?

— Não, nunca estive tão bem da cabeça como agora e você vai ouvir tudo.

Pedro estremeceu. Sentiu que Isabel estava falando sério e só em imaginar que poderia perdê-la, sentia o coração oprimir-se de dor. Ela continuou:

— Gosto de você como ser humano, mas nunca o amei de verdade. Eu sempre quis subir na vida, ter status. Por isso, quando o conheci, aceitei sua corte e começamos a namorar. Não aceitei por interesse amoroso, mas social. Desculpe-me, Pedro, você é bom, honesto, me ama e sei que não merecia isso, por isso estou sendo tão sincera. Desde que conheci Lúcio de Alcântara na festa de bodas, minha vida mudou. Foi amor à primeira vista e eu, mesmo noiva de você, entreguei-me a ele.

Pedro estava cada vez mais perplexo. Como aquilo poderia estar acontecendo com ele? Como?

— Eu era pura, mas perdi minha honra com Lúcio, o homem a quem realmente amo e com o qual vou me casar.

Vendo que era verdade, Pedro, violento, pegou no braço de Isabel com força, trouxe-a junto a seu peito e com voz embargada pelo ódio disse:

— Você só se casa com esse boêmio de merda por cima de meu cadáver! Você me pertence, é minha noiva perante toda a sociedade lusitana. Jamais deixarei que isso aconteça.

Sentindo-se desafiada, Isabel provocou:

— E vai casar com uma mulher que está desonrada e grávida de outro homem?

Ao ouvir aquilo, Pedro soltou-lhe o braço, jogou-a contra a parede e bradou:

Capítulo 13

– Grávida? Não, não pode ser!

Isabel continuou, provocativa:

– Sim, estou grávida do homem que amo e não vou jamais me casar com você. Tentei ser sincera e educada, mas você não está permitindo que eu tenha sensatez. Acabou, Pedro, acabou!

Pedro começou a chorar convulsivamente abraçado ao mourão do balaústre. Naquele instante, Margarida e tia Elisa apareceram. Margarida aproximou-se do ex-genro que tanto amava, abraçou-o e o consolou:

– Infelizmente, meu querido, teve de ser assim. Quero que saiba que não compactuo com esses atos indignos de Isabel e eu nem sabia que ela estava grávida. Mas tenha dignidade. Você é um jovem bonito e bom, não merece sofrer por Isabel que o traiu e não o ama. Tenho certeza de que encontrará outra moça e será muito feliz com ela.

Pedro soltou-se dos braços da matriarca, olhou para Isabel com olhos faiscantes de ódio e bradou:

– Não a quero mais. Além de desonrada, traz no ventre o filho de outro. Mas eu juro, juro por este sol que me ilumina, que você irá casar, mas nunca a deixarei ser feliz. Nunca! Prepare-se para viver infeliz do dia que se unir àquele boêmio até o resto de sua vida.

Havia tanto ódio nas palavras de Pedro que Isabel tremeu por dentro. O que será que ele iria fazer?

Sem se despedir, Pedro montou em seu cavalo e saiu em disparada. Margarida olhou para a filha dizendo envergonhada:

– Nunca pensei que fosse viver para passar por um desgosto de ter uma filha desonrada dentro de casa e com um filho na barriga, sem estar casada. Depois que você casar, não a quero mais aqui. Deixará de ser minha filha.

Rosa Maria tentou contemporizar:

– Calma, mamãe, Isabel sempre foi assim e a senhora sabe disso.

— E você não me venha defender essa maluca, senão ficará de fora também.

Margarida entrou corredor adentro sem olhar para trás, deixando tia Elisa com elas.

— É, Isabel, embora eu ache que você tenha feito tudo certo, senti que você quis tripudiar sobre o coração de Pedro. Isso não foi bom, despertou nele uma raiva que só Deus sabe onde vai parar. E por que inventou que está grávida?

— Inventei para tirá-lo do meu caminho de vez. Se não dissesse isso, era capaz dele querer se casar comigo mesmo na condição de moça sem honra.

Rosa Maria concordou:

— Foi melhor ela ter criado essa história, conheço Pedro e sei que ele iria insistir. E ainda acho que, do jeito que é apaixonado por você, é capaz de querer casar mesmo com o suposto filho de outro em sua barriga.

Isabel corou ao dizer:

— Não me caso com Pedro nem depois de morta.

Dizendo isso saiu correndo para o quarto, onde se trancou sozinha e lá ficou por horas.

Capítulo 14

Quando Pedro chegou em casa, esbaforido e descontrolado, o pai logo veio perguntar:

– O que houve, filho, foi vítima de salteadores?

– Pior que isso, meu pai, fui vítima da pessoa que mais amava no mundo: Isabel.

O senhor Francisco não entendeu:

– O que Isabel, aquele anjo de candura, lhe fez?

– De anjo ela não tem nada, não passa de uma prostituta traidora e infeliz, mas eu juro que nunca a deixarei em paz.

Naquele momento, dona Regina entrou na sala e vendo o desespero do filho que torcia as mãos e esmurrava o sofá, perguntou aflita:

– Meu Santo Expedito! O que houve com você, meu filho?

Em poucas palavras, mas fazendo-se entender muito bem, Pedro contou tudo o que Isabel havia feito.

O rosto do senhor Francisco tremia do mais puro ódio, e as faces de dona Regina coravam com tudo o que ouvia. Ela bradou:

– Vagabunda, prostituta, infeliz! O que será agora de sua reputação?

Foi o senhor Francisco que sugeriu:

– Vamos lavar nossa reputação com sangue. Quem os Alcântara pensam que são para nos desafiar dessa maneira? Lúcio morrerá e Isabel será sua, meu filho.

– Não a quero mais, papai, ela está com o filho desse homem na barriga. Por mais que a ame, nunca a aceitarei num estado desses.

– Isso pode ser muito bem resolvido e com rapidez. Forçaremos Isabel a fazer um aborto.

A ideia não soou tão ruim na mente de Pedro. Mesmo assim seu orgulho era maior.

– Não! Eu não aceito Isabel nunca mais, mesmo sem o filho.

– Tem certeza de que não a quer mais mesmo? – perguntou o pai tremendo de raiva.

– Não. Não quero e também não quero que o senhor mate Lúcio agora. Deixe que os dois se casem e eu cuidarei de transformar suas vidas num inferno. Isabel nunca passará um dia de felicidade ao lado dele.

– Mas, filho – disse dona Regina, colérica. – Você foi ultrajado, traído, passará como fraco perante a sociedade. Precisamos fazer alguma coisa.

O ódio de Pedro era tanto que disse:

– Prefiro sofrer agora, mas depois quem sofrerá será ela. Não, Lúcio não pode morrer. Morrer é muito pouco para ele. Vou tramar uma vingança tão cruel que posso garantir que nunca, nem por um minuto sequer, serão felizes.

As palavras de Pedro, ditas com tamanho rancor e desejo de vingança, atraíram para ele espíritos inferiores e maus que, a partir daquele instante, o seguiriam noite e dia ajudando-o em seus planos de vingança. Três sombras escuras o abraçaram prazerosamente e ele se sentiu revigorado. Com os olhos brilhantes de cólera tornou:

– Sinto-me agora mais forte. Deixe que tudo passe aparentemente em brancas nuvens e logo logo eles verão quem sou.

Capítulo 14

Convencido pelo filho, Francisco fingiu aceitar de bom grado o término da relação de Isabel com Pedro. Em toda Lisboa corria comentários de que Isabel cedera às tentações da carne e havia traído o noivo com Lúcio Alcântara, o boêmio. Comentavam também que Lúcio iria reparar o erro de tê-la deflorado casando-se com ela e dando-lhe luxo e um lar honrado.

As notícias não demoraram a chegar ao bordel Casa da Perdição, e naquela noite Madame Celina estava mais nervosa e violenta do que nunca. Havia dado várias bofetadas em duas de suas protegidas e a toda hora gritava impropérios e palavras de baixo calão. Pensava em uma maneira de impedir o casamento de Lúcio, a quem amava mais que tudo no mundo, mas, por mais que pensasse, não conseguia achar uma saída.

A noite ia alta quando Lúcio apareceu. Ele era homem vigoroso e, mesmo amando profundamente Isabel, não pretendia deixar o caso com Celina que lhe dava prazeres inenarráveis.

Madame Celina alegrou-se quando o viu entrar pela porta principal, passar por diversas mesas redondas de madeira mal acabada e chegar até ela. Não demorou para estarem na cama amando-se loucamente. O dia já havia clareado quando Lúcio começou a se vestir para ir embora. Madame Celina, como quem não queria nada, disse:

– Soube que vai casar com a senhorita Isabel. É verdade?

– Sim. Você sabe que a amo, mas preciso de uma mulher da sociedade para fazer uma família.

Ela sentiu o ódio tomar conta de todo o seu ser, mas disfarçou bem:

– Sei disso, meu amor, e compreendo. Infelizmente, tive esse destino de herdar esse bordel da minha mãe, e como única alternativa de ganhar a vida tive de prosseguir com sua tarefa. Tenho certeza de que, se tivesse nascido numa boa família e fosse mais nova, você se casaria comigo.

Lúcio mentiu:

— Com certeza, meu amor, mas a vida nos prega peças. Mas você sabe que, mesmo casado, não vou deixá-la.

Ela se levantou, abraçou-o por trás e disse melosa:

— Confio totalmente em você. Eu te amo.

Lúcio saiu deixando-a a pensar. O ódio era tanto que, se ela pudesse, mataria Isabel com requintes de crueldade, mas ela nada podia contra os pais de Lúcio que protegiam o filho de tudo e de todos. Ela era apenas uma cafetina, sem poder, apesar de ter dinheiro. Ficou no quarto a ruminar. De repente, auxiliada por um espírito das trevas que a acompanhava sempre, teve uma magnífica ideia.

Desceu a escada tosca e pediu que Rosália mandasse buscar algum negrinho na rua que servia de mensageiro. Logo um menino de uns dez anos estava à sua frente. Ela o olhou e disse:

— Entregue este envelope nas mãos de Pedro Menezes, ele mora na rua... À esquerda. Não é difícil achar a mansão. Mas só entregue nas mãos dele. Tome isto – deu-lhe um pequeno saquinho amarelo com moedas dentro e prosseguiu. – Se tudo sair como o planejado, lhe darei outro saquinho igual a este.

Celina tinha a certeza de que naquela mesma noite Pedro iria procurá-la. E o esperado aconteceu. Já passava da meia-noite e a Casa da Perdição regurgitava de homens sedentos por sexo e bebida, gargalhadas finas ecoavam pelo recinto, quando Pedro adentrou. Algumas prostitutas tentaram seduzi-lo, mas ele foi direto ter com a cafetina no balcão.

— Sabia que viria. Vamos beber.

Celina ofereceu-lhe um uísque escocês bastante forte e Pedro, angustiado pela traição e a perda da amada, sorveu com prazer.

— O que você realmente quer comigo? – perguntou interessado. – Disse no bilhete que era algo referente a Isabel e Lúcio.

— Sim. Eu tive uma ideia para nos vingarmos deles e impedir que esse casamento aconteça.

— E qual interesse seu nisso?

Capítulo 14

– Lúcio é meu amante há muito tempo. Fui eu, com toda minha experiência, quem lhe tirou a virgindade quando ainda era praticamente criança. Amo-o como nunca amei ninguém nesta vida, e só há uma maneira de fazermos com que esse casamento não aconteça.

– Desculpe-me, madame, mas não quero impedir esse casamento, ao contrário, quero que ele aconteça.

Celina surpreendeu-se:

– Por que? Acaso não ama Isabel? Ela não é a mulher de sua vida?

– Não a amo mais, a odeio. E eu não quero mais me casar com ela. Isabel está grávida de Lúcio, acha que um homem com minha estirpe vai se casar com uma mulher deflorada e grávida de outro?

Aquela notícia penetrou o coração de Madame Celina como uma faca das mais afiadas. Então, Isabel estava grávida! Como ela se atrevera a engravidar do homem que ela amava? Ela era quem deveria ter um filho com Lúcio. Nunca deixaria aquela criança nascer. Ainda mais raivosa, voltou a perguntar:

– Tem certeza de que não quer impedir esse casamento?

– Tenho – disse Pedro já virando outra dose do uísque.

– Que homem fraco é você! É traído descaradamente e vai deixar pra lá – provocou Celina.

– Cale essa boca, cafetina dos infernos – bradou Pedro. – Não deixarei pra lá. Quero que eles se casem e, a partir daí, vou infernizá-los para sempre. Não haverá um dia na vida de Isabel em que ela será feliz.

– Tudo bem – contemporizou Madame Celina, vendo que ele estava nervoso e violento. – Se você não quer fazer nada para impedir, eu também não farei. Vi que chamá-lo aqui não adiantou.

– Não adiantou mesmo, e se você tentar impedir o casamento e impedir que eu me vingue, juro que a mato e destruo essa sua Casa de Perdição.

Madame Celina ficou com medo.

– Acalme-se, não farei nada. Divirta-se com minhas meninas, se quiser.

Ela subiu para o quarto deixando Rosália em seu lugar e Pedro numa das mesas bebendo muito. Sozinha, deitou-se e pôs-se a refletir:

– Não posso esperar que eles se casem, é muito tempo pra mim. Preciso impedir esse casamento. Terei de fazer tudo sozinha, mas o problema é que não possuo dinheiro suficiente. Contava com Pedro para pagar pelo menos a metade do preço. O que farei?

Ela ficou rolando pela grande cama, arranhando os travesseiros com as unhas grandes, vermelhas e afiadas, até que resolveu que iria ela mesma buscar a solução. Conversaria com a pessoa que iria ajudá-la e pediria um tempo para pagar a outra parte. Seu bordel faturava muito e tinha certeza de que conseguiria em pouco tempo quitar a dívida. Feliz com a resolução que havia tomado, sempre intuída pelo espírito trevoso que a acompanhava, Madame Celina desceu novamente e viu Pedro completamente embriagado, entre duas de suas meninas. Pensou:

– É realmente um fraco!

Capítulo

15

No outro dia pela manhã, Madame Celina acordou cedo, entrou em sua carruagem e pediu que o cocheiro a levasse em determinada rua do subúrbio de Lisboa. Demorou para que chegassem ao destino, mas finalmente entraram na rua paupérrima onde uma grande mansão se destacava em meio a casas velhas, pobres e feias.

Pararam em frente à mansão e ela ordenou que o cocheiro a esperasse o tempo que fosse preciso. Tocou a sineta que havia no portão de madeira e logo uma criada atendeu reconhecendo-a de pronto.

– Madame Celina! Há quanto tempo! Seja bem-vinda.

– Obrigada, Raquel. Vim para falar com mãe Gorete, ela se encontra?

– Sim. Mãe Gorete só sai para fazer os trabalhos que lhe encomendam e é sempre à noite.

Celina entrou na belíssima casa e ficou na grande sala a esperar. Felizmente, naquela manhã não havia ninguém esperando para ser atendida pela temível e terrível feiticeira de Lisboa. Melhor assim, não queria que ninguém a visse.

Mãe Gorete era uma escrava alforriada que entendia e praticava magia negra. Quando trazida da África e vendida ao seu dono, o senhor Felisberto, foi colocada para trabalhar como escrava de dentro, fazendo os serviços da casa de sua grande e próspera quinta.

Gorete era médium desde criança e havia sido criada com inteira liberdade para lidar com os espíritos, já que, na sua terra natal aquilo era tido por natural. Havia aprendido a fazer toda espécie de magia e aproveitou aquele conhecimento para fazer Felisberto apaixonar-se por ela. Logo, seu dono estava em sua cama dando-lhe muito dinheiro e joias.

Quando conseguiu tudo o que achava necessário, ela, com jeito maneiroso, pediu-lhe a carta de alforria, dizendo que queria viver livre em uma casa só sua onde iria esperá-lo todas as noites. Contente e feliz, Felisberto a libertou e ajudou-a a construir a bela mansão onde residia com várias negras que, embora de sua mesma cor e origem, eram suas escravas tratadas feito animais.

Como não tinha o que fazer e passava o dia sendo servida, Gorete sentiu-se entediada e resolveu fazer magias para as pessoas, a fim de ocupar seu tempo. Ela gostava muito de dinheiro, e, mesmo já tendo bastante, cobrava caro suas consultas e mais caro ainda seus trabalhos. Com isso, amealhava cada vez mais pequena fortuna. Em pouco tempo, sua fama de feiticeira perigosa e capaz de tudo correu por toda Lisboa. Algumas pessoas queriam matá-la, mas temiam Felisberto, que era um homem muito influente e amigo do rei, que todos sabiam, era protetor de Gorete.

Demorou poucos minutos até que uma escrava chamou Celina:

– Entre, mãe Gorete a espera.

Celina entrou no já conhecido quarto de consultas e sentou-se numa cadeira à frente. Mãe Gorete a elogiou:

– O tempo passa e Madame Celina continua linda e exuberante.

– Obrigada, mãe, mas desejo ir logo ao assunto.

– Sempre muito apressada... Mas, vamos lá. O que quer desta vez?

Capítulo 15

– Quero impedir um casamento.
– Já sei, quer impedir o casamento de Isabel com Lúcio.
– Como você sabe?
– Felisberto me contou ainda ontem quando veio aqui. Toda Lisboa não fala em outra coisa.
– Então, quero destruir esse casamento antes mesmo que aconteça.
– Você sabe que o trabalho é caro e só faço depois que recebo o dinheiro.

Celina gaguejou um pouco, mas disse:
– Eu gostaria de pedir à senhora que me desse um pequeno prazo para pagar o restante. Sei que o tenho aqui não é o bastante. A senhora faz o trabalho, eu pago a metade e a outra metade, pago assim que faturar mais com minhas meninas.

Mãe Gorete pensou um pouco e resolveu:
– Tudo bem. Aceito.
– O que a senhora me aconselha para destruir esse casamento?
– Espere um pouco, irei consultar meus exus.

A médium entrou em transe rapidamente, fez algumas caretas, fungou algumas vezes, depois abriu os olhos e, voltando ao normal, disse:
– A situação é mais difícil do que eu imaginava e não posso lhe dar nenhuma garantia.
– Como assim? – assustou-se Celina.
– Lúcio e Isabel se amam de verdade e é extremamente difícil atrapalhar uma relação assim, mesmo quando um dos dois tem vários defeitos de moral, como é o caso de Lúcio. A força do amor verdadeiro é muito grande, de forma que posso fazer tudo e nada adiantar.

Os olhos de Celina encheram-se de lágrimas. Mãe Gorete era sua última esperança. Pensou em mandar matar Isabel, mas não podia correr o risco de ser presa. Ela era uma pessoa sem berço ou família, não tinha proteção de nenhum homem influente. Se cometesse algum erro, seria presa e executada.

— O que quero mesmo é que a senhora mate Isabel. Coloque nela uma doença mortal ou faça com que tenha um acidente fatal. Tire essa mulher de meu caminho! — o rosto de Madame Celina tremia todo de ódio.

— Acalme-se. Eu posso tentar matar Isabel, mas ela está amando verdadeiramente, está muito feliz. Quando as pessoas estão assim, criam uma proteção natural e não há magia que as destrua. Mas posso tentar.

— Tente. É a minha única salvação.

— Devo lhe dizer que, mesmo que a magia não funcione, deverá me pagar todo o dinheiro. Sou sua amiga, mas com dinheiro não brinco. Se não me pagar tudo, faço outra magia, mas desta vez será para destruir você e seu cabaré. Como vocês não têm proteção alguma, acabarão todas doentes, na rua da amargura e pedindo esmola.

Celina conhecia muito bem mãe Gorete e sabia que ela falava e cumpria, por isso afirmou:

— Faça o que for necessário, não importa no que dê, eu lhe pago.

Ao saber o valor, Celina quase desmaiou, mas lhe deu o quanto trazia na grande bolsa vermelha brilhosa, e saiu na esperança de que em breve Isabel estivesse morta.

Na quinta de Santo Antônio, Carlinhos estava cuidando da plantação de milho quando sentiu a aproximação do espírito luminoso de Pai João. Deixou a pequena enxada de lado, foi para sua casa, sentou-se no chão e entrou em profunda concentração. Carlinhos viu a imagem do seu amigo preto-velho, sentado humildemente numa cadeira, fumando seu costumeiro cigarro de palha. Sua luz era intensa e suas energias confortantes.

Carlinhos perguntou:

— O que deseja de mim, meu guia?

— Nosso guia é Jesus Cristo, nunca se esqueça. Vim hoje porque quero que você ajude a menina Isabel. Ela será vítima de um

Capítulo 15

forte sortilégio, mas tem mérito e proteção, não vai lhe acontecer o pior. Mas para que ela não morra, vamos precisar de sua ajuda.

– Farei o que me pedir, Pai João. Quem está fazendo o mal para Isabel?

– São duas pessoas doentes da alma, pois só faz o mal aos outros quem é doente, meu filho. Não importa saber quem são, nem seus nomes. Vamos entender que essas pessoas vivem na ignorância de que o mal não compensa de forma alguma e só o bem é forte e verdadeiro.

– Por que as pessoas fazem tanto mal aos outros?

– Porque ainda não descobriram a imensa força do bem que trazem dentro de si. Pensam que, para resolver seus problemas e dores, precisam prejudicar seu semelhante. Mas um dia todos entenderão e a humanidade será composta só de pessoas boas.

– Por que esse dia não chega logo?

– Tudo a seu tempo, meu filho. Dentro em breve o grande consolador prometido por Jesus chegará à Terra, e a partir daí tudo vai melhorar, pois esse consolador virá para modificar o mundo.

– E quem é o consolador?

– Não é um homem, mas uma doutrina de luz, que descerá do céu para levar amor e consolação a todas as criaturas. Essa doutrina será chamada de Espiritismo e vai ensinar em definitivo tudo o que as pessoas precisam saber para encontrar a felicidade. Vai ensinar principalmente que existe uma lei chamada de Causa e Efeito, e que tudo o que fazemos de bom ou mal para o nosso semelhante voltará fatalmente um dia para nós.

– Isso é lindo, Pai João!

– É mesmo, meu filho, mas enquanto o consolador não chega, vamos fazer nossa parte e agir no bem. Assim que precisar de você, viremos chamá-lo. Desde já, intensifique suas orações e chame muito por Jesus.

Pai João beijou-lhe a testa e em seguida desapareceu deixando energias suaves e reconfortantes por todo o ambiente.

Capítulo 16

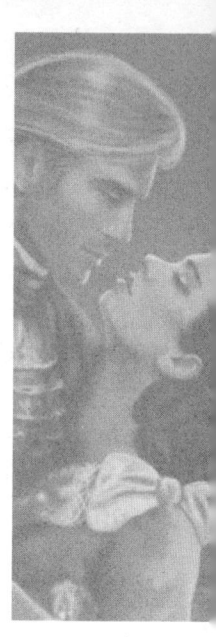

Naquele mesmo dia, no final da tarde, Isabel e Rosa Maria apareceram na pequena casa onde Carlinhos morava. Ele já as esperava, por isso, fez com que entrassem e sentassem.

– As meninas estão acostumadas com o luxo da quinta, ignorem minha humilde casinha – disse ele.

– Você sabe o quanto gostamos de você, Carlinhos, e sua casa é pequena, mas é limpa e bem arrumada – observou Rosa Maria, com delicadeza. – Viemos aqui pela insistência de Isabel, ela quer saber mais sobre as coisas do além.

– Quero mesmo, nunca vou esquecer como você acordou aquelas duas, parecia mágica.

Naquele instante, Carlinhos sentiu o espírito amoroso de Pai João se aproximar. Se ele estava ali, era porque tinha algo importante a dizer às duas.

– Não é mágica, já expliquei a vocês como aconteceu.

– Mas eu estou muito curiosa sobre outras coisas. Você diz que conversa com os espíritos, como é isso? – perguntou Isabel.

– Os espíritos são as almas das pessoas que viveram aqui na Terra, mas que morreram e continuam vivas do outro lado, no além. Elas podem se comunicar conosco, principalmente com quem tem o dom para ouvi-las ou vê-las. Mas não é só quem tem o dom que consegue. Na verdade, todas as pessoas podem escutar a voz das almas através do pensamento.

– Como assim? Eu nunca escutei nada – tornou Isabel, ainda mais curiosa.

– A senhorita pensa que nunca escutou, mas escutou sim. Quando as pessoas param para pensar e refletir sobre a própria vida e passam, às vezes, horas pensando, na verdade estão conversando com os espíritos. Já notou como, nesses momentos de meditação, surgem vários pensamentos diferentes? São os pensamentos deles que se misturam com os nossos.

Isabel se arrepiou toda. Aquilo fazia sentido. Perguntou:

– Então, a morte não impede mesmo que eles falem com a gente?

– Não. Os espíritos são livres e vão aonde encontram pessoas como eles.

– Como eles? Como assim?

– As pessoas que gostam de falar mal da vida dos outros, por exemplo, atraem para perto de si espíritos levianos, maus, zombeteiros, que as ajudam nesse processo. Quem gosta de beber em excesso um dia vai atrair um espírito que foi viciado no álcool que o fará beber cada vez mais, até se tornar viciado igual a ele. Quem vive triste, com pensamentos negativos, maldizendo a vida, se queixando a toda a hora, tem a companhia de espíritos sofredores e com isso aumentam seu mal-estar e desequilíbrio. Por outro lado, aqueles que lutam para ficar no bem, pensar coisas boas, praticar atos de bondade, atraem espíritos iluminados que os fazem ficar mais felizes ainda. A pessoa que gosta de aconselhar os outros no bem, que vê tudo com alegria, que compreende e ama seu semelhante, vive rodeada e protegida por espíritos amigos e bons que abençoarão sua vida, tornando-a cada vez melhor e mais gratificante. Tudo na vida depende das escolhas que nós fazemos.

Isabel adorou ouvir aquilo. Claro que era verdade, só podia ser! Rosa Maria perguntou:

– Podemos conversar com nosso pai? Seria bom o chamarmos até aqui?

Carlinhos explicou:

– Não é bom evocar as almas daqueles que já se foram.

– Mas por que não? Se eles são espíritos, claro que podem vir até aqui e falar com a gente.

– Quando as pessoas morrem, passam a viver em outro mundo, deixando os afetos, os bens materiais e praticamente tudo que amaram aqui na Terra. Por isso, para muitos, o processo de desapego é muito doloroso e difícil. Por não terem conhecimento do que acontece após a morte, a maioria dos espíritos que morreram não aceitam a nova vida no outro mundo e, presos a tudo que deixaram aqui, acabam voltando, geralmente vivendo no mesmo lar que viviam antes ou, então, ficam vagando na escuridão. Ninguém sabe ao certo como está uma pessoa que morreu, do outro lado da vida, por isso, nunca é bom evocar os espíritos, principalmente aqueles que partiram há pouco tempo.

Rosa Maria entendeu, mas tinha outras dúvidas:

– Mas você não pode perguntar a Pai João como e onde está o nosso pai?

– Não costumo fazer muitas perguntas a Pai João, geralmente, quando ele vem, diz tudo que preciso saber, mas se a senhorita quiser, podemos perguntar, Pai João está aqui.

Rosa Maria arrepiou-se, nunca tinha estado numa situação daquelas. Já Isabel, coração aos saltos e sem medo algum, estava ansiosa por saber como estava seu querido pai.

Carlinhos fechou os olhos, pediu que todos dessem as mãos e fez uma oração breve, depois soltaram as mãos e ele começou a respirar de maneira mais acelerada, em poucos segundos a voz de Pai João se fez ouvir:

Capítulo 16

— Minhas filhas, que Deus as abençoe, sei que o desejo de saberem sobre seu pai é sincero e não fruto de uma curiosidade passageira. Por isso, os irmãos mais elevados permitiram que eu desse algumas informações. O senhor Raimundo está muito bem, vivendo conosco numa colônia espiritual; sempre que ele pode, aproxima-se da família, ajudando-a. Ele está bastante preocupado com alguns fatos que vão acontecer em breve e que abalarão a todos, mas pede que tenham muita fé em Jesus, pois é através desses fatos que todos aprenderão os verdadeiros valores da alma. Pede também que jamais se esqueçam de que nunca estão sozinhas. A bondade de Deus é infinita e não há nesse universo sem fim um só filho dele que não esteja amparado.

Emocionadas, Rosa Maria e Isabel se abraçaram chorando. Naquele momento, não tinham mais dúvidas de que a vida continuava depois da morte, e que um dia todos iriam se reencontrar.

Pai João se despediu abençoando a todos e deixando delicado cheiro de alfazema no ar. Carlinhos voltou ao normal, abraçou as duas e pediu:

— Peço que as meninas não contem nada a ninguém do que aconteceu aqui, principalmente à senhora Margarida que é muito católica e não aprova este meu lado espiritual.

Isabel disse, ainda emocionada:

— O que aconteceu aqui foi tão maravilhoso que gostaria de sair correndo e contar para todo mundo.

— Mas Carlinhos tem razão, nem todos estão preparados para conhecer a espiritualidade, podem ignorar e ele sair prejudicado – ponderou Rosa Maria.

As irmãs despediram-se e saíram do pequeno casebre com muita paz e esperança no coração.

O jantar transcorreu tranquilo. Todos estavam alegres e as piadas de tia Elisa contribuíam ainda mais para tornar o ambiente agradável. Já era tarde quando Isabel retirou-se para seu quarto e entre os lençóis de seda adormeceu.

Sonhou que estava dentro de uma mata fechada e em desespero procurava a saída sem encontrar. Girava, em círculos, mas acabava voltando ao mesmo descampado onde estava inicialmente. Completamente aturdida, começou a gritar até que uma mulher negra, vestida de peles de animais, apareceu com dois homens igualmente vestidos, segurando alguns objetos que ela desconhecia. O pavor tomou conta de Isabel por inteiro, pois sentia que aquelas pessoas estavam ali para lhe fazer mal.

A negra, com olhos vermelhos faiscantes, aproximou-se dela, colocou a mão direita sobre sua testa e ela desmaiou, mas o desmaio era estranho, ela estava desacordada, mas via e ouvia tudo que se passava ao redor.

Viu quando, sob as ordens da negra, os dois homens fizeram um círculo de pólvora e velas ao seu redor, e em seguida sangraram pelo pescoço um bode preto. Isabel tentava gritar, mas a voz não saía. Sentia angústia e pavor indescritíveis. Por último, ouviu a negra gargalhar diabolicamente e finalmente acordou tremendo e molhada de suor. Nunca em toda sua vida tivera um sonho igual àquele. Vestiu-se e foi bater na porta do quarto da irmã. Rosa Maria atendeu assustada:

— O que aconteceu, algum problema com a mamãe?

Assustada e ainda sem conseguir falar, Isabel adentrou o quarto da irmã feito um furacão e encolheu-se toda na cama.

— Se você não me disser agora o que foi que houve, acordarei toda a casa.

— Tive o pior pesadelo de minha vida e estou sentindo muito medo.

Isabel contou à irmã tudo que tinha sonhado e finalizou:

— Nunca mais dormirei sozinha, e nem naquele quarto. Sinto que tem alguém querendo me fazer muito mal.

Vendo que a irmã estava mesmo descontrolada, Rosa Maria saiu do quarto e foi procurar tia Elisa. Após explicar o que tinha acontecido, ambas retornaram para o quarto, desta vez já encontraram Isabel desmaiada e terrivelmente pálida. Tia Elisa assustou-se:

– Isabel desmaiou, vamos tentar acordá-la.

As duas abriram a janela para que entrasse ar fresco e começaram a massagear os seus pulsos, contudo, os minutos passavam e Isabel não reagia. Assustada, tia Elisa disse:

– Está quase sem pulsação, temos de chamar um médico urgente.

– Vou chamar Carlinhos e pedir que ele atrele os cavalos à carruagem e busque imediatamente o doutor Eduardo.

Com a agitação que se deu no grande corredor, a senhora Margarida acordou e, igualmente assustada, começou a chorar dizendo:

– Meu Deus! Será que minha filha vai morrer? Estava tão bem na hora do jantar!

Tia Elisa tentava acalmá-la:

– Foi um desmaio nervoso, Isabel teve um pesadelo e, assustada, desmaiou.

– Onde já se viu desmaiar por causa de um pesadelo? – retrucou Margarida, nervosa.

Naquele momento Carlinhos, acompanhado pelo espírito de Pai João, entrou no quarto dizendo:

– Me desculpem, senhoras, mas o caso da senhorita Isabel não é para médico. O que ela tem é espiritual. Fui avisado por um espírito de luz que a menina Isabel está sendo vítima de pessoas que querem lhe fazer o mal.

Margarida descontrolou-se:

– Já disse para você não aparecer aqui novamente com essas histórias de espíritos. Não acredito e vá logo chamar o médico, se minha filha morrer, será culpa de sua demora.

Carlinhos já havia sido avisado que encontraria resistência em ajudar Isabel, pois, os espíritos que a estavam assediando envolveriam outras pessoas para impedir que alguém lhe trouxesse a cura.

Contudo, naquele momento, nada poderia fazer a não ser obedecer à patroa, assim atrelou os cavalos e partiu.

Enquanto esperavam, as mulheres começaram a rezar, mesmo assim Isabel não reagia, e sua respiração continuava cada vez mais fraca.

Quase uma hora depois, doutor Eduardo chegou acompanhado de Carlinhos. Levado ao quarto, examinou demoradamente a paciente e, olhando para eles, tornou:

– Suspeito que Isabel teve uma violenta queda de pressão, contudo, seu estado é estranho e inspira cuidados. Traga-me um pouco de sal.

Apesar de achar estranho aquele pedido, Margarida foi até a cozinha e voltou trazendo um punhado de sal numa colher. O médico retirou um pouco da substância e colocou debaixo da língua de Isabel.

Demorou alguns minutos em que todos ficaram em silêncio e, finalmente, Isabel voltou a respirar normalmente, em seguida abriu os olhos. O alívio foi geral em todos. Doutor Eduardo olhando-a, perguntou:

– Como se sente, Isabel?

– Estou sonolenta e muito cansada, o que foi que tive?

– Sua irmã contou que você acordou de madrugada muito nervosa alegando ter tido um pesadelo e em seguida desmaiou. Você teve uma queda de pressão, mas agora está melhor.

Aterrorizada, Isabel lembrou-se do pesadelo e começou a chorar novamente dizendo:

– Por favor, não me deixem sozinha, sinto que uma coisa muito ruim vai me acontecer. Aquelas pessoas do sonho existem, são reais.

Era notório o desespero de Isabel. Doutor Eduardo aconselhou:

– A senhorita precisa se acalmar para que não tenha uma crise nervosa.

– Mas eu já estou nervosa e com muito medo. Tenho certeza de que se dormir de novo, encontrarei com aquelas pessoas horríveis.

Capítulo 16

– Então, vou lhe receitar um calmante, mas tente não se impressionar com sonhos, eles não são reais.

O médico se despediu e, enquanto Carlinhos foi levá-lo de volta a Lisboa, Isabel permaneceu nervosa e aflita e, foi a custo que Rosa Maria e tia Elisa a convenceram a tomar o remédio em líquido, o que, por fim, a fez adormecer. Contudo, ninguém na casa conseguiu ter um sono tranquilo, afinal jamais tinham visto Isabel tão descontrolada.

O que só Carlinhos sabia era que o estado de Isabel se dava por causa da magia negra que mãe Gorete havia feito naquela noite para ela, a mando de Madame Celina. Carlinhos sentia que precisava ter muita força para vencer a resistência da senhora Margarida e, com ajuda de Pai João, libertar Isabel daquele sofrimento. Naquela hora, em sua humilde casa, Carlinhos começou a orar.

Capítulo 17

A partir daquela noite, Isabel foi piorando lentamente. Nem as visitas de Lúcio ajudavam-na a recobrar o ânimo e a vontade de viver. A doença de Isabel era estranha, e doutor Eduardo, sem saber o que dizer, atribuía a uma crise nervosa. Contudo, nenhum remédio que ele lhe passava resolvia a situação, ao contrário, quando tomava aqueles medicamentos, Isabel piorava, ficava horas dormindo e quando acordava se mostrava alheia a tudo e a todos.

Depois de cinco dias naquele estado, passou a não querer mais se alimentar e definhava a olhos vistos. Rosa Maria tentava animá-la:

— Você não pode ficar assim, Isabel. Se não fizer um esforço em comer, acabará morrendo. É isso o que quer?

Em certo momento, Isabel, aproveitando que não tinha ninguém no quarto, puxou a irmã para mais perto de si e disse nervosa:

— Tenho certeza de que há espíritos maus aqui querendo que eu morra. Por favor, Rosa Maria, me ajude.

— Você está impressionada com aquele pesadelo e entrou em uma crise nervosa. Não há ninguém aqui que queira lhe fazer mal.

Isabel, parecendo nem ouvir o que a irmã dizia, continuou:

Capítulo 17

— Vejo vultos pelo quarto e quando consigo dormir, sonho novamente com aquela mulher negra rindo e rodopiando ao meu redor junto com outras pessoas que não conheço. Ela ri alto e diz que vai me matar.

Isabel tinha razão, naquele quarto e ao seu redor, havia vários espíritos trabalhando para sugar-lhe o fluido vital, para que com isso ela viesse a desencarnar. Eram trabalhadores de Gorete que fariam de tudo para que Isabel morresse.

Ao ouvir as últimas palavras da irmã, Rosa Maria arrepiou-se. E se aquilo fosse verdade? Carlinhos afirmava que as almas dos mortos podiam interferir na vida dos vivos, e tentou várias vezes ajudar, mas dona Margarida não permitia. E se realmente Isabel estivesse sendo vítima de espíritos maus? Nesse caso os remédios não resolveriam, só mesmo a ajuda de Carlinhos. Naquele momento, lembrou-se da advertência feita por seu pai em relação aos problemas que a família passaria, e ela tinha certeza de que aquele era um deles. Movida por forte intuição, pegou as mãos frias de Isabel e prometeu:

— Eu acredito em você, minha irmã. E prometo que vou trazer Carlinhos aqui para salvá-la.

Isabel chorava comovida:

— Por favor, Rosa Maria, faça isso, nem o Lúcio acredita em mim. Sinto que, se continuar assim, vou mesmo morrer.

— Prometo a você que a ajuda não passará de hoje.

Rosa Maria pediu que uma criada ficasse no quarto e saiu pretextando um passeio. O dia já se findava e naquela hora certamente Carlinhos já estaria em casa. Ela foi em direção à sua pequena choupana, chamou e ele prontamente atendeu.

— Entre, senhorita, fui avisado de que viria aqui hoje. Sua irmã está mal e se não for ajudada hoje, terá poucos dias de vida.

— Por favor, Carlinhos — pediu Rosa Maria, em lágrimas. — Não sei o que faria sem minha irmã, ajude-a.

— Acalme-se. Na hora da dor e do sofrimento, só consegue ajudar aquele que está em equilíbrio. Vamos confiar em Deus, sabendo que Ele é amor e bondade e está no comando de tudo que acontece no universo. Jesus disse que não cai uma só folha da árvore sem que Deus permita, por isso, a melhor coisa que podemos fazer é acalmar o nosso coração e pedir a Deus que tudo aconteça pelo melhor. Isabel é uma moça boa, tenho certeza de que será ajudada pelos bons espíritos.

Rosa Maria sentiu uma brisa reconfortante lhe envolver e, naquele momento, toda sua angústia passou. Carlinhos tinha razão, Deus estava no comando de tudo, e era preciso confiar. Contudo, sua irmã era boa, por que estaria passando por tudo aquilo? Perguntou:

— Por que Isabel tem de passar por este sofrimento? Por mais que você diga que Deus é bom e amoroso, não consigo entender por que espíritos maus atacam pessoas indefesas, muitas vezes levando-as à morte.

Carlinhos, envolvido pelo espírito de Pai João, começou a explicar, com voz levemente modificada:

— Para que uma pessoa seja atingida por espíritos maus, ela precisa estar na mesma sintonia. Aparentemente, a pessoa não tem culpa, mas algo em sua personalidade, em sua forma de ser e de pensar, abriu a porta para a invasão dos espíritos maus. Apesar de parecer, ninguém é vítima de nada ou de ninguém, cada um atrai e vivencia todas as situações da vida para aprender os valores eternos do espírito.

— Mas eu tenho certeza de que Isabel não é má, nem pensa e nem deseja o mal a ninguém — retrucou Rosa Maria, indignada.

— Isabel realmente não é uma pessoa ruim, mas não é só a maldade que atrai os espíritos maus. Quando a pessoa está alheia à vida espiritual, só pensando em si mesma e ignorando as leis que regem o universo, está também em uma vibração negativa que atrai não só espíritos maus, mas pessoas encarnadas que

Capítulo 17

podem prejudicá-la, fazendo-a sofrer. Nestes casos é Deus agindo para provocar uma mudança na vida da pessoa, fazendo com que desperte para a realidade e mude para melhor. A bíblia diz que até as boas árvores seriam podadas, para que pudessem crescer mais e dar melhores frutos. A dor não é boa, o sofrimento incomoda, mas muitas vezes eles são os únicos remédios para a cura da alma.

Rosa Maria estava tocada com aquelas palavras. Nunca havia parado para pensar no sofrimento daquela maneira. Vendo que Carlinhos havia voltado ao normal e parado de falar, ela lhe propôs um plano:

– Mamãe não vai permitir que você entre na casa para ajudar Isabel, por isso vou pedir ajuda à tia Elisa e, quando todos estiverem dormindo, pedirei que ela venha aqui chamá-lo. Você entrará pela porta da antiga despensa que é a mais próxima do quarto de Isabel. Vamos correr esse risco, mas vamos ajudar minha irmã.

Carlinhos concordou, e Rosa Maria voltou para casa. Lá chegando procurou tia Elisa, explicou tudo, e ela concordou em ajudar.

Naquela, como em todas as outras noites, depois que Isabel tinha adoecido, o jantar decorreu triste, mesmo com a presença de Lúcio à mesa. O rapaz não se conformava em ver a noiva naquele estado e, naquela noite em especial, por vê-la tão fraca, decidiu que dormiria lá. Por mais que Rosa Maria dissesse que não precisava, ele insistiu e acabou ficando. Ela não sabia, mas os espíritos inferiores, servos de mãe Gorete, sentindo-se ameaçados, influenciaram o rapaz para que ficasse na casa, a fim de atrapalhar os trabalhos do bem. Eles planejavam mexer em seu cérebro provocando-lhe terrível insônia, assim ele impediria Carlinhos de adentrar a casa.

Todos foram se recolher mais cedo, e só tia Elisa permanecia no quarto de Isabel que, estranhamente e sem tomar remédio algum, caíra em sono profundo.

Em seus respectivos quartos, Rosa Maria continuava acordada com o terço na mão, e Lúcio rolava na cama insone.

O velho carrilhão deu as dez badaladas, e Rosa Maria pensou que já era hora de agir. Abriu a porta e, quando ia girar a maçaneta do quarto da irmã, ouviu a voz de Lúcio chamando-a:

– Que faz aí? Isabel piorou?

Pega de surpresa, pois não esperava encontrar Lúcio ali, ela disse:

– Não, é que não consegui dormir e resolvi me levantar para ver se Isabel está bem. Ficamos nos revezando, um dia eu durmo com ela, no outro dia tia Elisa é quem dorme, e como ela costuma cochilar diversas vezes durante a noite, às vezes, levanto para ver se está tudo bem.

Lúcio retorquiu:

– Eu também não consegui dormir, rolei na cama até agora, daí resolvi ver como está Isabel, seu estado de saúde muito me preocupa.

Rosa Maria começou a pensar numa maneira de tirar Lúcio dali. Se ele ficasse, com certeza iria atrapalhar a ajuda de Carlinhos. Foram para o quarto e uma vez lá dentro, notaram que tia Elisa estava mesmo a dormir muito à vontade na espaçosa cadeira de balanço. A velha senhora, contudo, acordou rapidamente assim que percebeu a presença dos dois no quarto. Tentou desculpar-se:

– Acabei dormindo, meu sono é muito fácil, mas posso garantir que nada aconteceu com ela.

Lúcio resolveu:

– Já que a senhora costuma dormir, eu é que vou ficar no quarto esta noite. Isabel parece ter piorado, não é bom vacilar.

Vendo que não havia outra maneira de tirar Lúcio dali, Rosa Maria resolveu arriscar, contando-lhe a verdade:

– Lúcio, espero que compreenda, mas esta noite traremos Carlinhos aqui para ajudar Isabel. Sei que você e mamãe não acreditam, mas o problema dela é todo espiritual. Há espíritos aqui querendo

Capítulo 17

que ela não melhore, e posso afirmar com certeza que se Isabel não tiver um socorro espiritual, vai acabar morrendo. Eu não quero que minha irmã morra e você, que diz amá-la tanto, com certeza deve querê-la viva para que realizem o amor que os une. Se você tentar impedir ou falar com mamãe, não garanto pela vida de Isabel.

Lúcio, olhando Rosa Maria fixamente, percebeu que ela falava a verdade. Era uma moça bastante séria para brincar com uma coisa daquelas. Ele não acreditava em vida após a morte, espíritos etc., mas já que Rosa Maria falava com tanta firmeza, resolveu não ir contra:

– Não vou atrapalhar, mas quero estar presente em tudo. Daqui não saio.

– Então, está na hora de tia Elisa ir lá chamar Carlinhos e voltar deixando a porta da despensa aberta.

Tia Elisa levantou-se, já completamente acordada, saiu em busca do ex-escravo, enquanto os dois se colocavam a esperar.

Alguns minutos depois, tia Elisa regressou sozinha dizendo:

– Carlinhos disse que vai demorar ainda alguns minutos, pois está à espera de outra pessoa que virá com ele. Pediu que entrássemos em oração desde já.

Rosa Maria irritou-se:

– Ele não falou que viria com outra pessoa, vai ter gente demais no quarto, pode atrapalhar.

Tia Elisa aconselhou:

– É melhor aceitar o trabalho como ele quiser que seja feito. Muitas pessoas conhecem as forças da natureza que nós desconhecemos, por isso, sabem o que estão fazendo. Vamos nos reunir, dar as mãos e começar a orar.

Os espíritos que estavam obsidiando Isabel, pressentindo o perigo, correram até a casa de mãe Gorete, mas nada puderam lhe falar, já que ela, naquele momento, estava tendo intimidades com o amante. Voltaram para o quarto de Isabel e começaram a fazer com que ela se agitasse e acordasse.

Logo que perceberam a inquietação de Isabel, Rosa Maria ameaçou interromper a oração, mas a um sinal de tia Elisa, continuou em prece. Formou-se então naquele ambiente, sem que ninguém pudesse ver, uma pequena batalha entre o bem e o mal. As orações feitas de coração pelos presentes atraíram espíritos iluminados, acompanhados por outros chamados lanceiros, que carregavam consigo lanças e espadas afiadas.

Pouco tempo depois, Carlinhos chegou acompanhado de uma negra com a aparência jovem. Ele explicou:

– Essa é Etelvina, escrava aqui da quinta e que também conhece o mundo dos mortos. Trouxe-a para que nos ajude. É ela que sempre me ampara quando vou socorrer alguém influenciado por espíritos maus como é o caso da menina Isabel. Etelvina tem o poder de amarrar em seu corpo essas entidades que estão prejudicando a pessoa e fazê-las ir embora – fez pequena pausa e concluiu. – Vamos todos fechar os olhos e chamar o Nosso Senhor Jesus Cristo.

Mesmo com medo, todos começaram a orar chamando pelo Cristo. Cascatas de luz branco-prateadas jorravam por todo o ambiente e, sem conseguirem mais ficar ali, os espíritos das trevas entraram chão adentro gritando. Isabel voltou a se acalmar e novamente dormiu. Carlinhos pediu mais concentração de todos e um grande silêncio se fez.

De repente, Etelvina começou a tremer, suar frio e abriu os olhos desmesuradamente. O medo invadiu a todos, mas Carlinhos, com segurança, aproximou-se de Etelvina, que rangia como se fosse um cão selvagem e perguntou:

– Por que está querendo fazer o mal à Isabel? Ela é uma moça boa e não merece. Não tem medo da justiça divina?

A entidade que estava incorporada em Etelvina parou de ranger os dentes e parecia confusa.

– Onde estou? Como vim parar aqui? Como ousaram tirar-me da minha casa?

Capítulo 17

Carlinhos sabia que quem estava ali era o espírito de mãe Gorete que fora tirado do corpo temporariamente para que fosse esclarecida e desistisse de fazer o mal, por isso disse:

– Você não tem permissão de fazer o mal a essa moça, por isso Deus interferiu e trouxe-a para que possamos conversar. Os espíritos da luz estão dizendo que, se você não tirar todas as energias negativas que colocou em Isabel e libertá-la desse sofrimento, não voltará mais ao corpo, que ficará inerte e vegetando enquanto seu espírito irá para este lugar, olhe.

Carlinhos aproximou-se da médium, abriu a mão direita sob seus olhos e ela a fixou por alguns segundos. Mãe Gorete viu que o lugar era o abismo, uma região umbralina localizada no centro da Terra onde, os que para lá vão, passam por sofrimentos indescritíveis. Percebendo que Carlinhos estava do lado da luz e dizia a verdade, ela começou a gritar:

– Não! Para esse lugar não, pelo amor de Deus, eu imploro.

– Então, você vai nos dizer por que está querendo que Isabel morra e em seguida tirará tudo que colocou nela. Ou isso ou irá para o lugar que você viu.

Etelvina suspirou profundamente e começou a falar:

– Fui procurada por uma pessoa que ama o sinhozinho Lúcio e não quer que ele case com Isabel de forma alguma. Essa pessoa é tão apaixonada que não pensou duas vezes e, sabendo dos meus poderes de feiticeira, pediu-me que eu a matasse pagando enorme quantia por isso. Como veem, estou aqui fazendo apenas o meu trabalho.

Lúcio, que até aquele momento mantinha-se calado e apreensivo, perguntou com raiva:

– E quem foi esta pessoa que ousou encomendar a morte de minha amada a uma feiticeira?

Mãe Gorete falou sem cerimônias:

– Foi Madame Celina, sua amante. Ela é perigosa e não vai desistir fácil, peço que o sinhozinho tome cuidado.

Ao ouvir o nome de Celina, Lúcio tremeu de ódio. Ela se veria com ele.

Captando os pensamentos de Lúcio, mãe Gorete alertou-o:

– Não pense em fazer nada com ela, você não sabe do que aquela mulher é capaz, o melhor a fazer é fingir que não sabe de nada, pois se ela voltar a ira contra você, não sei se terá a mesma proteção de Isabel, por isso pense bem.

Carlinhos foi enérgico:

– Chega de conversa, vá até Isabel e desfaça o trabalho.

Etelvina levantou-se e, a passos curtos, aproximou-se do leito de Isabel. Começou a gesticular estranhamente sobre ela, em seguida falou palavras estranhas e vários estouros foram ouvidos no ambiente. Um terrível cheiro de carne em decomposição fez com que todos sentissem repulsa. Etelvina voltou para seu lugar e perguntou:

– E agora, poderei voltar ao meu corpo?

– Não sem antes me ouvir – falou Carlinhos, imperativo. – Você, Gorete, nasceu com um dom precioso, aprendeu a manipular as energias e as forças da natureza, coisa que poucas pessoas sabem. Por que, em vez de usar esses poderes para o bem, os usa para o mal? Há muitas pessoas sofrendo na Terra, você poderia utilizar tudo que sabe para amenizar e curar as dores humanas. Aviso-a de que, se continuar assim, dedicada ao mal, chegará a hora de prestar contas às leis divinas e nessa hora sofrerá muito.

Ela gargalhou alto e disse em tom zombeteiro:

– Faço o que quero e não é você que vai mandar na minha vida. Já fiz o que vocês queriam aqui, Isabel está curada, querem me soltar desse corpo e me deixar livre?

Carlinhos, vendo que ela não iria mudar a conduta, colocou as duas mãos sobre a cabeça de Etelvina, fez bela prece aos Espíritos Superiores e logo a moça estava normal. Diante dos olhos estupefatos de todos, Carlinhos disse:

Capítulo 17

– Graças a Deus e a Jesus, Isabel está liberta, vamos render graças a Eles.

Mais uma vez eles deram as mãos e em prece agradeceram a Deus por tudo que havia acontecido. Só não contavam que a senhora Margarida havia acordado e presenciado tudo pela porta entreaberta. Quando viu que tinham terminado, entrou no quarto justamente na hora que Isabel havia acabado de acordar. Perguntou:

– Posso saber o que aconteceu aqui?

Surpresos, eles não tiveram alternativa a não ser convidar a senhora a se sentar e explicar tudo.

Capítulo 18

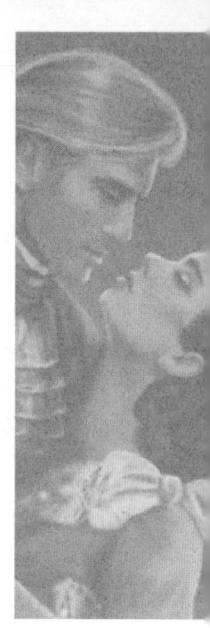

Não foi difícil convencer a senhora Margarida sobre a realidade do que tinha acontecido. Ela, apesar de católica, sabia que as almas dos mortos visitavam os vivos e, depois de tudo que tinha visto, não tinha mais como duvidar. Envergonhada, olhou para Carlinhos e pediu:

— Desculpe-me pela ignorância, se não fosse por você, tenho certeza de que minha filha não ficaria viva.

— Não precisa pedir desculpas, senhora, sei que nem todos entendem a espiritualidade, é natural.

Isabel, já sentada na cama e ingerindo uma leve sopa, ainda estava atordoada, porém, havia entendido que tinha sido vítima de um trabalho de magia negra encomendado pela amante de Lúcio. Por isso, assim que terminou a refeição, pediu delicadamente que todos saíssem deixando-a a sós com o noivo. Olhou para ele com certa mágoa.

— Pensei que fosse a única em sua vida, mas pelo visto tenho uma rival que quase me matou, como posso confiar em você?

Lúcio amava Isabel mais que tudo e jamais poderia perdê-la, por isso disse:

Capítulo 18

— Mas você é a única, Isabel. Desde que a conheci, só penso em você e só tenho olhos para você. Madame Celina é a dona da Casa da Perdição, o bordel mais famoso de Lisboa, não posso lhe negar que tive um romance com ela, mas tudo acabou assim que te conheci, é por isso que ela entrou em desespero e encomendou essa magia. Por favor, amor, acredite em mim.

Lúcio falava próximo a Isabel e seu hálito, seu cheiro másculo, suas mãos fortes a envolveram tanto que ela não pensou em mais nada, entregando-se a ele ali mesmo. Passaram o resto da noite se amando e, só quando o dia começou a clarear, foi que Lúcio retornou ao seu quarto.

A mesa do café da manhã estava alegre como há tempos não acontecia. A impressionante melhora de Isabel surpreendia a todos, mesmo sabendo que tinha sido salva por forças espirituais. Lúcio, extremamente feliz, marcou o noivado para dali a duas semanas e foi com alegria que deixou todos na fazenda tecendo planos para o futuro, enquanto retornava para Lisboa.

Naquela mesma manhã, madame Celina estava furiosa na grande sala de espera da casa de mãe Gorete. Fazia mais de uma semana que havia encomendado a morte de Isabel, mas nada havia acontecido, e Lúcio sumira de vez. Ela teria de dar um jeito naquela situação, afinal havia pago uma fortuna à feiticeira para que tudo saísse como desejava.

A escrava Severina entrou no ambiente, olhou-a fixamente e disse:

— Mãe Gorete já está vindo, peço perdão pela demora, mas como lhe disse, ontem ela desmaiou de repente, demorando muito a acordar, mas já se refez e em breve virá vê-la.

A ansiedade aumentou no peito de Celina, mas finalmente, depois de poucos minutos, a feiticeira estava à sua frente. Mãe Gorete foi direta:

— Vou conversar com você aqui mesmo na sala. Serei franca e espero que entenda, senão será pior para você.

Celina sentiu medo, os olhos de Gorete brilhavam intimidadores e estranhos e um frio na espinha fez com que percebesse que algo muito sério havia acontecido.

– Quero saber por que até hoje nada aconteceu a Isabel.

– Eu havia lhe avisado que Isabel tinha proteção, mas nunca imaginava que a proteção dela fosse tão forte. Fiz tudo que estava ao meu alcance, mas não pude atingi-la.

Madame Celina sentiu ódio surdo brotar em seu ser, descontrolada bradou:

– Não sabia que você era tão fraca. Se não aconteceu nada a Isabel, quero meu dinheiro de volta, agora!

Mãe Gorete, olhos faiscantes de domínio e raiva pela petulância daquela mulher, disse:

– Você não sabe com quem está falando, enquanto Isabel teve proteção, tenho certeza de que você não tem. Se não for embora agora de minha casa, pedindo desculpas por ter me chamado de fraca, garanto que sua vida não valerá um centavo, aliás, não garanto que chegue viva em seu bordel ao sair daqui.

Celina, arrependida do que tinha dito, relembrando a fama perigosa da feiticeira, tremeu muito e pediu:

– Desculpe-me, Mãe Gorete, fiquei fora de mim ao saber que o trabalho deu errado. Peço que me perdoe, mas me devolva o dinheiro, foi difícil consegui-lo e agora não poderei ficar sem ele.

Mãe Gorete riu alto dizendo:

– Dinheiro que chega às minhas mãos não volta, e se você insistir, não respondo por mim. Agora, ponha-se daqui para fora.

Humilhada e com medo, madame Celina saiu praticamente correndo e já na calçada deu ordens ao cocheiro para que saísse dali depressa.

Duas semanas após, a quinta de Santo Antônio estava em festa. Lúcio finalmente pedira a mão de Isabel em noivado e casamento, o que foi aceito prontamente pela senhora Margarida, que naquele pequeno espaço de tempo, acabou por aprender a gostar

Capítulo 18

do futuro genro sem reservas. A fama de boêmio e viciado em álcool foi esquecida por sua postura séria e respeitadora com que passou a tratar todos da família.

Havia outro motivo de felicidade naquele momento. Augusto, sabendo que Lúcio pediria Isabel em noivado naquela sexta-feira, comprou um lindo anel de brilhantes da mão do melhor ourives de Lisboa e, aproveitando o momento, também pediu a mão de Rosa Maria que não podia se conter de tanta felicidade.

Eram almas afins que, apesar dos erros cometidos na presente encarnação, estavam tentando ficar juntas e encontrar a verdadeira felicidade.

Após o alegre almoço, enquanto todos estavam na varanda saboreando licores, Rosa Maria convidou Augusto para darem um passeio pelo pomar. Apesar do sol alto, as frondosas árvores carregadas de frutas espalhavam gostosas sombras ao redor, convidando quem ali passasse para uma parada a fim de bem mais observar a beleza do lugar.

Pararam debaixo de um pessegueiro e sentaram na pequena relva que acabara de nascer. Estavam felizes e Rosa Maria não continha a emoção:

– Sinto que minha vida não tem valor algum sem você. Eu te amo, Augusto.

Ele, emocionado, tornou:

– Eu também te amo, Rosa Maria, nunca pensei que depois de tudo que passei, pudesse amar novamente e com tanta intensidade. Também posso dizer que, desde o dia que te conheci, naquela festa, minha vida não tem mais valor sem você.

A brisa fresca que passava ao redor, o canto dos pássaros e a gostosa sombra contribuíram para que ambos entrassem em um clima mais íntimo e, então, começaram a se amar ali mesmo. Quase uma hora depois, inebriados de prazer, vestiram-se e foram ter com os outros na grande sala de estar, onde Isabel distraía a todos tocando músicas da época num enorme piano de cauda.

Apenas tia Elisa notou a demora excessiva de Augusto e Rosa Maria. A velha senhora, muito experiente nos assuntos de sexo, logo notou que algo mais íntimo havia acontecido entre os dois. Sorriu feliz. Ela era a favor do sexo livre e achava errado as moças terem de se casar virgens, sem conhecer o marido antes na intimidade, por isso, ensinou sua filha a se entregar desde cedo, o que para ela tinha dado certo, pois estava muito feliz no casamento.

Naquele momento, enquanto todos ouviam as músicas concentrados, tia Elisa questionava como alguém poderia ficar tão feliz em se casar. Pensava que deveria ser um verdadeiro terror uma mulher ter de aturar o mesmo homem anos a fio e vice-versa. Por isso, seus namoros não duravam mais que três semanas e quando se casou, traía constantemente o marido. Olhou fixamente para os rostos de Isabel e Rosa Maria e certa tristeza a invadiu, pensou que as duas teriam o triste destino da maioria das mulheres: viver para a casa, para o marido e para os filhos. Resolveu beber mais licor para esquecer aqueles pensamentos.

Tia Elisa era tal qual muitas pessoas ainda são: dominada pelas ilusões da matéria, dos prazeres e do sexo. Não sabia das alegrias sublimes de um casamento feito por amor, ignorava a imensa, mais bela e mais importante missão da mulher sobre a Terra: ser mãe. O casamento, a comunhão sexual com base no respeito e no amor, a fidelidade mútua, a tolerância recíproca, trazem para a sociedade a evolução através da mais sublime instituição: a família. Dessa forma, se todos pensassem do mesmo jeito que tia Elisa, logo nossa sociedade voltaria ao primitivismo e possivelmente nos igualaríamos aos animais, aliás, entre estes há muitas vezes uma afeição tão sincera e profunda a qual falta a muitos homens. Felizmente Deus é amor, e na hora certa tia Elisa iria aprender o valor de tais coisas.

Estava anoitecendo quando Lúcio e Augusto saíram da quinta. Após o jantar, Rosa Maria e Isabel trocavam confidências no quarto:

– Tudo o que nós queríamos e sonhávamos está acontecendo – dizia Rosa Maria, com olhos brilhantes. – Lembra que sempre

Capítulo 18

dizíamos que nossos destinos seriam diferentes: que casaríamos com homens lindos e milionários?

– Sim! Acho que foi nosso pensamento que atraiu o Lúcio e o Augusto. Se ficássemos cultivando aqueles pensamentos de pobreza e vida na roça, acho que nunca os teríamos conhecido.

Os olhos de Rosa Maria brilharam estranhos quando disse:

– Pois eu não acho que foi o pensamento, mas sim o destino. Quando olho para Augusto, sinto que nascemos um para o outro, e quando converso com ele, tenho a certeza de que já vivemos juntos em outra época e em outro lugar. A mesma coisa acontece quando vejo você e o Lúcio juntos!

Isabel achou estranho.

– Como assim, vivemos juntos em outro lugar?

– Sim, Isabel. Conversei com Carlinhos sobre estas sensações e ele me disse que já vivemos muitas vidas aqui na Terra e em outros mundos. Ele afirmou que na vida amorosa ninguém se encontra com ninguém aqui neste mundo pela primeira vez. Os casamentos e as uniões outras são programadas pela vida para que possamos aprender uns com os outros e reparar erros de vidas passadas. Quando o amor é verdadeiro, igual ao nosso, são reencontros de almas afins, ou seja, almas que adquiriram laços de amor eterno que as unem por muitas existências. Só quando um dos dois comete um erro muito grave é que sua alma, por não se perdoar e cultivar a culpa, se condena a passar uma ou mais existências longe do ser amado para aprender o valor do amor verdadeiro. Eu acredito muito nisso.

Isabel também sentia que aquilo era verdade. Sentia que seu amor por Lúcio não começara naquela noite em que ela o ouviu cantando na festa de bodas, sentia profundamente que eram velhos conhecidos. Olhou para a irmã e perguntou:

– Será que é mesmo verdade que a alma pode voltar várias vezes à Terra? Com que objetivo?

– Carlinhos me disse que a alma volta sim, quantas vezes precisar, para adquirir sabedoria, resolver os problemas do passado e evoluir. Só isso explica a desigualdade tão cruel do nosso mundo. Por que uns nascem na riqueza enquanto outros vêm ao mundo na mais absoluta miséria? Como explicar as doenças penosas e incuráveis, principalmente nas crianças que nada fizeram para merecer tanto sofrimento? Como entender a má sorte de algumas pessoas que lutam a vida inteira com honestidade e nada conseguem, enquanto outras más e corruptas conseguem prosperar com tanta facilidade? Só a lei dos renascimentos sucessivos pode explicar isso dentro da justiça perfeita de Deus, que faz cada um renascer de acordo com aquilo que praticou e acredita merecer. Se todos se perdoassem pelos seus erros e entendessem que não precisariam sofrer, a dor não existiria e todos evoluiriam pela inteligência e pelo amor.

Isabel estava curiosa:

– Quer dizer que os sofredores foram maus em outras vidas?

– Maus não é bem a palavra, os que sofrem hoje sem encontrar uma causa para suas dores, com certeza agiram fora do bem maior no passado e estão vivenciando a dor no presente, para aprender a agir melhor. Todo sofrimento que aparece em nossas vidas traz uma preciosa lição que, se aprendida e assimilada, acaba com o sofrimento na mesma hora. As leis de Deus não castigam nem punem ninguém, apenas colocam os fatos para que possamos aprender como a vida funciona e agir a favor dela. Por isso, todo aquele que sofre, em vez de se queixar e se maldizer, deveria pedir a Deus que lhe mostrasse o que é preciso aprender para sair dessa situação. Aprender a lição é a única forma de vencer para sempre a dor e o sofrimento.

Rosa Maria estava inspirada por um espírito iluminado, mas falava naturalmente, sem se dar conta disso.

Isabel, apesar de achar tudo aquilo muito bonito, não queria se aprofundar, sem saber o porquê, sentia medo. Por isso mudou de assunto:

Capítulo 18

– Notei que você e Augusto demoraram demais passeando pelo pomar. Algo mais aconteceu?

Rosa Maria enrubesceu, mas não conseguia esconder nada da irmã, por isso pegou suas mãos, colocou-as sobre sua barriga e sorriu ao responder:

– Não só aconteceu como tenho a certeza de que estou grávida.

Isabel assustou-se:

– Grávida? Mas como pode saber?

– Não sei dizer, apenas sinto que carrego uma criança em meu ventre, fruto do meu amor por Augusto.

Isabel abraçou-a feliz dizendo:

– Que bom, minha irmã, tenho certeza de que será feliz. Também vou querer ter muitos filhos com Lúcio.

As duas continuaram a conversar até altas horas, até que, vencidas pelo frio e sono, foram dormir.

Capítulo 19

Quando Augusto voltou para casa aquela noite, encontrou a mãe inquieta e preocupada. Assim que o viu entrar e colocar o chapéu no aparador, a senhora Cândida levantou-se, colocou o bordado sobre o sofá e foi ter com o filho colocando seu braço no dele.

– Augusto, estava ansiosa esperando você chegar. Aconteceu algo bastante desagradável e preocupante e nem eu e nem seu pai sabemos o que fazer.

Augusto sobressaltou-se. O que teria acontecido? Nunca vira a mãe tão nervosa.

– O que aconteceu, onde está papai?

– Saiu sem hora para voltar, nem mandei servir o jantar, pois sei que depois de saber o que está acontecendo, assim como eu e todos da casa, você perderá a fome.

– Mas o que é que está havendo? Estou ficando nervoso, conte-me logo.

A senhora Cândida segurou forte as mãos do filho e com olhos lacrimosos tornou:

– A Manuela voltou.

Capítulo 19

Um silêncio se fez e uma aterradora palidez tomou conta do rosto de Augusto. Sem querer acreditar no que a mãe dizia, ele sacudiu a cabeça:

— A senhora só pode estar brincando comigo. Isso é impossível!

— Eu também queria que isso fosse impossível, logo ela, a mulher que arrasou sua vida, levando-o quase à morte com aquela tristeza horrível, acabou de voltar e exige conversar com você.

Completamente aturdido, Augusto deixou-se conduzir pela mãe para uma das poltronas e sentou-se lívido. Aquele pesadelo não podia ser verdade. Olhou para a senhora Cândida e perguntou:

— Mas por que ela voltou? Não estava vivendo feliz com aquele pintor em Paris?

— Manuela nos contou que foi traída e abandonada por Pierre. Está arrependida, sem honra e veio dizer que nunca deixou de amá-lo. Quer conversar com você na tentativa de reatarem o antigo compromisso.

Augusto, que achava já ter superado sua imensa paixão por Manuela, naquele momento sentiu-se perdido. Sua figura ainda mexia muito com ele, talvez o melhor fosse não vê-la, afinal estava amando Rosa Maria, havia acabado de firmar compromisso, não poderia de forma alguma voltar atrás. Olhou para a mãe súplice:

— A senhora precisa me ajudar, não posso ver Manuela. Apesar de tudo que aconteceu, da traição vil, de todas as suas mentiras, não sei como vou reagir ao vê-la novamente à minha frente. Como a senhora e papai sabem, acabei de me comprometer com Rosa Maria e não quero que nada neste mundo venha nos prejudicar.

A senhora Cândida tentou contemporizar:

— Seu pai foi levá-la a uma hospedaria, pois seus pais, como era de se prever, não a aceitaram de volta. Você, contudo, precisa conversar com ela, dizer que está noivo de outra e pedir que suma daqui.

Augusto passou as mãos pelos cabelos num gesto nervoso. Não havia outra saída a não ser conversar com a ex-noiva. Ele teria forças para resistir à atração que sentia? Amara Manuela com todas as forças de seu coração, por isso, quase morreu de tristeza quando ela simplesmente fugiu com Pierre, jovem pintor francês que tinha vindo até Portugal retratar em uma de suas telas o Rio Tejo. Esse jovem tinha fama de rico, por isso teve de reunir todas as forças de sua alma para superar a traição, pois imaginava que ela nunca mais fosse voltar, muito menos procurá-lo.

– Não fique assim tão nervoso – tornou a senhora Cândida, fazendo-lhe delicada massagem nos ombros. – Tenho certeza de que Manuela, ao vê-lo modificado e de compromisso com outra moça, desistirá de tudo e irá embora.

Naquele instante, o senhor Frederico acabava de entrar e, após colocar o chapéu no aparador, foi falar com o filho:

– Deu muito trabalho convencer Manuela a sair daqui e ficar naquela hospedaria. Sei que é desagradável para você, filho, mas é preciso que você vá lá conversar com ela e dizer com firmeza que não a quer e que tudo passou.

– É difícil para mim, pai, preferia que o senhor mesmo fizesse isso. Dê-lhe o tanto de dinheiro e joias que quiser para que refaça sua vida.

O senhor Frederico, enrolando as pontas do bigode, como era costume sempre que ficava nervoso, respondeu:

– E você pensa que já não fiz isso? Mas não é dinheiro que ela quer. Quer que você se case com ela e a reintegre em nossa sociedade, só assim será novamente aceita pela família.

– Mulherzinha cínica e petulante – bradou a senhora Cândida, com raiva. – Quem ela pensa que é? Pensa que pode fugir com outro homem, virar mulher desonrada e depois voltar como se nada tivesse acontecido?

– Pois, é isso mesmo que ela fez e você, Augusto, deverá decidir o quanto antes o que fazer – disse o senhor Frederico ainda enrolando os bigodes. – Mas, antes de qualquer coisa, quero dizer que eu e Cândida somos contra esse casamento. As leis morais em nossa sociedade são rígidas, e o que seria de minha reputação

Capítulo 19

tendo um filho casado com uma mulher que foi usada por outro? Caso cometa a loucura de terminar seu noivado com Rosa Maria para voltar para Manuela, deverá sair de minha casa e viver com ela em outro lugar.

A senhora Cândida protestou:

– Não seja tão rígido, Frederico. Também sou contra essa união, mas daí a renegar nosso filho e mandá-lo sair de casa já é demais. Se Augusto sair, eu saio junto.

Augusto interveio:

– Vocês estão discutindo sem ao menos saber o que vou decidir. É melhor os dois se acalmarem pelo menos até amanhã, quando darei minha resposta. Agora, com licença, preciso do meu quarto.

Augusto entrou no quarto, tirou o paletó, os sapatos, afrouxou as calças e jogou-se na cama. Sua mente estava conturbada e ele não sabia o que fazer nem o que pensar. O espírito luminoso do seu avô Joaquim estava ao seu lado e, sem que ele pudesse ver ou ouvir, Joaquim aconselhou-o:

– Querido neto, não se renda às paixões e aos prazeres terrenos. Seu destino é ao lado de Rosa Maria e não ao lado de Manuela. Seu compromisso com ela terminou no exato momento em que ela o deixou. Tudo já fazia parte da sua programação reencarnatória, Manuela iria sair para que você pudesse reencontrar Rosa Maria e com ela formar a sua verdadeira família espiritual. Rosa Maria é sua *alma gêmea*! A volta de Manuela representa para você uma prova que seu próprio espírito pediu, a fim de verificar se já havia aprendido a vencer as paixões. Por isso, não falhe nessa prova, recuse Manuela e siga seu coração unindo-se a quem você ama de verdade.

Mesmo sem ouvir aquelas palavras, achando que aqueles pensamentos eram seus, Augusto passou a refletir que por Manuela sentia apenas desejo, paixão. Quem ele realmente amava era Rosa Maria, por isso estava decidido: no outro dia diria um não a ela e ficaria livre.

Contudo, sem que ele também pudesse ver ou ouvir, estava ao seu lado um espírito inferior em forma de homem, inimigo seu do passado remoto, que o queria ver caído e fracassado. A mente preocupada de Augusto abrira campo para que aquele espírito o envolvesse. Se tivesse o hábito saudável de orar e pedir ajuda de Deus, aquele envolvimento não aconteceria. O espírito, com aspecto deformado e uma gosma amarela caindo dos lábios, aproximou-se de Augusto sem ao menos notar a presença de Joaquim e lhe disse ao ouvido:

– O que você deve fazer é voltar para Manuela, afinal, ela sempre foi o grande amor de sua vida. Lembra dos momentos maravilhosos de prazer que sentiam juntos? Não vá trocá-la por uma mulher sem graça e tediosa feito Rosa Maria. Além do mais, se ela voltou e o está procurando, é porque você é muito melhor que o outro homem. Dê uma chance a ela novamente, perdoe! Mostre a ela que você é homem suficiente para fazê-la muito mais feliz do que Pierre.

Captando perfeitamente os pensamentos daquele macabro ser, Augusto sentiu o coração acelerar e começou a pensar que, se Manuela havia voltado, era porque ainda o amava e o achava melhor que Pierre. Naquele momento, Augusto deixou-se levar pelo orgulho, o ponto mais fraco que os homens possuem e, sem perceber, cedeu às sugestões do mal. Começou a ver Rosa Maria como uma pessoa apagada, principalmente se comparada à Manuela, que era uma loira bonita e sensual. Passou quase toda a noite nesse dilema mental, até que, com o dia claro, veio a adormecer.

Já era tarde quando Augusto acordou no dia seguinte. Mal tomou banho e quando se preparava para o café da manhã, foi interpelado por sua mãe que se mostrava aflita:

– Ainda bem que você acordou, já ia bater na porta do seu quarto para isso.

– O que está acontecendo?

– Manuela está lá embaixo esperando por você desde cedo.

Capítulo 19

Augusto empalideceu. Não esperava que ela fosse ter a audácia de voltar à sua casa. Não se sentia preparado para vê-la, muito menos para conversar com ela. Passara a noite rolando pela cama insone sob o peso de dúvidas cruéis e não havia, até aquele momento, tomado nenhuma decisão. Pensou em desistir e voltar para o quarto, mas era muita covardia para um homem, e o rosto de sua mãe, demonstrando querer resolver logo aquilo, o fez tomar a decisão de descer e enfrentar de vez.

Quando chegou à sala e ficou frente a frente com Manuela, seu coração descompassou e um arrepio de emoção percorreu todo seu corpo. Naquele momento, teve a certeza absoluta de que não a havia esquecido, do jeito que pensava. Não sabia dizer se ainda a amava, mas o certo era que a paixão avassaladora dos tempos da juventude estava ainda viva com grandiosa força dentro de seu peito. O que faria?

A senhora Cândida e o senhor Frederico os deixaram a sós, e longo e incômodo silêncio se fez até que ela o quebrou:

– É isso aí que você está vendo, aqui está o que sobrou de sua amada Manuela.

Ele não sabia o que dizer. Era certo que Manuela estava mudada, seu rosto mais amadurecido e seu aspecto era de uma mulher cansada e um tanto envelhecida. Mas sua imensa beleza, seus lindos cabelos loiros e cacheados, os olhos verdes e brilhantes e sua boca bem torneada continuavam os mesmos. A visão da mulher que tanto amara ali, à sua frente, mostrando-se sofrida, o abalou muito mais do que ele poderia supor a princípio, contudo, ainda tentou ser duro:

– E você pretende que eu fique com seus restos? Com os restos do seu amor? Desculpe-me, Manuela, mas isso é impossível. Nem sei como você teve coragem de me procurar.

Manuela, mulher experiente e vivida, apesar da pouca idade, percebeu rapidamente que dominava Augusto de maneira completa. Ele estava em suas mãos e faria tudo que ela quisesse. Por isso disse:

— Não quero que você fique com os restos, quero que você fique com todo meu amor.

Augusto ia falar, mas ela colocou a mão direita levemente em sua boca impedindo-o e prosseguiu:

— Se tive coragem de procurá-lo, é porque sei que ainda me ama e saberá me perdoar. Fui uma tola ao deixar o seu amor para seguir com outro homem. Fui obrigada a passar pela traição e abandono para descobrir que o grande, único e verdadeiro amor de minha vida é você. Por isso, peço que deixe seu orgulho de lado e me aceite de volta. Podemos nos casar e ser felizes para sempre.

Completamente envolvido pelas energias de Manuela, ele não mais pensou, puxou-a pelo braço e a beijou com profundidade. Manuela, intimamente, sorria feliz pela vitória. Era mentira que ela amava Augusto, seu grande amor era Pierre, que estava falido na França, esperando que ela desse o golpe em Augusto e fugisse com a fortuna para que ambos pudessem voltar a viver juntos. E seu plano estava dando mais certo do que ela esperava.

Depois do longo beijo, Augusto afastou-a um pouco e disse:

— Eu a amo, Manuela, mas não sei se devo e tenho coragem de voltar para você. Meus pais não aceitariam, a sociedade também não. Você me abandonou e abandonou a casa de seus pais para ir embora com Pierre. Como eu, pertencendo à alta nobreza lusitana, posso enfrentar tudo isso e me casar com você?

Ela se soltou completamente dele e fez ar de ofendida.

— Dizendo assim, até parece que me tornei prostituta.

— Mas é como se fosse. Para os nossos costumes, uma mulher deflorada antes do casamento não tem valor algum, e você sabe disso.

— Mas tenho certeza de que seu amor será maior do que as convenções sociais. Você tem seu patrimônio, não precisa da aprovação dos pais nem do dinheiro deles para viver comigo. Se me ama realmente, deixe tudo para trás e siga comigo.

A proposta era tentadora e Augusto teria de lhe falar sobre Rosa Maria. Naquele momento, ao pensar nela, uma onda de remorso o

Capítulo 19

acometeu. Estava namorando-a, no dia anterior havia lhe prometido casamento, como teria coragem para desfazer tudo aquilo?

– Há ainda outra questão que preciso lhe dizer. Estou namorando uma moça de família honrada que, embora não seja rica, nem pertença à alta sociedade, merece respeito. Ontem mesmo fiquei noivo dela e pedi sua mão em casamento.

Manuela ruborizou. Não contava com aquilo. As notícias que chegavam em Paris era de que Augusto permanecia solteiro, sofrendo e recluso em seu palacete, contudo, não podia demonstrar contrariedade. Tentou parecer compreensiva:

– Entendo que a solidão o tenha feito procurar outra pessoa, mas é justo continuar com ela, enquanto ama outra? É muito mais respeitoso contar-lhe a verdade do que prosseguir num relacionamento sem amor.

Augusto teve uma sensação desagradável. Por alguns instantes, teve a nítida sensação de que estava fazendo algo muito errado. Era a voz da consciência, sempre sábia e verdadeira que, se ouvida de maneira absoluta, sempre leva o homem à felicidade. Mas nem todas as pessoas obedecem a essa voz. Por estarem envolvidas pelas energias pesadas e lentas do mundo terreno, mergulhadas nas ilusões e valores distorcidos da sociedade, as pessoas quase sempre acabam optando por caminhos dolorosos que, a princípio, aparecem como a verdadeira felicidade, mas que no fim acabarão resultando em desilusão, dor e sofrimento. Se as pessoas soubessem a verdade da vida, seguiriam sempre e sem contestar a voz do coração, pois o coração fala da realidade da alma e satisfazer às necessidades da alma é o único caminho para a harmonia e a paz. A felicidade na Terra é perfeitamente possível a qualquer pessoa, mas para isso ela precisa pagar o preço e ter a coragem de ser apenas o que é. Não é fácil, pois a cabeça e a lógica humana enchem a todos de vaidade, orgulho e egoísmo, que são os sentimentos que guiam todas as atitudes infelizes do ser humano. Mas, embora não seja fácil, é por isso que a maioria está reencarnada na Terra, para aprender a guiar-se pela alma, deixando de lado os descaminhos ilusórios do mundo.

Augusto sentiu por instantes o chamado do coração, mas preferiu ouvir a vaidade e ceder aos apelos de Manuela.

– Você tem razão – disse ele, por fim. – É você que eu amo e não posso continuar enganando outra pessoa. Hoje mesmo farei uma carta à Rosa Maria e outra à senhora Margarida pedindo desculpas, mas rompendo o compromisso.

Manuela sorriu feliz e quando fazia menção de abraçar Augusto, Cândida e Frederico apareceram na sala.

– Nunca pensei que você fosse ceder tão rapidamente às palavras dessa mulher. Estou envergonhado de você – disse Frederico, com rosto severo.

– Se você resolver casar com ela, saiba que não terá nossa bênção – tornou Cândida entristecida.

– Só não o coloco para fora de casa pelos muitos pedidos da sua mãe, mas se esse disparate de casamento acontecer, Manuela será uma intrusa em nossa casa e em nossa família.

– Pois, se for necessário, irei embora daqui com Manuela – havia altivez na voz de Augusto. – Tenho meus bens e dinheiro suficiente para viver com ela em qualquer lugar desse mundo.

A senhora Cândida correu a abraçá-lo chorosa.

– Por favor, filho, não faça isso, não nos deixe. Você sabe que você e seu irmão são tudo o que temos na vida. Não troque o amor de seus pais pelo amor de uma mulher que só vai fazê-lo infeliz pelo resto da vida. Coração de mãe não se engana, se você ficar com Manuela e desistir do noivado com Rosa Maria, será o mais infeliz dos homens. Pense e desista enquanto é tempo.

As palavras da mãe, ditas com tanta veracidade, tocaram mais uma vez o coração de Augusto. Sentiu o chamado do coração dizendo que não era para ir por aquele caminho. De repente e sem explicação, sua decisão quase caiu por terra.

Capítulo 19

Manuela, percebendo que ele poderia ser influenciado pelas palavras da mãe, tornou:

– Não vê que sua mãe está agindo por preconceito? Quem nesse mundo não comete erros? Só porque errei e estou desonrada e sem nome, ela não quer nossa união. Mas nosso amor é mais forte que tudo, Augusto. Se não fosse, você não teria me perdoado tão rápido. Não ceda aos preconceitos de sua mãe, em nome do nosso amor.

Augusto, ouvindo aquilo, mais uma vez deixou-se levar pelas ilusões de vida feliz ao lado da amada e, afastando delicadamente a mãe de si, disse:

– Minha decisão está tomada. Ficarei com Manuela, a única mulher a quem amei na vida – olhou para os pais fixamente e asseverou. – E vocês têm até a noite para decidir se vão ficar de nosso lado ou não. Caso não fiquem, eu vou sentir muito, mas partirei daqui com Manuela sem data para retorno.

O senhor Frederico já ia retrucar quando Cândida, com um gesto, impediu que falasse, dizendo:

– É nosso filho amado, Frederico. Vamos nos recolher e pensar melhor. Não vamos tomar nenhuma atitude assim, com a cabeça quente. O que menos quero é perder Augusto, eu não suportaria.

Frederico foi obrigado a concordar com a esposa e ambos se retiraram.

Quando ficaram a sós, Manuela e Augusto beijaram-se várias vezes com paixão. Logo após, ela lembrou:

– Não está na hora de você escrever as cartas, rompendo o noivado?

Augusto sentiu-se estremecer. Queria Manuela mais que tudo, mas sentia que faria Rosa Maria sofrer muito com aquilo. Contudo, era necessário e ele não perderia tempo. Dirigiu-se até a biblioteca, tomou da pena e do tinteiro e passou a escrever. Ao seu lado Manuela sorria feliz, tudo estava saindo conforme planejara.

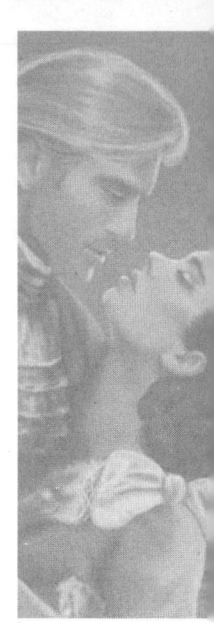

Capítulo 20

Fazia três dias que Augusto não aparecia na quinta de Santo Antônio e nem dava notícias. Aquilo estava deixando Rosa Maria inquieta e irritada. O que estaria acontecendo? Lúcio ia todos os dias noivar com Isabel, mas também não tinha nenhuma notícia. Rosa Maria poderia imaginar tudo, menos que seu amado estaria naquele momento desistindo de se casar com ela e voltando para a mulher que amara no passado. No final do terceiro dia, sem mais aguentar de ansiedade, pediu a Lúcio que fosse até o palacete dos Souza e Silva e buscasse informações.

Sua ansiedade então aumentou, porquanto Lúcio só iria trazer notícias no outro dia pela tarde, hora em que chegava à quinta para ver Isabel. Durante a noite, Rosa Maria não conseguiu dormir direito. E se Augusto estivesse doente? E se algo grave tivesse acontecido? Ela estava preocupada. Durante as poucas horas que dormira durante a noite, teve pesadelos em que uma mulher vestida de preto ria para ela chamando-a de imbecil. Acordou ainda mais ansiosa e mal se alimentou no café da manhã, ansiosa para a tarde chegar.

Mas Rosa Maria não precisou esperar tanto. Logo depois do café, enquanto ela, Isabel e tia Elisa admiravam a paisagem

Capítulo 20

matutina, sentadas nas grandes cadeiras da varanda, viram uma carruagem surgir na estrada. O coração de Rosa Maria disparou quando reconheceu tratar-se de uma das carruagens da família de Augusto. Certamente, ele vinha pessoalmente explicar, finalmente, o que tinha acontecido.

Mas qual não foi sua decepção quando, em vez de Augusto, desceu da carruagem o mordomo da família. O homem, todo empoado e com excesso de formalidade, cumprimentou a todas e disse:

– Vim em nome do senhor Augusto entregar duas missivas. Uma para a senhorita Rosa Maria e a outra para a senhora Margarida.

– Missivas? – estranhou Rosa Maria. – Onde está Augusto? O que aconteceu com ele?

– Desculpe-me, senhorita, mas não estou autorizado a dizer nada – disse Polidoro, com excessiva educação, sem nem olhá-la direito.

O coração de Rosa Maria descompassou e um pressentimento ruim apossou-se dela. Havia algo muito grave acontecendo e previa que iria sofrer.

Tia Elisa entrou para chamar Margarida quando Polidoro entregou-lhe a carta.

Com o coração batendo, parecendo querer pular do peito, ela se mostrava em dúvida se abria ou não a carta. Isabel, percebendo o seu medo, aconselhou:

– Abra logo, Rosa. Seja o que for, é sempre melhor saber a verdade.

– Estou com medo de sofrer.

– Não é deixando de ler o que tem na carta que você vai evitar o sofrimento. Lendo ou não, você vai acabar sabendo o que é. Por isso, abra logo.

Rosa Maria tomou coragem e abriu. Quando começou a ler o conteúdo, junto com Isabel, foi empalidecendo aos poucos:

"Querida Rosa Maria,
Posso estar parecendo um covarde em escrever-lhe esta carta, mas seria ainda muito mais covarde se não escutasse meus sentimentos. Eu gostei muito de você, acreditei mesmo que estava amando-a, mas um acontecimento veio me tirar essa certeza. Manuela, a mulher que amei há muitos anos, voltou para Lisboa e foi me pedir ajuda. Quando fiquei frente a frente com ela, percebi que meu amor não havia acabado e que a amava como no primeiro dia.

Sei que deve estar sendo muito duro para você ler essas palavras, mas preciso ser honesto. Amo Manuela e não você, apesar de lhe ter um carinho muito especial. Conversamos muito e eu a perdoei por ter me abandonado anos atrás. Resolvemos ficar juntos e oficializar de vez nossa relação.

Estou rompendo, por meio desta carta, o nosso compromisso. Espero que um dia seu coração generoso possa me perdoar. Fique em paz!

Do seu agora amigo,
Augusto Souza e Silva."

Isabel precisou amparar Rosa Maria para que ela não caísse. Grossas lágrimas brotaram de seus olhos pela força da decepção e traição. Nunca esperava que Augusto pudesse fazer isso com ela. No começo apenas havia se interessado pelo seu dinheiro e beleza, mas com o tempo passou a amar Augusto com todas as forças de seu coração. Como viveria, a partir de então, sem seu amor?

Rosa Maria partiu para o quarto chorando, enquanto Margarida, sem entender o que estava acontecendo, recebia a outra carta que leu com tia Elisa. Na missiva endereçada a ela, Augusto contava a mesma história, pedia desculpas pelo que estava fazendo, mas infelizmente não poderia mais manter a palavra e se casar com Rosa Maria.

A decepção e a tristeza enevoaram os olhos da velha matriarca, que apenas disse:

– Você está dispensado, pode ir.

Capítulo 20

Polidoro perguntou:

– A senhora deseja mandar algum recado ou missiva para Augusto ou a seus pais?

– Não é necessário. Diga-lhes que entendo tudo e lhes desejo boa sorte.

– Mas o que é isso, Margarida? – tornou tia Elisa indignada. – Sua filha foi enrolada, passada para trás, você foi enganada e tudo fica por isso mesmo?

– É melhor assim, Elisa – disse Margarida, triste e conformada. – Nós não temos mais um homem dentro desta casa para fazer o que deveria ser feito, por isso vamos nos render à realidade e tratar de ajudar Rosa Maria.

– Mas isso é um desrespeito a uma moça de família feito Rosa Maria – continuou tia Elisa, colérica. Olhou para Polidoro e gritou. – Pois, eu tenho um recado para mandar para Augusto e os pais dele. Diga-lhes que eu, Elisa Barbosa, tia de Rosa Maria, lhes desejo toda desgraça do mundo. Desejo que Augusto e essa tal Manuela sejam infelizes para o resto da vida e paguem tudo o que fizeram à minha sobrinha na miséria e na doença. E diga aos pais dele que desejo que os dois, por apoiarem esse ato indigno do filho, apodreçam de remorsos e ainda terminem doentes, de preferência numa cama para que eu os possa visitar um dia. Agora se vá, saia daqui, seu afeminado.

Polidoro corou de vergonha. Nunca alguém tinha dito coisas semelhantes para aquela família, muito menos o chamado de afeminado, coisa que ele era, mas não gostava que ninguém observasse.

Entrou na carruagem e saiu em disparada cruzando rapidamente a porteira e sumindo na estrada.

Tia Elisa e Margarida entraram e foram ter com Rosa Maria no quarto. Ela estava chorando muito, abraçada a Isabel. Um misto de tristeza e ódio invadira todo o seu ser e ela não sabia qual dos dois sentimentos era maior. Não havia palavras para consolá-la, mesmo assim tia Elisa tentou, afagando os seus cabelos:

— Acalme-se, querida. Sei que você ama muito Augusto, mas não existe só ele de homem no mundo. Aliás, o que mais tem nesse mundo são homens lindos e sensuais. Você pode ter quantos quiser com esse corpo e rosto maravilhosos que tem.

Rosa Maria, irritada com aquelas palavras, continuava a chorar. Tia Elisa prosseguia sem notar a irritação da sobrinha:

— Venha comigo numa viagem a Paris. Lá o sexo é livre, não há preconceitos, você vai vivenciar tudo o que quiser sem que ninguém diga nada. Depois de experimentar muitos e muitos homens, duvido que um dia você vá se lembrar de que Augusto existiu. Foi assim com meu marido e...

Tia Elisa ia continuar quando Rosa Maria soltou um grito estridente:

— Chega!!! Saia a senhora daqui agora! Aliás, saiam todos, não quero ninguém no meu quarto, preciso ficar sozinha, me respeitem nesse momento.

Assustadas com o descontrole de Rosa Maria, todas saíram deixando-a só e trancada.

Já na sala, Margarida, aborrecida com tia Elisa, disse:

— Como você teve coragem de sugerir essas imoralidades à minha filha? Não tem vergonha não?

Tia Elisa não se importou:

— Pois tenho certeza de que ela vai refletir e verá que estou certa. Rosa Maria amou muito Augusto e eu duvido que, depois de um amor frustrado desses, ela vá querer outro homem. Por isso, o melhor para ela é se divertir, ela é moça e não pode ficar para sempre trancada dentro dessa roça.

— Pois eu achei uma falta de respeito, você está querendo induzir minha filha a ser libertina como você sempre foi — bradou Margarida, colérica. — Não quero você mais aqui na quinta, volte para a casa de sua filha ou procure outro lugar para ficar, dinheiro é que não lhe falta.

Isabel interveio:

Capítulo 20

— Acalme-se, mamãe, a senhora sabe como tia Elisa é. Ela tem esse jeito liberal, porque viveu em outros países, conheceu outras culturas. Ela ama a senhora, por isso peço que reconsidere essa decisão.

Margarida não disse nada e com cara fechada saiu, indo para o quarto.

— Não se ofenda com o que mamãe disse — tornou Isabel, conciliadora. — Ela está nervosa e não entende a forma da senhora viver a vida.

— Fique tranquila, Isabel, não me ofendi com o que Margarida disse. Entendo que fui apressada e falei o que não devia, mas essa será a única solução para Rosa Maria, de agora em diante.

Isabel não conseguia entender.

— Por que é a única solução? Rosa é moça, jovem, bonita, tem tudo pela frente. Pode amar alguém de novo e ser feliz.

— Ah, minha querida, você não tem a minha idade, não conhece o mundo nem as pessoas do jeito que eu conheço. Uma mulher como Rosa Maria, que se entregou de corpo e alma a um amor igual ao de Augusto, não vai querer ser feliz com outro. Se ela fosse outra mulher, com personalidade diferente, eu nem diria isto, mas conhecendo-a como conheço, sei que Rosa Maria nunca mais vai se entregar ao amor.

Isabel sentia que o que a tia dizia era verdade. Tia Elisa prosseguiu:

— E ainda há outro problema. Rosa Maria, assim como você, não é mais virgem, não tem mais honra. Se encontrar um homem de bem para se casar, o casamento termina na lua de mel quando o moço descobrir que ela já foi usada por outro.

Isabel surpreendeu-se:

— Como a senhora sabe disso?

— Na sexta-feira, após o almoço e o pedido de noivado, enquanto nós estávamos na varanda, Rosa Maria sumiu com

Augusto. Quando entramos para a sala e você foi tocar piano, saí sem que percebessem e fui procurá-los no pomar, estava estranhando a demora. Então, vi os dois nus fazendo sexo debaixo de um pessegueiro. E então? O que me diz? Augusto tirou a honra de sua irmã e dificilmente ela conseguirá se casar com um rapaz de bem. A não ser que queira se unir a um velho viúvo.

Isabel estava horrorizada. Tia Elisa, além de ter invadido a privacidade alheia, falava daquilo como se tivesse contando uma vantagem. Ia reclamá-la, mas se lembrou de sua ajuda quando quis se deitar com Lúcio e não disse nada.

– A senhora tem razão, mas o pior a senhora ainda não sabe.
– O que é?
– Rosa Maria ficou grávida.
– Como você sabe?
– Eu não tenho certeza, mas ela me garantiu ontem à noite que está grávida de Augusto. Disse que mulheres sentem essas coisas.

Tia Elisa bem sabia. Ela só tivera uma filha, mas abortou inúmeras outras crianças, filhas de homens que ela nem sabia quem eram. E todas as vezes que engravidava, ela sentia.

– Então, a situação é pior do que pensei. Imagine quando sua mãe descobrir isso?

Isabel não falou mais nada e foi ter com Margarida no quarto. A mãe continuava chorosa, sem saber como ajudar a filha num momento tão difícil. Isabel também não sabia como fazer, por isso se limitou a lhe afagar os cabelos até que se acalmasse mais um pouco.

Capítulo 21

Sentada sobre uma pedra, às margens do Rio Tejo, Rosa Maria observava suas águas límpidas e tranquilas, vez por outra jogando pedrinhas nelas. O impacto da notícia acerca de Augusto já havia se amortecido e, então, em lugar da raiva e da revolta, havia apenas um grande e imenso vazio dentro de sua alma. Não sabia como e nem por que viveria dali em diante. Mesmo tendo a certeza de que estava grávida, não se sentia mãe e nem tinha por objetivo viver para o filho. A única certeza que tinha na verdade era que doaria a criança assim que ela nascesse.

Rosa Maria não tinha coragem para abortar, mas ao mesmo tempo não queria e sabia não ser possível viver com aquela criança. Sua mãe não sabia de sua gravidez e, quando soubesse, certamente não aprovaria e, provavelmente, se ela não doasse a criança, seria expulsa de casa e sua única solução seria pedir abrigo no bordel de madame Celina. Tornar-se prostituta era a última coisa que ela queria para sua vida. Amara Augusto mais que tudo, mas ainda tinha o sonho de se casar com um homem rico que pudesse lhe dar vida de rainha.

Sabia também que não mais conseguiria casar-se com um rapaz de bem da corte, mas havia muitos viúvos ricos e idosos loucos para um novo casamento e era um deles que ela iria conquistar. Mas, mesmo viúvos, solitários e idosos, nenhum deles se arriscaria a casar com uma mulher que já tivesse filhos. Por isso, passaria todo o tempo da gravidez na quinta sem aparecer na corte. Depois que o filho nascesse, ela o entregaria à Roda dos Expostos e ficaria livre para conquistar a riqueza e a ascensão social com que sonhava desde menina. Perdera Augusto, o amor de sua vida, por isso viveria apenas para usufruir do dinheiro e de todo o bem que ele pudesse lhe oferecer.

Estava assim refletindo, quando percebeu que alguém se aproximava a passos lentos. Olhou para trás e viu que era Carlinhos. O rapaz sentou-se em outra pedra próxima a ela e perguntou:

– O que faz aí tão triste?

– Pensando na vida e em como ela é injusta. Depois de tudo o que aconteceu comigo, não posso pensar em outra coisa.

Carlinhos observou-a por alguns segundos e disse:

– Se eu lhe dissesse que a vida não é injusta, você acreditaria?

Rosa Maria irritou-se:

– Lá vem você com suas ideias. Fui uma pessoa confiante e cheia de esperança, sempre procurei ser boa para todos e em qualquer circunstância. Mesmo assim, fui enganada pelo único homem que amei e ainda o perdi. Como, diante de tudo isso, você vem dizer que a vida não é injusta? – sua voz refletia toda amargura que lhe ia na alma.

Carlinhos disse calmo:

– Você está olhando a vida com os olhos da revolta e do ódio, assim não consegue enxergar sua grandeza. Só com a paz no coração é que conseguimos compreender que a vida é maravilhosa, trabalha sempre a nosso favor e faz tudo certo. Você diz que perdeu o homem amado, mas eu garanto que você não perdeu ninguém, e sabe por quê?

Ela balançou a cabeça negativamente e Carlinhos continuou:

— Porque ninguém é dono ou possui nada nessa vida. Não somos donos nem do nosso corpo de carne que um dia, pela lei natural de transformação, irá morrer e retornar a terra, como então podemos dizer que perdemos uma pessoa, sendo que jamais a possuímos?

Rosa Maria estava confusa. Carlinhos dissera coisas que confundiram seu raciocínio.

— Não posso concordar com isso. Quando duas pessoas se amam, elas passam a pertencer uma a outra, devendo-lhe respeito e fidelidade. Augusto era meu noivo e me trocou por outra, por isso, o perdi sim.

Carlinhos, acendendo calmamente seu cigarro de palha, prosseguiu com serenidade:

— Na verdade não é assim. Quando Deus criou as pessoas, as fez individuais e, embora devamos caminhar juntos, ninguém pertence a ninguém. A vida aproxima e afasta as pessoas conforme suas necessidades de aprendizagem e também pelas afinidades adquiridas ao longo das muitas vidas que viveram juntas. Mas, mesmo as almas afins não são donas umas das outras, são apenas companheiras de viagem. Por mais que amemos uma pessoa, chegará o dia da separação para que cada um possa viver novas experiências e aprender outros valores. Se o amor que as une for verdadeiro, um dia estarão juntas para sempre, mas sem sentimento de posse e com a consciência de que mesmo amando, cada um pertence apenas a si mesmo.

Percebendo que era ouvido com atenção, Carlinhos continuou falando, inspirado pelo espírito do seu mentor:

— Por isso, Rosa Maria, você não perdeu ninguém. Augusto, por escolha própria, desviou-se para outra experiência, e fique certa de que, tanto ele quanto você e também os outros envolvidos aprenderão muito com isso. Na vida, não adianta revoltar-se com as atitudes das pessoas que amamos. Quem realmente ama, respeita a liberdade do ser amado e não o impede de seguir pelo caminho que precisa para aprender a ser melhor. Nesse ponto, você ganhou e não perdeu. Para aqueles que amam, a distância física é um mero detalhe que o tempo vai resolver, o que realmente importa é que o sentimento de amor continue fluindo e dando bem-estar a quem o sente. Por isso, não se revolte, nem diga que perdeu. Nada está perdido na vida, pois tudo é experiência e no final todos saem beneficiados.

Carlinhos falava com a voz levemente modificada e Rosa Maria sentiu paz indescritível tomar conta de seu ser. Percebendo que estava conversando com um espírito evoluído, perguntou:

– Mas por que logo eu tive de passar por uma experiência dessas? Por que, além de tudo isso, estou grávida de uma criança que não poderei criar e terá de ser dada para a adoção? Será que fui muito má nas outras vidas que vivi?

– Não justifique seus sofrimentos como tendo origem em vidas passadas. Embora alguns fatos sejam reparações de erros do passado, eles só acontecem quando as pessoas não procuraram aprender pela inteligência e pelo amor. Por isso, o que importa é o agora, quem você é e o que você pensa, e não o que você foi. Você atraiu essas experiências para aprender os valores eternos do espírito. O primeiro deles está aprendendo agora, que é que não somos donos de ninguém e nem responsáveis pelo que os outros fazem da própria vida. Com esta separação, você está aprendendo que deve deixar livre tudo o que você ama e entregá-lo nas mãos de Deus. Se você tivesse essa consciência antes, não passaria por essa situação. Ou Augusto não lhe abandonaria, ou você atrairia outra pessoa que realmente quisesse estar ao seu lado.

Rosa Maria sentia que aquilo era verdade. Por mais que não quisesse admitir, sabia que o que Carlinhos dizia era sua verdade. Ela estava acusando a vida e Augusto pelos seus sofrimentos, mas na verdade ela é que era a responsável. Naquele momento, a consciência de Rosa Maria se abriu e ela queria saber mais, entender como a vida funcionava. Por isso perguntou:

Capítulo 21

— E essa criança que está em meu ventre? Você não falou nada sobre ela.

— Você disse que não poderá ficar com a criança, nem criá-la, mas isso é uma escolha sua, não está determinado. Quando Deus coloca uma criança no ventre de uma mulher, é porque sabe que ela tem condições de cuidar desse espírito e ampará-lo sempre. Você está fugindo de sua responsabilidade, mas é uma escolha sua e um dia terá de responder por ela.

Entre lágrimas, Rosa Maria tornou:

— Mas a sociedade é cruel, minha mãe jamais irá aceitar esta criança e eu jamais conseguiria me casar tendo um filho nos braços.

Carlinhos balançou a cabeça negativamente e afirmou:

— Vejo que, mesmo passando por todo esse sofrimento, você permanece iludida pelos valores distorcidos da sociedade e pelas ilusões do mundo. Se continuar assim, sofrerá ainda mais. Você diz que a sociedade é cruel, porque quer ser a pessoa certinha e normal que todos aplaudem e aceitam, além disso, acha que a felicidade verdadeira vem com a conquista de bens materiais, mas tudo isso é ilusão. A sociedade está doente e por isso rotulou o que é certo e errado criando um modelo do que as pessoas devem ser. Mas ninguém é igual a ninguém, e quando uma pessoa esconde sua própria natureza e forma de ser, em nome dos papéis sociais, vive infeliz e deprimida. O preço que as pessoas pagam por querer ser iguais às outras é muito alto e é pago sempre em dor e sofrimento. Cada um só é feliz sendo exatamente o que é. Por isso, Rosa Maria, enfrente tudo e todos e tenha seu filho. Jesus disse: "De que vale o homem ganhar todo o mundo e perder sua própria alma?" Não espere os aplausos da sociedade que é falsa e hipócrita, prefira os aplausos de Deus que certamente quer que você siga sua alma. Sua mãe vai entender e aceitar essa criança, e só aceite um homem se ele tiver a sensibilidade de entender e aceitar você do jeito que é. Querer se transformar para conseguir uma pessoa amada é ilusão e, quando você faz isso, só atrai pessoas falsas e materialistas em sua vida. Só sendo original e aceitando-se como Deus a fez, é que será amada de verdade. Fora disso, tudo é mentira.

Carlinhos suspirou profundamente e voltou ao normal. Sorriu para Rosa Maria que chorava emocionada e disse:

– Este espírito que aqui veio é muito evoluído, espero que a senhorita possa aproveitar tudo que ele lhe disse.

Levantou-se, tocou levemente o ombro dela e saiu. Rosa Maria voltou a olhar as águas límpidas e cristalinas que corriam à sua frente, mas com certeza sua visão, naquele momento, passou a ser outra.

Capítulo 22

Depois desse dia, Rosa Maria foi acalmando cada vez mais o coração. Passou a sentir um amor intenso e profundo pelo ser que estava em seu ventre e pensava como um dia pôde ter a ideia de abandoná-lo.

Foi combinado com Isabel que ela só contaria da gravidez à mãe após o casamento da irmã, pois Isabel não queria que mais um problema viesse atrapalhar a grande festa que estava preparando para sua união com Lúcio.

Os preparativos para o casamento de Isabel corriam rápidos, e tanto ela quanto Lúcio não cabiam em si de tanta felicidade. Ele deixou definitivamente de frequentar a Casa da Perdição e prometeu a si mesmo jamais voltar a ter algum tipo de relacionamento com madame Celina. Como ela não mais o havia procurado e parecia ter aceito que o perdera para Isabel, Lúcio seguia preparando-se, despreocupadamente, para se casar.

Mas o que ele não sabia era que tanto madame Celina quanto Pedro, além de não terem se conformado, tramavam diabólico plano para o dia do casamento dos dois.

E o dia finalmente chegou. Toda a mais fina e requintada Sociedade Lusitana tomou assento nos imensos bancos de madeira da não menos requintada e rica Basílica da Estrela, local escolhido pelos pais de Lúcio para ser realizada a cerimônia.

A igreja, encimada por uma cúpula e erguida ao alto de uma colina no oeste de Lisboa, já era famosa pela grande obra de arte que representava, pela extrema beleza do seu estilo barroco e neoclássico em que fora construída e parecia ainda mais bela pelo grande número de arranjos de tílias espalhando doce perfume que a senhora Tereza, mãe de Lúcio, mandara colocar por todo o ambiente.

O senhor Januário, postado no altar ao lado da mulher e de Lúcio, que jamais tinha sido visto tão belo, mantinha-se preocupado, pois tinha observado os pais de Rosalinda, o senhor Modesto e a senhora Brígida entre os convidados, bem como na última banca à esquerda, a prostituta Celina, que estava disfarçada e sorriu para eles ironicamente assim que entraram na nave. Januário se perguntava preocupado o que eles faziam ali, já que odiavam o casal. Tentou não pensar mais no assunto e concentrou-se na entrada da igreja quando a marcha nupcial começou a ser tocada.

Isabel, mais linda e feliz do que nunca, começou a entrar a passos lentos, sendo levada pelo irmão Antônio, que a entregou a Lúcio assim que chegaram ao altar.

A emoção tomou conta de todos, principalmente de Rosa Maria que se lembrava de Augusto e de como poderia também estar se casando com ele e sendo tão feliz como Isabel. A emoção também dominava a senhora Margarida por estar casando a filha caçula e com isso, sentindo-se praticamente com a consciência do dever cumprido com a família. Tia Elisa, apesar de emocionada por toda a beleza que presenciava, não deixava de balançar a cabeça e pensar em como Isabel estava sendo tola, pois em vez de ter vida livre e com muitos homens, preferira se unir a um só pelo resto da vida.

O padre orou em latim, e finalmente os noivos disseram "sim", selando a união com leve beijo no rosto.

Capítulo 22

Nem bem Lúcio tirou os lábios do rosto de Isabel e teve sua atenção voltada para a porta da igreja onde alguém acabava de entrar gritando feito louco e segurando uma tocha na mão. Todos ficaram nervosos com a cena e balançaram a cabeça sem entender.

Isabel empalideceu ao reconhecer Pedro, seu ex-noivo, com o corpo todo molhado, olhos faiscantes de ódio, aproximando-se dos dois. Isabel gritou:

– Pedro? O que quer aqui?

Ele, com olhos ainda mais brilhantes de ódio, olhou para ela e para Lúcio dizendo entre dentes:

– Vim aqui para que você nunca, em toda sua vida, seja feliz. Pensa que esqueci sua traição e abandono? Pois, a partir de agora, você pagará por todos os dias de infelicidade e amargura que passei. Depois do que eu fizer aqui, não haverá um único dia em sua vida que terá paz.

Isabel tremendo, apertou o braço de Lúcio e pediu:

– Segure-o, ele quer nos queimar.

Percebendo que Lúcio poderia imobilizá-lo, Pedro, num gesto rápido, jogou a tocha de fogo sobre o próprio corpo que começou a arder em chamas. Uma verdadeira sensação de terror tomou conta de todos e ninguém se atrevia a se aproximar de Pedro, que, morrendo queimado pelas próprias mãos, ria de maneira macabra.

Aquela cena foi forte demais para Isabel e ela desmaiou. Aos poucos, todos foram deixando a igreja ficando apenas Lúcio e a família de Isabel. Ninguém ainda podia acreditar que Pedro havia jogado querosene por todo o corpo e se queimado, em seguida provocando a própria morte.

Poucos instantes depois, Pedro deixou de rir e seu corpo tombou ao chão já morto em meio às chamas que continuavam inclementes. Lúcio, nervoso e transtornado, pediu que tirassem Isabel dali e a levassem para a carruagem de volta para casa. Foi quando percebeu o senhor Modesto e a senhora Brígida se aproximando.

— Pelo visto não fizeram mal apenas à minha filha. O jovem Pedro, com toda a vida pela frente, matou-se por causa da vil traição de vocês. Tenho certeza de que pagarão caro por esse erro — disse Modesto, com gravidade na voz.

— Não tivemos culpa de nada — bradou Lúcio, com raiva. — Não somos culpados se Pedro foi um fraco que não aguentou ser trocado por outro. Saiam daqui.

— Vai dizer que também não tem culpa pela nossa filha Rosalinda estar vegetando em cima de uma cama? — perguntou Brígida com voz cortada de emoção e raiva.

Lúcio não entendeu bem.

— Rosalinda está doente?

— Desde aquele maldito dia, ela teve uma violenta queda de nervos e está prostrada em cima da cama, sem andar, falar, praticamente um vegetal. Os médicos já desenganaram.

Lúcio ficou assustado. Não sabia que Rosalinda estava naquele estado tão grave. Gostava dela apesar de tudo e não queria que adoecesse por não ter conseguido amá-la. Ele nunca mais procurou saber como Rosalinda estava passando, e nos ambientes que frequentava, ninguém comentava nada sobre sua doença. Ele pensara, então, que Rosalinda devia estar viajando para esquecê-lo. Ao imaginá-la presa a uma cama por causa de seu rompimento, ele se sentiu mal. Contudo, não deixou que ninguém percebesse e tornou:

— Também não temos culpa se Rosalinda adoeceu. As doenças vêm porque o corpo é fraco. Nunca tive intenção de magoá-la.

— Você sabe que agiu mal com minha filha. Por isso, aproveito para dizer que, além de viver para sempre com o suicídio de Pedro lhe pesando a consciência, vai viver também com a culpa de ter adoecido gravemente uma jovem sonhadora e inocente. Quero ver se com tudo isso conseguirá ser feliz com Isabel — dizendo isso, a senhora Brígida apertou com mais força o braço do marido e puxou-o, saindo em seguida.

Capítulo 22

Margarida, Tereza, tia Elisa, Rosa Maria e os irmãos de Isabel foram saindo levando-a para a carruagem, enquanto Lúcio ficava ali com o pai olhando para o corpo queimado de Pedro, que já começava a exalar terrível odor de carne queimada.

– Vamos sair também e avisar aos pais dele o que aconteceu – disse o senhor Januário com pesar, pensando no imenso prejuízo que teria com a festa que mandara preparar em seu palacete e que naquele momento teria de ser cancelada.

– Não precisamos fazer isso. A esta hora, tenho certeza de que os pais de Pedro já sabem e nunca vão me perdoar, nem à Isabel.

– Não se culpe, meu querido Lúcio, você não teve responsabilidade em nada. Pedro é que foi fraco. Se fosse um homem igual a você, jamais faria isso.

Lúcio saiu nos braços do pai, deixando o corpo queimado do suicida para trás, não sabendo que aquele ato traria consequências mais sérias do que poderia imaginar, em seu futuro.

Já no palacete dos Alcântara, Isabel havia despertado bastante nervosa e angustiada chamando por Lúcio.

– Estou aqui, meu amor, nada vai te acontecer – disse ele, afagando seus cabelos com carinho.

Isabel pareceu não ouvir e abraçou-o com força, chorando.

– Nossa vida está acabada. Como vamos viver com a imagem de Pedro morrendo queimado pairando em nossas mentes?

– Acalme-se. Eu amo você, e nosso amor há de superar tudo.

Isabel continuava a chorar descontrolada, e Lúcio resolveu levá-la para o quarto. Ficara combinado que os dois morariam no palacete de seus pais e por isso foi preparado um quarto ricamente adornado para o casal.

Foi difícil para Lúcio fazer com que Isabel tomasse um chá calmante e adormecesse. Depois que a viu dormindo, desceu e foi ter com os irmãos dela, tia Elisa e a senhora Margarida que ainda permaneciam ali, chocados com o acontecimento.

— Eu sinto muito — disse ele, com lágrimas nos olhos. — O que era para ser o dia mais feliz de minha vida, acabou sendo o mais infeliz.

— Não diga isso, meu filho! — tornou o senhor Januário, não querendo que Lúcio sofresse. — Foi terrível o que aconteceu, mas você há de esquecer, com a graça de Deus. Está casado com a mulher que ama, será muito feliz, principalmente com a notícia que tenho para lhe dar.

— Notícia?

— Na verdade é mais que uma notícia, é uma surpresa, um verdadeiro presente.

— O que é? — tornou Lúcio, curioso.

— Vocês não vão morar conosco, infelizmente.

— Não? Mas como assim?

— Lembra-se de sua tia Helena?

— Sim, tia Helena é muito querida. Faz tempo que não a vejo, pedi que mamãe lhe enviasse um convite para o casamento, mas ela não apareceu. O que tem tia Helena?

Foi com tristeza que Januário tornou:

— Helena infelizmente faleceu há um mês.

Lúcio assustou-se.

— Como não ficamos sabendo de nada?

— Você sabe que sua tia, após a morte do marido e do filho naquele trágico acidente nas galeras, nunca mais foi a mesma e fugia ao convívio social. Pessoa boníssima, mas profundamente entristecida, fechou-se em seu castelo e passou a viver à espera da morte. Há um mês, recebemos uma carta de seu castelão anunciando sua morte por forte doença nos pulmões. Helena mandou-me outra carta dizendo ter deixado todos os seus bens para você, o sobrinho mais querido ao qual tinha por filho. Como sabia que estava próximo de se casar, como último pedido antes da morte, queria que você e Isabel fossem morar no seu castelo, cuidando dele como ela sempre cuidou e sendo felizes com os filhos que

Deus lhes enviar. Por isso, meu filho, o belíssimo Castelo de Vianna é seu e de Isabel. Seja muito feliz lá.

Pai e filho abraçaram-se e, enquanto Lúcio chorava de alegria, Rosa Maria e toda a família de Isabel agradeciam a Deus a sorte que lhes dera.

– É um dos castelos mais bonitos da Europa – disse Lúcio, com olhos brilhantes de felicidade. – Isabel precisa saber disso.

Subiu novamente as escadas à espera de que a esposa acordasse.

Capítulo 23

A imensa fogueira parecia crescer ainda mais com os movimentos estranhos e gigantescos de suas labaredas. Aproximando-se mais, a visão estranha se modificava e, o que parecia ser fogueira, naquele momento, tomava formato de um vulcão em erupção, lançando ao longe suas lavas que continuavam a queimar insistentemente.

Mas o vulcão também não era vulcão, e o mais próximo possível que alguém pudesse chegar, veria um amontoado de coisas pegando fogo, coisas estas que eram indefiníveis aos olhos humanos.

Em verdade, o estranho fogo era um acúmulo de espíritos suicidas que haviam se matado em razão do uso de substâncias inflamáveis e, por não terem se perdoado pelo ato e acreditarem que precisavam ser punidos com o inferno, permaneciam com as chamas que uma vez havia lhes devorado o corpo de carne, naquele momento, a lhes devorar o perispírito. Mas o perispírito não morre, e a consumição no fogo, a sensação de estar se desintegrando em calor insuportável e sem fim, fazia com que todos eles gritassem, gemessem e uivassem assustadoramente.

Aquela cena dantesca acontecia no Vale dos Suicidas, e não se podia calcular o tempo que aqueles espíritos que se sentiam

Capítulo 23

culpados estavam ali, recolhendo o resultado de suas atitudes de rebeldia e de suas crenças no "castigo de Deus".

Vez por outra, através de muito esforço, um deles conseguia sair em meio aos outros e era atirado ao longe, o que fazia parecer um vulcão soltando suas lavas.

Assim aconteceu com Pedro. Após ter se matado, queimando o próprio corpo durante o casamento de Isabel, sua mente levou-o a ser sugado para aquela montanha de corpos em chamas e ali permaneceu por muito tempo, até que com esforço soltou-se e foi lançado ao longe.

Seu corpo continuava a se queimar e ele chorava e gemia rangendo os dentes. Mesmo em meio àqueles tormentos, Pedro ainda pensava em Isabel e no ódio que sentia por ela e por Lúcio. Passou muito tempo a vagar pelo Vale com o corpo em chamas, até que, de tanto pensar em Isabel, sentiu-se arremessado para seu lado, onde ficaria para sempre, segundo seu pensamento.

A notícia que iria morar num castelo majestoso animou Isabel e a fez recobrar o brilho nos olhos. Aos poucos, tudo foi se normalizando e, embora Isabel acordasse vez por outra tendo horríveis pesadelos com Pedro, durante o dia acabava por esquecê-lo em meio aos preparativos para a mudança.

Duas semanas após seu casamento, já praticamente não se deixava atormentar pela visão suicida do seu ex-noivo. Faltando apenas alguns dias para a mudança definitiva, recebeu um chamado de Belarmina:

– Senhora, há um rapaz na sala desejando lhe falar.

– Quem é?

– É um escravo de sua quinta, disse que se chama Carlinhos.

Isabel assustou-se. O que Carlinhos estaria fazendo ali a uma hora daquelas? Ficou combinado que, uma semana depois de instalada no castelo, ela mandaria carruagens buscar toda a família para lá ficarem hospedados. O que poderia ter acontecido?

Isabel chegou pálida à sala, temendo algo grave. Dona Tereza, que estava também na sala, parecia já saber o que tinha acontecido e abraçou a nora:

– Você precisa ser forte, minha filha.

Ela, com voz trêmula, perguntou:

– O que houve na quinta?

Carlinhos olhava-a fixamente, tentando transmitir-lhe paz enquanto dizia:

– A senhora Margarida teve um mal súbito e desmaiou. Rosa Maria chamou o médico que disse ser um problema grave no coração. Pediu que reunisse toda a família, pois faltam poucas horas para ela morrer.

– Meu Deus! Minha mãe! Não pode ser...

Isabel quedou-se no sofá chorando muito. Ela não queria que sua mãe morresse, muito menos naquele momento tão importante de sua vida.

– Onde está Lúcio? Quero ir para lá imediatamente.

– Lúcio e o pai foram comprar alguns mantimentos para o castelo, que estavam faltando. Saíram há pouco.

Isabel irritou-se:

– Comprar mantimentos? Isso qualquer criado pode fazer. Por que foram os dois?

– Acalme-se, minha filha, são coisas grandes que só homem pode comprar, e Lúcio queria ele mesmo escolher.

Isabel chorou ainda mais.

– Estou sozinha, não quero ir para a quinta sem Lúcio. Não saberei ver minha mãe morrendo sem seu braço para me amparar. Vou esperar por ele.

– Não é bom que espere, senhora Isabel – interferiu Carlinhos. – Sua mãe tem poucas horas de vida e, se resolver esperar seu marido, pode ser tarde. Venha comigo e peça à dona Tereza que o avise sobre o ocorrido para que ele possa ir em seguida.

Sem ter o que fazer, Isabel aceitou.

Capítulo 23

A viagem transcorreu devagar. Isabel chorava o tempo inteiro, e Carlinhos sentiu que não era um bom momento para lhe dar orientações espirituais.

Quando chegaram à quinta, todos os irmãos já estavam lá. Isabel abraçou-os um a um e foi para o quarto, onde se encontrava Rosa Maria e tia Elisa, rostos compungidos e em silêncio. Isabel aproximou-se da mãe que, sentindo seu toque, abriu os olhos:

– Isabel, minha linda! Só faltava você para que eu pudesse partir.

– Não diga isso, mamãe, a senhora vai ficar boa.

– Vou não, minha querida, estou vendo seu pai aos pés da cama sorrindo para mim, me esperando. Chegou minha hora.

Isabel chorou sentidamente, ao que ela disse:

– Não chore. Já cumpri minha missão e sei que a vida continua. Seu pai veio me buscar. Quer prova maior que essa?

Isabel não se conformava:

– Se papai está aqui, peça a ele que a deixe ficar.

A senhora disse com voz cada vez mais fraca:

– Não posso, Deus me chama. Eu te amo, minha filha, adeus!

Dizendo aquilo, a senhora Margarida cerrou os olhos carnais para sempre, e o choro de Isabel aumentou de maneira tão descontrolada que todos ouviram e concluíram que a matriarca daquela casa havia partido.

Rosa Maria e tia Elisa tiraram Isabel do quarto, que, aos prantos, não se conformava. Doutor Eduardo propôs:

– É melhor que ela se deite e tome um calmante. Isabel está muito descontrolada.

– Não quero calmante nenhum, quero minha mãe.

– Isso não é possível, minha irmã – tornou Rosa Maria, mais conformada. – Chegou a hora dela.

Isabel revoltou-se com aquelas palavras e correu pelo grande corredor indo em direção ao rio.

– Deixe-a sozinha – disse tia Elisa. – Tenho certeza de que ficará melhor.

– Fico preocupada, tia. Isabel é muito impulsiva – tornou Rosa Maria, trêmula.

– Mas ela não fará nenhuma besteira, tenha certeza. Está casada com o homem que ama, morará em um castelo. Conheço a vida, minha querida, Isabel pode fazer tudo, menos se matar.

Com essas palavras, Rosa Maria se tranquilizou e foi ter com os irmãos que também choravam, mas todos conformados.

O velório e o enterro no cemitério da quinta foram muito tristes, principalmente porque Isabel, mesmo tendo se acalmado um pouco, ainda apresentava prantos profundos. Mesmo o amparo de Lúcio e dos sogros não a fizeram melhorar.

Capítulo 24

Com a morte da senhora Margarida, a mudança de Isabel para o castelo teve de ser adiada. Ela ficou se recuperando na quinta junto ao marido, à irmã e à tia Elisa. Carlinhos também as ajudava consolando-as através de explicações sobre a vida após a morte.

Numa noite, enquanto Isabel e tia Elisa conversavam na grande varanda, Rosa Maria apareceu chorando de mansinho.

– O que você tem, Rosa? – perguntou Isabel, apreensiva.

– Lúcio acabou de me contar que hoje na corte aconteceu o casamento de Augusto e Manuela. Toda a mais fina sociedade compareceu e os dois vão morar num belo solar ao sul da França. Quando penso que esta criança que está em meu ventre nunca terá um pai, me entristeço e sofro.

Isabel não sabia muito o que dizer. Ela não era boa para conselhos, limitou-se a falar:

– Augusto não a merecia, que fique com aquela outra e seja muito infeliz. Sei que também está sofrendo porque perdeu o grande amor de sua vida, mas tenho certeza de que encontrará outro melhor.

— Eu amo Augusto e nunca mais em minha vida vou querer homem nenhum.

— Essa rebeldia não adianta nada — disse tia Elisa, com os olhos vivos. — Você é linda, moça, pode muito bem amar outras vezes, ter outros amores. Vai ficar na solidão só por causa de um homem que nem tão bonito era?

— A senhora não entende de amor, tia. Eu não valorizava o exterior de Augusto, mas sua alma. Tenho certeza de que nunca amarei ninguém do jeito que o amei.

— Pois, eu acho uma pena.

— Eu prefiro viver sozinha a ter alguém que não gosto. Vou me dedicar só à minha menina.

Isabel surpreendeu-se:

— Menina? Como sabe que é menina?

— Ontem eu tive um sonho no qual uma mocinha de pele clara, olhos castanhos, cabelos aloirados, me abraçava emocionada e me agradecia por tê-la deixado nascer, dizendo que se sentia muito feliz por ser minha filha.

As duas mulheres se emocionaram. Rosa Maria prosseguiu, sentando-se noutra poltrona e admirando a lua cheia que acabava de despontar por trás das colinas:

— Tenho certeza de que é o espírito que vai nascer como minha filha. Contei esse sonho hoje cedo ao Carlinhos que me confirmou. Por isso, sei que terei uma linda menina.

Isabel, cheia de felicidade, levantou-se e abraçou a irmã com força dizendo:

— Eu vou cuidar para que você e minha sobrinha tenham tudo de bom. Levarei vocês para meu castelo, as apresentarei à sociedade e serão muito felizes. Se você mudar de ideia, pode até encontrar um marido.

— Seria ótimo tudo isso, mas quero viver minha vida longe das luzes do mundo. Vou permanecer morando aqui na quinta.

Capítulo 24

— Não pode ser verdade o que estou ouvindo — retorquiu Isabel. — Você é igual a mim, adora a riqueza, o luxo, o sucesso, os aplausos da sociedade. Deverá ir comigo sim!

— Eu mudei, Isabel. Essa desilusão amorosa me fez ver como a sociedade e as riquezas do mundo de nada valem. Daria toda a riqueza que eu possuísse para ter Augusto comigo morando até numa casa de palha.

Isabel achou ridículo o pensamento da irmã, que ela julgava pequeno. Mas sentiu, pelo tom de voz, que ela falava a verdade, estava realmente mudada.

— Mas, você vai morar aqui sozinha com o Carlinhos e sua filha? Terá coragem de viver aqui, nessa casa tão grande, sozinha e triste?

— Não se preocupe com isso. Não estarei sozinha nem triste. Carlinhos entende tudo de terra e animais, vou trabalhar e viver do dinheiro da terra que nossos pais tanto amaram e cuidaram.

— Você definitivamente não é mais a mesma — disse Isabel, em tom de decepção.

— Não mesmo, e tia Elisa irá morar comigo e ajudará a criar minha filha.

Isabel não acreditou:

— Tia Elisa, morar aqui? Faz-me rir. Tia Elisa é uma viajante, uma aventureira. Apesar da idade, você sabe muito bem que ela não fica muito tempo em um lugar, quando lhe vier à mente, ela sai daqui e deixa você sozinha.

— Calma, querida Isabel — disse finalmente tia Elisa. — Não vou deixar Rosa Maria só. Sou mesmo uma aventureira, gosto de viajar, de estar cada tempo em um lugar, mas pretendo me fixar aqui em definitivo. Rosa Maria somente ficará sozinha enquanto eu viajar, mas logo voltarei. Não tenho mais idade para ficar longos anos fora de meu país.

Isabel estava decepcionada e com raiva:

— Quer dizer que vocês duas preferem viver aqui a morar em meu castelo? É isso mesmo?

— Sim.

— Então, eu não tenho mais nada que fazer nessa quinta. Vou-me embora agora mesmo.

Vendo que a irmã havia ficado furiosa com sua recusa, Rosa Maria pegou-a pelo braço, impedindo que saísse:

— Não veja isso com uma desfeita, Isabel. Eu quero morar aqui. Será que você não entende?

— Não entendo. Você, assim como eu, nunca gostou desse lugar, nunca gostamos da natureza, nem de bichos nem de nada disso, vivíamos sonhando em casar, sermos ricas e irmos embora para sempre. Só porque Augusto não a quis e você se desiludiu, agora quer viver aqui no meio desse mato. Vou embora agora com meu marido e nunca mais me procure. Nenhuma das duas.

Isabel saiu feito um furacão e entrou no quarto empurrando a porta com força. Lúcio, que dedilhava uma canção em seu violão enquanto Carlinhos o ouvia, assustou-se:

— O que aconteceu, meu amor?

— Aconteceu que Rosa Maria se recusou a morar conosco em nosso castelo. Diz que vai viver aqui com a filha e tia Elisa. Isso foi uma desfeita a mim, por isso vou embora agora. Vamos arrumar nossas malas.

Lúcio deixou o violão sobre a cama, abraçou a mulher e disse:

— Acalme-se. Rosa Maria e tia Elisa têm o direito de escolher.

— Não quero discutir isso com você. Vamos embora e nunca mais as quero ver.

Lúcio não sabia o que fazer, mas Carlinhos tomou a frente, encarou Isabel e disse:

— A senhorita ainda vai sofrer muito por causa desse orgulho.

— Senhorita? — irritou-se ainda mais Isabel. — Sou uma senhora, a senhora Lúcio de Alcântara.

Capítulo 24

– Tudo bem. A senhora é como a árvore dura, que não se dobra durante a tempestade. A árvore que não se dobra é a primeira a cair durante a tormenta. Se quer ser feliz de verdade, aprenda a ser humilde e se dobrar perante as coisas da vida.

Isabel corou de tanta raiva, levantou a mão e deu violento tapa no rosto de Carlinhos.

– Insolente! Nunca mais fale nesse tom comigo.

Lúcio não sabia o que fazer, nem como agir, nunca vira Isabel daquele jeito.

– Vamos, Lúcio, ou vai me deixar fazer as malas sozinha?

Lúcio ajudava a mulher enquanto Carlinhos saía do quarto lentamente. No fundo, sentia muita compaixão por ela, principalmente por saber que seu orgulho iria lhe trazer muitas infelicidades.

Capítulo 25

O tempo passou e finalmente Isabel mudou-se para o Castelo de Vianna. Ao chegar à frente da majestosa construção, pensou que nunca em sua vida vira algo tão bonito feito pelas mãos do homem.

Ela estava feliz e emocionada tendo Lúcio ao lado dentro da bela e luxuosa carruagem. Era primavera e as flores das plantas que circundavam o castelo estavam abertas espalhando delicado perfume no ar.

Os portões foram abertos e imensa ponte móvel desceu vagarosamente dando passagem para eles entrarem. Além da carruagem de Lúcio e Isabel, havia também a carruagem de seus pais, onde estava Belarmina, escrava que Isabel, por afinidade, fizera questão de trazer para morar com eles e ser sua aia de confiança.

Na porta do salão principal, foram recebidos pelo castelão Bóris, sua esposa Betânia e pelo mago Wladimir. Todos receberam felizes os novos moradores. A senhora Helena era muito querida de todos eles e antes da morte recomendara-lhes tratá-los com todos os mimos possíveis.

Isabel e Lúcio foram conduzidos por um belíssimo e quilométrico tapete vermelho de veludo e em seguida sentaram-se nas

Capítulo 25

luxuosas, grandes e confortáveis poltronas de cedro, acolchoadas de almofadas de penas de cisne.

Isabel continuava inebriada com tanta beleza e luxo. Não conteve a pergunta:

– A tia de Lúcio morou aqui sozinha?

– Não, senhora – respondeu Bóris. – A senhora Helena foi casada por mais de 50 anos, e teve um único filho. Depois da morte do marido e do filho, foi se tornando triste. Gostava muito de Lúcio e fez o testamento dando tudo o que possuía ao sobrinho.

Tereza exclamou:

– Helena era madrinha de batismo de Lúcio. Vínhamos muito aqui quando Lúcio era pequeno e até um pouco no início de sua adolescência, mas depois ele ganhou gosto pela música e deixou de visitar a tia.

– Não me faça sentir culpado, mamãe – tornou Lúcio, constrangido.

– Não é isso, meu querido, só falei o que aconteceu. Mas, Helena escrevia sempre e falava de você com carinho e saudade.

A conversa girou em torno de Helena por mais algum tempo, até que uma serva veio para lhes servir vinho com pão de mel. Até Belarmina foi servida, o que fez se sentir valorizada e alegre.

Quando terminaram, Bóris e Betânia levaram a senhora Tereza e o senhor Januário para conhecerem seus aposentos. Enquanto isso, Lúcio e Isabel ficaram na sala admirando tudo aquilo. O grande salão do castelo era composto por muitas janelas retangulares em sentido vertical, que permitia ver boa parte de tudo o que circundava aquela fortaleza. Wladimir esclareceu:

– Aqui costuma fazer muito frio. Como viram, tudo é feito de pedra, até o teto. A senhora Helena e o marido fizeram tudo para deixar o castelo mais confortável, mas ainda assim o frio é muito intenso. Mas agora é primavera e costuma amenizar um pouco. Sinto que a senhora Isabel não gosta do frio. Vai ter de se acostumar.

— Não gosto mesmo. O inverno, o frio e a chuva me causam tristeza. Mas como você sabe disso?

— Vejo em sua aura.

— Aura?

— Sim, uma espécie de energia que fica ao redor de seu corpo.

— Quem é você? — perguntou Isabel, sentindo-se desconfortável diante do olhar daquele lindo homem, mas que parecia desnudar toda sua alma.

— Sou Wladimir, o bruxo do castelo.

Ela se arrepiou toda.

— E qual sua função aqui?

— A senhora Helena e o marido eram muito místicos, por isso contrataram meus serviços. Esse castelo possui enormes plantações de trigo, uva, e muitos outros vegetais que são comercializados. Ela sempre confiava que o invisível lhe diria o bom tempo para plantar e colher, os melhores comerciantes, e até pessoas que pudessem prejudicá-la. Sempre a ajudei muito.

Isabel não gostou daquilo, olhou para Lúcio e disse:

— Mas, a partir de agora, não precisaremos mais de seus serviços. Eu e meu marido não somos místicos. Quando puder, faça suas malas e vá embora daqui.

Lúcio corou com a indelicadeza de Isabel.

— Não se ofenda, Wladimir, Isabel teme essas coisas.

— Não se preocupe, senhor Lúcio, com o que pensa a senhora sua esposa. Não irei embora daqui até que dona Isabel pense melhor e veja que não sou nenhum perigo, mas alguém que ela pode confiar os segredos mais íntimos.

Isabel desarmou-se. Wladimir não tinha olhar nem jeito de gente má, por isso desculpou-se:

— Desculpe-me, Wladimir. Você pode ficar por mais tempo. Se eu gostar de você, pode permanecer aqui como sempre viveu desde que foi contratado pela tia de Lúcio.

— Agradeço, senhora.

A conversa foi interrompida pelo castelão que chegou dizendo:

Capítulo 25

— Senhores, venham conhecer vossos aposentos.

Isabel e Lúcio foram conduzidos por um corredor atapetado de veludo carmim e passaram por muitas portas. O castelo era muito iluminado pelas janelas retangulares e também por algumas claraboias. Chegaram ao quarto. Quando entraram, Isabel pensou que iria ter uma vertigem. Era o lugar talvez mais luxuoso daquele castelo.

A cama de casal era imensa, com um jogo de lençol de pura seda, bordado com fios de ouro, ladeada por dois criados mudos adornados com bibelôs de cristal em formatos de anjos e ao teto vários lustres também de cristal lilás, cheios de velas amarelas.

Havia um guarda-roupas enorme, estilo barroco, e Isabel o abriu. Os vestidos que ali estavam eram dignos da mais rica princesa. Todos de seda pura, bordados com fios de ouro e adornados com diamantes, esmeraldas e rubis.

Lúcio também parecia que sonhava. Nunca havia visto tanta riqueza em sua vida. Vendo a admiração dos dois, Bóris sorriu:

— A senhora Helena fez esse quarto para vocês, especialmente. Mas toda a beleza e o luxo não acabam aí. Há outros cômodos do castelo que vocês precisam conhecer, como a biblioteca e a sala de música, por exemplo.

— Por enquanto, queremos ficar por aqui.

Bóris entendeu a intenção de Isabel e se retirou do recinto.

Quando a sós, ela puxou Lúcio, jogou-o na cama, tirou sua roupa e se amaram durante horas. Sentia-se a mais feliz das mulheres.

A sala de jantar era igualmente rica, e na hora da refeição noturna, todos sentaram à mesa juntos para o deguste. Terminada a refeição, eles foram conhecer a sala de música que Isabel achou um deslumbre tão grande, que mal conseguiu executar duas melodias ao piano.

Quando iam se recolher, Wladimir chamou Lúcio a um canto e disse:

— Assim que sua mulher dormir, saia do quarto e venha até o grande salão. Estarei à sua espera, é muito importante.

Lúcio, curioso, perguntou:

– Já tem alguma previsão para nosso futuro?

Wladimir sorriu:

– Não é isso, senhor. Trata-se de uma missão que a senhora Helena, sua tia, confiou apenas a mim. Pediu-me que lhe mostrasse algo já no primeiro dia que entrasse aqui no castelo.

– Diga-me, por favor, o que é.

– Nada posso dizer agora e nem diga à sua mulher o que lhe disse. É um segredo só nosso que foi levado ao túmulo pela dona Helena e seu marido.

A curiosidade de Lúcio aumentou, mas ele não teve alternativa a não ser ir para o quarto e esperar que Isabel dormisse. Ela perguntou:

– O que o bruxo queria com você?

– Pare de chamá-lo assim. Ele é um mago.

– Dá no mesmo, foi o próprio que se chamou de bruxo. O que ele queria?

– Disse-me que tem uma previsão para nós e que depois quer me dizer – mentiu ele.

Isabel assustou-se:

– Não ouça nada do que ele tenha a dizer. Tenho medo de ser coisa ruim. Ainda não me esqueci da morte do Pedro totalmente e não estou preparada para outra coisa desse tipo.

– Não se preocupe, meu amor, ele já adiantou que é coisa boa.

Isabel, mais tranquila, foi para a cama. Demorou bastante tempo para adormecer. Estava por demais empolgada com tudo aquilo e lembrava-se de Rosa Maria o tempo inteiro, com tristeza e saudade. Pensava na modificação rápida da irmã. Ela poderia estar, naquele momento, ali no castelo, desfrutando de toda aquela alegria e luxo junto com sua filha e tia Elisa. Mas preferia ficar no meio do mato. Depois de muito pensar, vencida pelo cansaço, adormeceu.

Lúcio saiu sorrateiro e foi para o grande salão. Lá chegando, encontrou Wladimir esperando-o com um archote na mão.

Capítulo 25

– Acompanhe-me, senhor.

– Aonde vai me levar?

– Confie em mim, não tenha medo, logo saberá.

Lúcio começou a segui-lo por um enorme corredor que, tal qual o outro, era cheio de portas e janelas. Ao final, havia um grande tapete persa redondo, no qual se via desenhos de flores exóticas, mas magníficas.

Wladimir pediu que Lúcio segurasse o archote e com dificuldade tentou tirar o tapete do chão. Após muito esforço, conseguiu e jogou-o de lado. Lúcio, surpreso, percebeu que embaixo do tapete havia uma pequena porta trancada com espessa fechadura.

– O que é isso aí? Iremos aos subterrâneos do castelo? – perguntou assustado.

– Esta é uma das passagens que leva aos subterrâneos, mas não vamos descer muito. Siga-me.

Ambos entraram e foram descendo por longa escada até que chegaram a outro corredor cheio de portas. Wladimir parou frente a uma delas e, com uma pequena chave que trazia no bolso, destrancou-a.

– Entre e veja o que há aqui.

Lúcio entrou e ao olhar aquele ambiente cheio de lustres pendurados no teto iluminando-o com velas grossas e de luz forte, não acreditou no que via. Olhou para Wladimir assustado e disse:

– O que isto significa?

– Tenho certeza de que você já deduziu.

Lúcio olhou mais uma vez e parecia que sua visão havia se dilatado. Começou a analisar meticulosamente tudo o que tinha ali. Eram muitos baús abertos e em cada um deles havia enorme quantidade de pedras preciosas. Os baús estavam tão cheios que transbordaram e muitas pedras estavam espalhadas pelo chão. Wladimir explicou:

– Sua tia era mais rica do que se podia imaginar. Aqui ela deixou um verdadeiro tesouro, e ele é todo seu.

Lúcio não conseguia pensar direito e nem tinha ideia do que fazer com tudo aquilo.

– Mas o que vou fazer com isso?

Wladimir olhou para um ponto indefinido e começou a dizer:

– Você e Isabel ganharam agora uma das provas mais benéficas que se pode ter na vida: a prova da fortuna. Quem aproveita a riqueza e faz dela um bom uso pessoal e, principalmente, a reverte para o desenvolvimento do meio em que vive, beneficiando a sociedade, sai da Terra vitorioso, rumo às mansões celestiais onde viverá gozando da paz dos justos. Se você souber agir no bem, essa riqueza será para você o caminho da felicidade, mas se agir no mal, será conduzido para a dor, e através do sofrimento, irá aprender o verdadeiro valor da fortuna.

Lúcio entendeu e sentiu que era muita responsabilidade para ele lidar com tudo aquilo, por isso disse:

– Eu vou ignorar esse tesouro, fingir que ele não existe. Não sei como lidar com tamanha fortuna.

– Não faça isso, estará cometendo o terrível erro da omissão. Fugir de uma prova quando Deus nos manda é só adiar o momento de enfrentá-la.

– Mas é muita riqueza, Wladimir. Sempre fui rico, mas nunca dessa maneira. Aliás, como a tia e seu marido conseguiram tanto?

– Esse tesouro pertenceu à família do marido da senhora Helena. Você não sabe o quanto de sangue foi derramado para que se tenha juntado tudo isso aí. Esse tesouro é maldito, vejo muitos espíritos, que foram vítimas de cupidez dessa família, agarrados a esses bens que aí estão, clamando por justiça. Só o uso dela voltado para o bem é que pode reparar esse mal.

Lúcio assustou-se e se calou. Começou a analisar mais detidamente o que havia ali. Um dos baús estava cheio de diamantes, outro continha rubis, outro, safiras, esmeraldas, turmalinas, dentre outras. Mais à frente havia várias prateleiras de madeira pregadas

Capítulo 25

às paredes, e ele se aproximou. Cada prateleira estava repleta de barras de ouro, tantas que Lúcio não podia precisar.

Aquilo o deixou tonto. Ele nunca fora ambicioso. Gostava de sexo e de música, mas a fortuna não lhe fazia falta. Se seu pai perdesse tudo e ele tivesse de viver da música, viveria muito bem, sem problema algum, desde que tivesse bebida e mulheres à vontade. Ele já tinha a mulher que amava, e com tudo o que a tia lhe deixara, poderia dedicar-se à música sem problemas e para sempre. Olhou para Wladimir:

– Eu não sei o que fazer com isto, mas vou pensar melhor e pedirei conselhos a meu pai.

– Não! Não faça isso, pelo amor de Deus. Sua tia pediu que você não contasse nem mesmo à Isabel a existência disso aqui. É segredo absoluto!

– Mas, e como farei para gerir tão imensa fortuna?

Wladimir ficou alguns instantes calado, depois disse:

– Quem vai ajudá-lo será sua tia Helena.

– Tia Helena? Está brincando?

– Não, senhor. A morte é apenas uma mudança de estado e de lugar, quem morre continua vivo em espírito em outros lugares do universo. Acaso pensa que a vida se resume a esse frágil corpo físico e a esse diminuto mundo em que vivemos?

Lúcio calou-se. Ele já tivera provas de que existia algo além. Lembrou-se de Carlinhos e dos fenômenos ocorridos na quinta. Não havia como negar.

– Mas eu não tenho capacidade de ouvir ou ver os espíritos. Como isso vai acontecer?

– Eu consigo conversar com os espíritos, e depois que sua tia partiu, já veio ter comigo muitas vezes. Quando for oportuno, ela voltará e vai lhe dizer como agir. Fique tranquilo.

Lúcio estava com medo. Wladimir percebeu:

– Não tenha medo de conversar com sua tia só porque ela morreu. Quem morreu foi o corpo que ela usava aqui na Terra, mas seu espírito continua mais vivo do que nunca.

– Fico mais calmo em pensar assim.

– É bom voltarmos logo, antes que algum servo passe pelo corredor e veja o tapete fora de lugar e descubra a passagem.

Eles fizeram o mesmo caminho de volta e, já no grande salão, Wladimir deu-lhe um forte abraço, pedindo:

– Sigilo, senhor Lúcio. O silêncio sobre muito do que se sabe é a maior garantia da paz.

Lúcio meneou a cabeça positivamente e eles se despediram. Ao entrar no quarto, viu que Isabel ainda dormia. Deitou-se ao seu lado, mas não conseguiu conciliar o sono pensando no que fazer de sua vida dali em diante.

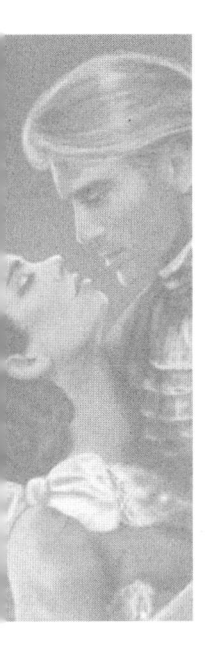

Capítulo 26

O tempo foi passando lentamente e a barriga de Rosa Maria se avolumava. Tia Elisa e ela, aos poucos, foram se acostumando com a falta que Margarida fazia e, junto com Carlinhos, se consolavam trocando ideias sobre a vida após a morte.

Rosa Maria estava feliz com a gravidez, mas nunca em seu coração conseguiu libertar-se do sentimento de abandono, traição e desprezo que Augusto lhe fizera passar. O que mais queria era que a filha nascesse para ver se aqueles sentimentos negativos acabavam, pois ela não gostava de senti-los.

Numa noite de domingo, ela e tia Elisa, como sempre faziam após o jantar, estavam sentadas na grande varanda admirando o céu que, naquela noite, estava pontilhado de estrelas. Elas conversavam amenidades até que Rosa Maria sentiu um repuxo no baixo ventre e em seguida uma forte dor. Gemeu alto e disse para tia Elisa:

– Parece que vai nascer, tia, finalmente minha menina vai nascer essa noite.

Tia Elisa emocionada e assustada, disse:

– Finalmente teremos aqui uma linda criança para encher essa casa de alegria, mas temos de chamar Carlinhos e pedir que ele vá chamar Balbina, a parteira. Quanto antes fizermos isso, melhor será. Ninguém aqui tem prática em fazer partos.

– Vá, então, chamar o Carlinhos, tia, rápido!

Tia Elisa saiu e, poucos minutos depois, voltou com ele já encontrando Rosa Maria deitada em sua cama gemendo de dor. Ao ver o lençol da cama todo molhado, tia Elisa assustou-se. Carlinhos disse:

– Não haverá tempo de chamar Balbina, você já entrou em trabalho de parto.

– E agora? O que faremos? – tornou tia Elisa, aflita. – Ninguém aqui sabe fazer um parto.

– Eu sei – tornou Carlinhos. – Se a senhorita me permitir, ajudarei sua menina a vir ao mundo.

Rosa Maria não aguentava de dor e não viu alternativa:

– Me ajude, Carlinhos, não aguento mais.

Carlinhos pediu à tia Elisa:

– Vá ao fogão e esquente água, enquanto me passa uma toalha.

Tia Elisa assim o fez, e Carlinhos enrolou a toalha pedindo que Rosa Maria a mordesse na hora que a dor viesse forte.

Ela suava muito e se contorcia. Os minutos foram passando e nada da criança nascer. Tia Elisa já havia trazido a água e molhava panos nela passando pela testa de Rosa Maria, a fim de limpar o suor que saía em profusão.

Num dado momento, Carlinhos exultou:

– Está nascendo, já está apontando a cabecinha. Vamos, Rosa Maria, força.

Ela fez toda força possível e em meio a um gemido muito alto, a criança nasceu chorando muito.

Rosa Maria, emocionada, não conteve o pranto, e logo Carlinhos colocou sua linda menina em seus braços. Parecia que a dor não existia mais e ela só fazia beijar a cabecinha suja de sangue de seu bebê, sem conseguir controlar o choro.

Carlinhos, depois de alguns minutos, pediu:

Capítulo 26

— Dê-me ela, tia Elisa vai banhá-la, enquanto eu limpo você.

Rosa Maria entregou a criança e, mesmo com vergonha, permitiu que Carlinhos fizesse sua assepsia. Ele, todo o tempo manteve-se respeitoso e hora alguma demonstrou segundas intenções por estar vendo suas partes íntimas. Quando tudo terminou, Rosa Maria agradeceu-lhe:

— Muito obrigada, Carlinhos. Que Deus te pague por esse bem.

— Deve agradecer a Ele mesmo, e sabe por quê?

— Por que?

— Porque eu nunca fiz um parto na vida e nem sei como fazer.

Ela se assustou:

— E como se atreveu a uma coisa dessas?

— É que os espíritos iluminados pediram que eu fizesse, que eles é que iriam atuar em minhas mãos e que tudo correria bem. Confiei e fiz.

Rosa Maria estava impressionada.

— Obrigada, mais uma vez, Carlinhos, sem esse dom que você tem, como minha filha iria nascer?

— Fique tranquila, senhorita, Deus nunca desampara ninguém. Ele é pai bom, justo e amoroso. Às vezes, pensamos estar sós e abandonados, mas logo vemos que aparecem pessoas e coisas que nos ajudam. Tudo é Deus que manda. Por isso, em qualquer acontecimento de nossa vida, devemos voltar nosso olhar para Ele e agradecer sempre.

Carlinhos disse aquilo e saiu calado como sempre fazia. Enquanto ficou só, Rosa Maria fez sentida prece de louvor e agradecimento ao Criador.

Os meses foram passando e a menina foi crescendo sadia e bonita. O ódio e a revolta por Augusto diminuíram, mas sempre Rosa Maria se lembrava dele e de como poderia ser feliz se estivessem juntos vivendo aquele momento. Tia Elisa aproximou-se, sentou na cama em que ela estava com a criança e disse:

— Já faz três meses que sua menina nasceu e ainda não tem nome. Terá de decidir para que possa ser registrada.

– Venho pensando nisso, tia, mas não cheguei a nenhuma conclusão. De vez em quando, um nome fica martelando na minha cabeça, não sei por que, mas parece que é para eu colocá-lo em minha filha.

– Que nome é?

– Denise. Parece que alguém sopra esse nome em meu ouvido.

– Deve ser algum espírito que deseja que sua menina se chame Denise. É um lindo nome, por que não decide logo?

Rosa Maria pensou um pouco, e sem ver a entidade luminosa que estava ao seu lado dizendo o mesmo nome, decidiu:

– Será Denise, minha menina se chamará Denise.

A criança rosada e linda pareceu gostar do que ouviu e abriu lindo sorriso.

Elas continuaram a conversar quando ouviram trotar de cavalos. Alguém estava chegando. Foram para a varanda e Rosa Maria emocionou-se quando viu ser a carruagem de Isabel que se aproximava. Desde que brigaram porque que ela não quis morar no castelo, nunca mais tinham se falado. Quando Denise nasceu, ela mandou um mensageiro levar uma carta ao Castelo de Vianna avisando, mas passados três meses sem que Isabel respondesse, Rosa Maria, muito magoada, achou que a irmã a tinha desprezado para sempre.

Quando viu Isabel descer da carruagem, vestida ricamente e sendo apoiada por um pajem, ela não conteve as lágrimas. Chorava porque estava vendo a irmã novamente e sabia que ela a havia perdoado e chorava também por ver que Isabel conseguira realizar todos os seus sonhos. Assim que Isabel desceu, Lúcio também desceu. Ela entregou Denise à tia Elisa e correu a abraçá-los.

A emoção foi forte e as irmãs choraram muito pelo reencontro. Após os cumprimentos, foram para a sala. Isabel olhou a menina nos braços de tia Elisa e sentiu-se arrepiar. Não conteve as lágrimas de emoção, tomou-a no colo e disse:

– É linda demais, Rosa. Deus te deu um presente.

– Sim, Denise é a coisa que mais amo no mundo.

Capítulo 26

— Denise? Ela se chama assim?
— Sim, acabei de lhe colocar esse nome.

Isabel estava enternecida com a menina, que olhava para a tia e sorria feliz. Isabel tornou:

— Ela não é só sua filha, mas minha também. Sinto que o laço que nos une é forte e tudo farei para que seja uma vencedora.

— Obrigada, minha irmã. Precisarei muito de sua ajuda para criar Denise.

Isabel preocupou-se:

— Está passando dificuldades?

— Não, graças a Deus a quinta tem produzido o suficiente para nos manter, mas me refiro a criá-la nessa sociedade moralista e hipócrita. Discriminada, não poderá estudar nas escolas abastadas que só aceitam filhos de casal. Tenho medo de que Denise sofra com isso. Toda mulher que é mãe solteira é considerada prostituta.

O coração de Isabel encheu-se de indignação:

— Eu garanto a você que ela nunca sofrerá. Tenho poder e muito dinheiro e o dinheiro compra tudo e todos. Não se preocupe, minha irmã, Denise será tão respeitada quanto qualquer outra criança.

Rosa Maria emocionou-se:

— Agradeço, sem você nem sei como seria nossa vida nesse sentido.

Lúcio se manifestou:

— Eu sei que ela ainda não foi registrada, mas eu posso fazer isso. Eu a registro como minha filha e ela não terá dificuldade alguma em ser admitida num colégio.

— Você concorda com isso, Isabel?

— Claro, minha irmã, já ia sugerir isso a Lúcio. O desgraçado do Augusto fez o que fez com você e por isso nem merece saber que Denise existe. Lúcio assume a paternidade dela no cartório e ela será uma Alcântara. Com esse nome, todos a respeitarão.

Isabel sorriu feliz e agradeceu a eles. Em seguida, foram fazer um lanche. Foi com saudade que Isabel e Lúcio passearam pelo pomar. Ela gostava dali, mas não era o lugar que lhe fazia feliz. O que a deixava feliz mesmo era seu castelo, onde tinha a vida que pedira a Deus.

Ela e Lúcio estavam andando por entre as árvores quando, de repente, ela parou e, pálida feito uma vela, fixou um pé de pêssegos. Lá estava escrito "Pedro e Isabel" e em torno do desenho de um coração. Imediatamente, ela se lembrou do dia em que Pedro escrevera aquilo e sentiu-se mal. Começou a ver o mundo rodar e só não caiu porque Lúcio a segurou. Vendo que ela não reagia, ele a pegou no colo e a levou para o interior da quinta.

Rosa Maria e tia Elisa assustaram-se:

– O que aconteceu?

– Ela viu um pé de pêssego onde Pedro escreveu seu nome e o dela. Certamente, lembrou-se do dia do casamento e quase desmaiou.

Isabel, aos poucos, foi voltando ao normal, mas uma sensação de medo a deixava em pânico.

– Quero ir embora daqui, Lúcio, por favor, leve-me daqui agora.

Rosa Maria tornou apreensiva:

– Sinto muito, Isabel, que tenha acontecido isso. Vou mandar derrubar aquele pessegueiro.

Ela não respondeu. O pajem a segurou junto com Lúcio e a colocou dentro da carruagem. Olhou para Rosa Maria e disse:

– Está tudo prometido. Assim que estiver bem, vou fazer compras para Denise e vir pessoalmente entregar, e assim que Lúcio voltar de viagem, irá registrá-la. Amo você, minha irmã.

– Eu também amo você, Isabel.

– Se cuida, minha sobrinha – tia Elisa soltou sem querer aquele alerta.

– Vou ficar bem, tia.

A carruagem partiu, mas na quinta ninguém ficou tranquilo. Rosa Maria e tia Elisa contaram a Carlinhos acerca do ocorrido e ele explicou:

Capítulo 26

– Isabel ainda está muito impressionada com o que aconteceu em seu casamento e também está guardando a culpa, por isso passou mal. Sinto que ainda sofrerá muito por isso.

– O que podemos fazer para ajudá-la?

– Orar. A oração é o único recurso que temos, pelo menos por enquanto.

Assim que Carlinhos saiu, Rosa Maria, com Denise ao colo, junto com tia Elisa, foram para o grande oratório rezar. O que mais queriam era que Isabel ficasse bem. Mas, intimamente, elas sentiam que aquilo não seria possível.

Capítulo 27

Assim que chegou ao castelo, Isabel recolheu-se em seus aposentos alegando estar angustiada e com dor de cabeça. Lúcio preocupou-se, mas ela estava irritada e pediu que a deixasse só.

Na sala, ele foi ter com os pais que tomavam licores e entabulavam gostosa conversa.

— Isabel não passou bem e está na cama. Nem me deixou ficar com ela no quarto.

— O que houve? Não é caso de mandar chamar um médico? — preocupou-se a senhora Tereza. — Nunca vi Isabel doente.

— Ela não está doente, mas impressionada. Nem sei por que fomos dar uma volta naquele maldito pomar.

— O que houve no pomar? — indagou o senhor Januário, preocupado.

— Eu e Isabel fomos dar uma volta quando, de repente, ela parou e ficou olhando para o tronco de um pessegueiro no qual está escrito "Pedro e Isabel" circulado por um coração. Ao ver aquilo, Isabel quase desmaiou e fui obrigado a levá-la no colo para dentro da quinta. Durante a viagem de volta, chorou um pouco e se mostrou triste. Ela ainda não esqueceu o suicídio de Pedro, e tenho certeza de que se culpa por isso.

Capítulo 27

– E qual mulher é capaz de esquecer aquela loucura? – disse a senhora Tereza, pousando o cálice na mesa de centro. – Se fosse comigo, não viveria mais feliz pelo resto da vida.

– Não diga besteiras, mulher – falou Januário, em tom ríspido. – Nem todas as mulheres são iguais e tenho certeza de que Isabel será forte o suficiente para vencer isso – virou-se para Lúcio e tornou: – Não se preocupe, filho, em breve tudo passará.

Mas Lúcio entendia bem o que era a culpa. Desde o dia do casamento, quando soube que Rosalinda estava presa a uma cama, levando vida vegetativa por sua causa, ele não mais conseguia esquecer, sentia-se culpado pelo triste destino de sua ex-noiva. Contudo, o caso de Isabel era bem pior, e ele temia que ela perdesse a razão.

Vendo o filho pensativo e triste, o senhor Januário propôs:

– Venha, vamos tomar licor juntos enquanto Isabel se recupera. Não é bom cultivar maus pensamentos.

Lúcio juntou-se aos pais e ficou por ali, sem se desligar muito de Isabel. Nem notou que estava sendo meticulosamente observado pelo bruxo Wladimir.

Em seu quarto, Isabel não conseguia relaxar nem dormir. A sensação de medo tinha sido substituída pela sensação de angústia e culpa. Lembrava-se nitidamente do dia em que Pedro, amando-a muito, esculpira seus nomes no pessegueiro. "Por que ele foi se suicidar? Era jovem, bonito, rico, tinha tudo pela frente". Ela se sentia culpada, mas ao mesmo tempo seu amor por Lúcio era mais forte do que tudo, não seria justo a ela renunciar àquele amor para ir viver com Pedro uma vida de aparência. Ela compreendia isso mentalmente, mas seu coração insistia em culpá-la.

Naquele momento, o espírito de Pedro, todo envolto em labaredas, chorando e gritando muito, apareceu no quarto. Demorou alguns minutos para que ele se localizasse, mas, mesmo em meio às chamas que queimavam seu corpo astral, ele pôde ver Isabel na cama, chorando e entristecida. Ele, esquecendo que tinha sido traído, e se deixando levar apenas pela paixão que sentia, foi para a cama e a abraçou com força.

Naquele instante, Isabel sentiu forte tontura e imenso calor tomou conta de todo o seu corpo. O calor foi aumentando tanto e de tal maneira que ela pensou estar pegando fogo. Levantou-se correndo, tirou as roupas pesadas, ficando apenas com a roupa íntima, mas o calor prosseguia inclemente. Começando a se desesperar, Isabel pegou a sineta de ouro que estava no criado mudo e tocou insistentemente. Logo, Belarmina, que ficava de guarda na porta do quarto aguardando ser solicitada por Isabel, adentrou o recinto e, ao vê-la agoniada, andando de um lado a outro, perguntou:

– O que está acontecendo com a senhora?

– Me ajude, Belarmina, não sei o que ocorre comigo. De repente, senti um calor insuportável e por mais que tire minhas peças de roupa, não passa. Parece que algo está me consumindo por dentro.

Isabel estava desesperada, por isso Belarmina decidiu:

– Vou chamar o senhor Lúcio, a senhora precisa de socorro.

– Não! Não chame meu marido, me ajude a entrar na banheira.

– Mas a banheira está com água muito fria, a senhora não gosta de banhos frios.

– Cale-se, Belarmina, não vê que com esse calor horroroso que me consome o que mais desejo é entrar numa água fria? Vamos, sua demente, me ajude.

Isabel andava com dificuldade, pois parecia que seu corpo estava se enrijecendo. Entrou na banheira de água gelada e foi se aliviando, aos poucos. Com o espírito de Pedro, algo inusitado aconteceu. Assim que Isabel entrou na água fria e foi se aliviando, ele também passou a sentir grande alívio, bem-estar este que nunca, desde que cometera o ato insano do suicídio, havia sentido.

O que aconteceu é muito bem explicado pelo Espiritismo. O espírito de Pedro, ao se suicidar, levou consigo todas as impressões do fato. Sentia-se queimar vivo, com todas as dores e sensações cruéis de tal processo, como se ainda continuasse a viver num corpo de carne. Assim que encostou em Isabel, houve uma conexão de perispírito a perispírito e ela começou a sentir tudo o que ele sentia. Como estavam "colados" mediunicamente, assim que Isabel entrou na água gelada, ele também sentiu alívio, já que as impressões do corpo do encarnado passam para o corpo do desencarnado também.

Quando Isabel sentiu-se melhor, pediu que Belarmina a ajudasse a sair da banheira. Estava muito bem e foi se enxugando lentamente. Pedro, naquele momento, não mais a abraçava, permanecia distante, observando. Em sua imaginação, o fogo se extinguira porque ele havia entrado na água. Ficou feliz porque Isabel o tinha ajudado e não mais sairia de perto dela.

– Agora pode chamar meu marido, Belarmina.

A serva estava de cara amarrada e Isabel percebeu:

– Desculpe-me por tê-la tratado mal, Belarmina, você sabe do apreço que tenho por você. Venha cá, me dê um abraço.

Belarmina, que era apaixonada pela sua senhora, sentiu-se valorizada e feliz, e após o abraço, foi em busca de Lúcio que continuava com os pais, trocando ideias.

Quando Lúcio entrou no quarto, junto com Januário e Tereza, ficou feliz por ver que Isabel estava bem melhor. Não havia mais tristeza em seu olhar e parecia equilibrada.

– Como você está, meu amor? – tornou ele, beijando-a.

– Estou bem, sim, depois de longo banho, fiquei bem melhor.

A senhora Tereza sentiu-se aliviada:

– Estava preocupada com você, minha filha. Sabe que, se você ficar mal, Lúcio também fica.

O senhor Januário completou:

– É isso mesmo, Isabel. Nosso filho fica muito infeliz quando você não está bem, por isso deve se esforçar para ficar sempre alegre para que ele não venha a sofrer.

Isabel irritou-se. Os pais de Lúcio só pensavam no filho, não estavam dando importância ao seu sofrimento, mas ao que Lúcio sentia. Ia responder, mas achou prudente não criar embates com os dois. Apenas disse:

– Não se preocupem. Farei de tudo para estar sempre bem e fazer o filho de vocês sempre feliz.

– Assim espero – disse Januário, altivo.

Quando o casal saiu do quarto, Isabel esbravejou:

– Seus pais são egoístas, só pensam em você.

– Calma, meu amor, sempre foi assim, desde que nasci. Compreenda-os – tornou Lúcio, carinhoso.

A voz do homem amado fez com que Isabel perdesse totalmente a raiva que sentia:

– Desculpe-me, Lúcio, é que desde que vi aqueles nomes no pomar, não me sinto a mesma. Pouco depois que você saiu do quarto, comecei a sentir um calor estranho que foi aumentando tanto que parecia que todo meu corpo ia pegar fogo. Só depois que entrei na banheira e lá fiquei durante muito tempo, foi que passou. Mas ainda me sinto angustiada, com uma sensação de medo que não sei de onde vem.

– É que você está impressionada, não conseguiu esquecer o que Pedro fez, por isso, tudo que se refere a ele faz você passar mal.

– Me abrace, preciso de você.

Os dois se abraçaram e começaram a se beijar. O espírito de Pedro, ao ver aquela cena, sentiu ódio descomunal apossar-se de seu ser. O ódio foi tanto que logo as chamas que haviam se apagado de seu corpo voltaram a arder. Pedro começou a urrar de dor e começou a correr desesperado pelo quarto.

Sem saber por que, Isabel passou a se sentir mais angustiada e começou, aos poucos, a repelir Lúcio, até que, em dado momento abriu os olhos, e numa questão de poucos segundos, viu claramente o espírito de Pedro ardendo em chamas, gritando e chamando por seu nome. Aquela visão aterradora e real fez Isabel soltar um grito estridente e desmaiar em seguida.

Capítulo 28

Desesperado, Lúcio saiu correndo do quarto à procura dos pais, quando Belarmina entrou rapidamente. Ao ver sua senhora desmaiada, procurou massagear seus pulsos, mas Isabel não voltava a si e respirava fracamente.

Lúcio encontrou os pais no grande salão e desesperado gritou:

– Mãe, pai, corram para o quarto. Isabel deu um grito alto e desmaiou. Será que está morta?

A voz de Lúcio estava entrecortada pelo choro que ameaçava cair, e logo Januário e Teresa correram junto com ele entrando na alcova. Viram Belarmina agarrada a Isabel, chorando. Quando chegaram perto, sentiram o desespero aumentar. Lúcio olhou para Belarmina e perguntou:

– O que é isto no corpo dela?

– Não sei, senhor, de repente todo o corpo da senhorinha Isabel se cobriu de manchas roxas e ela está ardendo em febre. Corre, senhor, e manda chamar um médico.

Lúcio, assustado e confuso, foi se aproximando do leito para tocar em Isabel, quando o senhor Januário pegou em seu braço com força e o arrastou de perto da cama.

— Está louco? E se ela estiver com uma doença contagiosa? E se for a volta da peste negra? Ela pode morrer, mas você não.

— Pare com isso, pai. Não vê que se Isabel morrer, minha vida perde o sentido?

Januário tinha um amor apaixonado pelo filho e sentia ciúmes do seu sentimento por Isabel. Para ele, Lúcio lhe pertencia e deveria amar somente o pai. Fingiu não estar com raiva e disse:

— Compreendo seu amor, meu filho, mas precisa pensar em você. Isabel está desmaiada, com o corpo cheio de manchas roxas e ardendo em febre. Se você encostar nela e se contaminar, estará cometendo suicídio. Eu o proíbo de ficar nesse quarto até o médico dizer o que ela tem.

Lúcio ia retrucar, mas o semblante sério e imperativo do senhor Januário fez com que ele recuasse.

— Belarmina, permaneça com Isabel enquanto eu e Lúcio vamos chamar o médico.

Todos saíram do quarto, e Belarmina começou a orar. O que menos queria era que sua senhora tão linda e feliz, casada com o homem amado, muito rica, morresse assim de repente e tão jovem.

Lúcio chamou Bóris e perguntou:

— Qual o melhor médico desta região? Aqui é muito longe de Lisboa e se for mandar chamar um médico lá, pode ser tarde. Isabel está muito mal.

Bóris demorou a responder, mostrando-se receoso. Lúcio percebeu:

— O que foi, Bóris? Você não conhece nenhum médico que more nas cercanias do castelo?

— Não conheço, senhor. Preciso dizer que a senhora Helena e seu marido não precisavam de médicos.

— Meus tios, como todos os mortais, adoeciam. Por que não procuravam médicos?

Bóris ainda demorou a responder:

— Porque quem tratava de seus problemas de saúde era Wladimir.

Capítulo 28

– Wladimir, o bruxo?
– Ele mesmo. Wladimir entende tudo de medicina e vai além. Ele conhece leis da natureza que as pessoas comuns nem suspeitam que existem. Muitas vezes ele nem passava remédios para nossos senhores, ele movia as mãos, gesticulava de maneira estranha e logo eles estavam bem. Nunca um médico entrou neste castelo desde que vivo aqui com minha esposa.

O senhor Januário olhou para Lúcio com imperiosidade:
– Você não vai querer que sua mulher, doente como está, seja tratada por um feiticeiro, não é?
– Bóris está afirmando que Wladimir curava meus tios. Não custa tentar.
– Não seja tolo, Lúcio! Sua tia era dada a misticismos, mas nós não somos e nem acreditamos em nada disso, vamos procurar um médico.
– Temo que Isabel não resista até lá.

Bóris interveio:
– Eu mesmo vou à vila mais próxima e trago algum. Prometo ser rápido.

Lúcio consentiu, e Bóris saiu. Mesmo com louca vontade de entrar no quarto para ver a amada, o olhar de domínio do pai fazia com que ele ficasse ali, parado, temendo que ela morresse. Naquele momento, Lúcio percebeu que amava Isabel muito mais do que supunha. Se ela viesse a morrer, preferiria morrer também.

A senhora Tereza orava baixinho e ninguém percebia que eram observados por Wladimir que, atrás de uma grande pilastra, não perdia um só movimento deles.

Meia hora depois, Bóris chegou com um médico de meia-idade. O senhor muito educado, polido cumprimentou todos e se apresentou como Doutor Venceslau, médico da província de Santa Maria Madalena, não muito distante do Castelo de Vianna.

A referência não era boa, mas o que importava naquele momento era que Isabel recebesse alguma espécie de socorro.

O médico entrou no quarto, pediu que Belarmina se afastasse da doente e começou a examiná-la. Levou quase vinte minutos naquele processo e ao final olhou para todos e perguntou:

— Isabel sofreu alguma emoção muito forte?

— Não, senhor — disse Lúcio, tremendo. — Ela se contrariou com algo que viu, mas não foi nada tão sério.

— O castelão disse-me que ela soltou um grito alto e em seguida desmaiou. Tem certeza de que não foi algo mais grave?

— Tenho certeza. Isabel já estava melhor e estávamos conversando normalmente quando ela deu o grito. Não entendi como isso foi acontecer.

O médico olhou-o fixamente e disse:

— Ela não tem nenhuma doença.

— Como assim? — perguntou Lúcio, incrédulo.

— Ela não está mais com febre e pelo que pude apurar, não há outros sintomas que caracterizem uma moléstia. O que posso dizer é que a senhora Isabel passou por forte emoção, por isso seu corpo teve essa reação.

Ninguém se conformava. O senhor Januário tornou:

— Uma emoção pode causar febre e manchas roxas no corpo? Nunca ouvi nada desse tipo.

O médico explicou bondosamente:

— As responsáveis pela saúde do corpo são as emoções. Nunca percebeu que, quando fica irritado ou contrariado, sua pressão sobe, sente dores de cabeça ou fica tonto?

Ele meneou a cabeça positivamente. Doutor Venceslau prosseguiu:

— O nosso corpo é uma máquina perfeita, mas quem o comanda é o nosso espírito. Sempre que nos desequilibramos emocionalmente, ele reage no ponto mais sensível e daí aparecem as doenças. Tenho certeza que, no caso de Isabel, foi algo que ela sofreu ou...

O médico parou sem saber se continuava ou não. Vendo que todos esperavam com ansiedade, ele prosseguiu:

Capítulo 28

– Ela pode estar sendo vítima de uma obsessão.

– Obsessão? – perguntou Lúcio, incrédulo. – Que tipo de obsessão?

– Obsessão de pessoas que já morreram. Você acredita nessa possibilidade?

Foi Januário quem respondeu:

– Não acreditamos em nada disso e agora o senhor já pode medicá-la e se retirar.

O médico prosseguiu imperturbável:

– Eu perguntei ao seu filho. Vamos, Lúcio, me responda. O que pensa do assunto?

Daquela vez, Lúcio resolveu desafiar o pai e dizer o que pensava:

– Eu acredito, doutor. Já vi casos em que espíritos interferiram na vida das pessoas vivas. Na quinta onde Isabel nasceu, há um escravo que entende dessas coisas. Uma vez duas senhoras desmaiaram lá e ele chamou seus espíritos de volta e elas acordaram em seguida. Por isso, acredito que Isabel possa estar envolvida por um mau espírito.

– Muito bom, rapaz! Acreditar já é bastante. O que vocês precisam é saber se isto é verdade e agir para que esse assédio termine. Caso seja uma obsessão, Isabel não vai melhorar com remédio de médico nenhum.

– Preciso buscar Carlinhos na quinta o mais rápido possível – disse Lúcio já se retirando do quarto.

– Não precisa, senhor – foi a vez de Wladimir que, na porta, olhava para eles com olhos enigmáticos. Como ninguém disse nada, ele prosseguiu. – Eu sei que a senhora Isabel está sendo vítima de um espírito sofredor e sei com afastá-lo. Se permitir, o faço agora.

O senhor Januário estremeceu de medo:

– Eu vou me retirar, não estou habituado a essas coisas.

– O senhor tem todo o direito, mas se ficar, terá a chance de perceber com clareza que a vida continua após a morte e essa certeza vai mudar sua forma de ver o mundo e a vida. Ninguém permanece o mesmo ao saber que a vida continua.

O senhor Januário, vencendo o medo, permaneceu no recinto. Wladimir pediu que todos dessem as mãos e começou a fazer uma prece. De repente, Isabel começou a suar frio e a se debater na cama, mas ele fez um gesto para que todos permanecessem em seus lugares.

Wladimir viu o espírito de Pedro em chamas, próximo ao corpo de Isabel e perguntou:

– Quem é você e o que faz aqui?

– Sou uma alma que sofre muito. Fui traído e ela terá de me pagar.

Todos estremeceram de pavor. Estavam ouvindo claramente a voz do espírito que era terrivelmente assustadora. Aquilo acontecia através do fenômeno de voz direta explicado por Allan Kardec em O Livro dos Médiuns. Pela manipulação de uma substância chamada ectoplasma, presente em todos os seres vivos, os Espíritos Superiores permitiram que a voz de Pedro fosse ouvida por todos para que lhes servisse de aprendizado e aperfeiçoamento moral.

Wladimir, olhos fechados, prosseguiu:

– Por que não perdoa Isabel pelo que ela fez? Só nesse dia é que estará em paz, e o fogo deixará de consumir seu corpo.

O espírito de Pedro chorou copiosamente e soluçando muito disse:

– Eu amo Isabel, sempre amei. Ela jamais poderia ter me trocado por Lúcio. Por isso, me matei no dia de seu casamento para que aquilo ficasse para sempre marcado em sua mente impedindo-a de ser feliz.

A surpresa tomou conta de todos. Era a alma suicida de Pedro que ali estava falando, e ninguém sabia por onde.

– Veja só, irmão – tornou Wladimir, com calma. – Atrás de você, está chegando um grupo de médicos, veja só o que eles irão fazer com seu corpo.

Um senhor vestido de branco, acompanhado por duas enfermeiras, pegou uma manta fosforescente e com carinho cobriu

Capítulo 28

Pedro. Naquele momento, o fogo cessou, e Pedro soltou um grito de alívio:

– Oh, meu Deus! Que alívio! Já não mais aguentava esse suplício. Como é bom não arder nas chamas.

– Você quer continuar assim e partir com esses médicos para tratar seu corpo? – perguntou Wladimir, com carinho e amor.

– Sim, eu quero. Não aguento mais queimar sem fim.

– Para isso é preciso que você deixe Isabel em paz. Este é o preço. Caso não aceite esse tratamento, seu corpo voltará a pegar fogo e de tanto se consumir, você se deteriorará e se transformará numa massa disforme e sem consciência. É isso o que você quer para sua vida?

Pedro chorava:

– Não, eu quero melhorar, mas ao mesmo tempo eu quero Isabel.

– Isso não é possível. É muito bom amar alguém, mas esse sentimento é nosso. Por amar, a pessoa não tem nenhuma obrigação de nos corresponder. Aceite que Isabel é livre para ser feliz, pois caso não aceite, demonstrará que o que sente não é amor, mas apenas uma paixão egoísta. Quem verdadeiramente ama quer que o ser amado seja feliz, não importa como, nem com quem.

Pedro ouvia e prosseguia chorando. Wladimir continuou:

– Sei que no íntimo está acusando Isabel de traidora e Lúcio de usurpador, mas ninguém manda no coração. O amor é um sentimento espontâneo e livre, e deve ser vivido sempre. Isabel não traiu ninguém, ao contrário, ela foi fiel a si mesma e a seus sentimentos. Você preferia que ela se negasse e vivesse ao seu lado infeliz para sempre?

– Não, eu quero que ela seja feliz, mas ao meu lado ela passaria a me amar.

– Isso é uma ilusão, Pedro. O amor que sentimos pelas pessoas, muitas vezes, vem de outras vidas, foi construído ao longo dos milênios e por isso, frequentemente, reconhecemos a pessoa amada com apenas um simples olhar. Isabel, ao seu lado, poderia amá-lo muito, mas como pessoa, ser humano, nunca com o amor apaixonado que ela tem por Lúcio e que carregará para sempre. Conforme-se, pois ninguém tem o poder de mandar nos próprios sentimentos e nem no sentimento dos outros. No dia em que entender isso, será feliz.

Pedro, então, mais calmo, disse:

– Você tem razão. Amo Isabel, mas não posso continuar a sofrer desse jeito. Esses médicos são bons. Seguirei com eles.

Uma luz muito intensa tomou conta de todo o ambiente e nessa hora todos viram Pedro ser adormecido, colocado numa maca e em seguida desaparecer do quarto. Isabel passou a respirar normalmente e em seguida abriu os olhos, sendo abraçada por Lúcio.

Ficou em todos a certeza da imortalidade da alma e, a partir daquele dia, cada um iria lutar pela própria melhoria íntima.

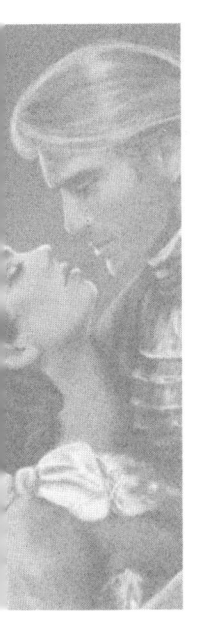

Capítulo 29

Depois daquele dia, Isabel passou a melhorar e, dentro de uma semana, estava normal. Ficou sabendo de tudo que havia acontecido e prometeu a si mesma não mais se culpar e orar pelo espírito de Pedro.

Um mês havia passado e as coisas pareciam correr bem quando, em um início de manhã, Belarmina adentrou o grande salão, onde Isabel conversava com os sogros, trazendo o semblante assustado:

– Desculpa interromper, senhora Isabel, mas um guarda está à porta do castelo dizendo que Carlinhos está lá fora pedindo para lhe falar.

Isabel assustou-se. Carlinhos ali àquela hora devia ser porque algo grave havia acontecido na quinta.

– Mande-o entrar, Belarmina, já disse que Carlinhos pode entrar aqui a hora que quiser.

– Desculpe-me, mas achei melhor avisar antes, já que ele nunca tinha vindo aqui.

– Mas agora veio, mande-o entrar já.

Notando a palidez no rosto da nora, Tereza acalmou:

– Calma, pode ser apenas um simples recado de sua irmã.

— Não creio, dona Tereza. Rosa Maria nunca me procurou aqui nesses meses todos, eu é que sempre vou lá. Só pode ter acontecido alguma coisa muito grave.

Minutos depois, Carlinhos entrou com o rosto baixo, dirigindo-se à Isabel:

— Bom dia, senhora. Trago recado de sua irmã.

— Deixe de cerimônias, Carlinhos. O que aconteceu? – perguntou Isabel, coração aos saltos.

— Nossa plantação estava muito verde e bonita, contratamos homens e tudo estava pronto para a colheita, quando um grande incêndio veio e arrasou tudo. Dona Rosa Maria está apavorada e sem saber o que fazer.

Isabel estranhou:

— Incêndio? Como aconteceu isso?

— Ninguém viu ou sabe como começou, quando vimos, o fogo já estava cobrindo tudo, não tivemos como salvar nada.

— Algum trabalhador pode ter deixado alguma ponta de fumo acesa no meio da plantação, o tempo está quente, isso pode provocar um incêndio – disse o senhor Januário, tentando encontrar uma explicação que viesse acalmar a nora.

— Foi o que pensamos, mas a senhora Rosa Maria descobriu a verdade dois dias depois.

— Verdade? O que foi? – interrogou Isabel, aflita.

— Infelizmente, não posso dizer nada aqui. A sua irmã pediu-me que viesse contar o ocorrido, pedindo que a senhora fosse para lá o mais rápido possível. Disse que é caso de vida ou morte.

Isabel ficou ainda mais aterrorizada. Concluiu que alguém tivesse incendiado a plantação de propósito e as vidas de Rosa Maria, de tia Elisa e de sua sobrinha Denise estivessem correndo perigo.

— Belarmina! – gritou Isabel sendo atendida prontamente pela escrava. – Mande tirar minha carruagem agora, sigo para a quinta com Carlinhos e não sei quando volto.

— Mas Lúcio foi a Lisboa cantar e só volta amanhã, não é bom que saia sem a permissão dele – ponderou senhor Januário.

Capítulo 29

— Eu vou aonde quero e como quero. O senhor me desculpe, mas não posso esperar seu filho chegar enquanto a vida de minha família corre perigo.

Dizendo isso, Isabel saiu feito um furacão partindo para seus aposentos. Lá chegando, arrumou o que pôde num pequeno baú e logo estava na estrada com Carlinhos em sua carruagem e ela na carruagem dela.

Muitas horas se passaram e Isabel só chegou à quinta quando estava anoitecendo. Encontrou Rosa Maria e tia Elisa na varanda com semblantes preocupados. Assim que beijou Denise, que dormia placidamente no colo da velha tia, ela perguntou:

— O que houve aqui? Para você ter me chamado com urgência no castelo, é porque se trata de algo muito grave.

Rosa Maria fez um rosto compungido e pediu:

— Vamos deixar tia Elisa aqui fora com Denise e entremos. É melhor conversarmos em meu quarto.

O cocheiro foi tirando o baú e algumas malas, enquanto Isabel, ainda mais nervosa com aquele clima de suspense, seguiu atrás da irmã. Quando entraram no quarto, Rosa Maria foi até o toucador, abriu uma das gavetas e tirou dela um pequeno bilhete, entregando-o à irmã:

— Enviaram para você dois dias depois do incêndio.

Isabel começou a ler o bilhete avidamente, e seu rosto cobria-se de palidez à medida que percorria os olhos pelo papel:

"Querida Isabel, você roubou o homem de minha vida e por isso vai pagar muito caro. Esse incêndio foi feito por homens de minha confiança, mas foi apenas o primeiro. Se você não deixar Lúcio e ir embora daquele castelo, o próximo incêndio será na casa da quinta e nem sua tia, nem sua irmã, muito menos sua querida sobrinha sobreviverão para contar a história.

M.C."

— Quem pode ter feito uma coisa dessas? — indagou Rosa Maria, muito preocupada.

— E você ainda pergunta? — gritou Isabel, possessa. — Foi a vagabunda ordinária da madame Celina. Olhe as iniciais!

— Madame Celina? Aquela dona do bordel?

— Ela mesma. Tenho certeza de que nunca conseguiu esquecer Lúcio, mas nunca pensei que fosse capaz de tamanha barbaridade.

Rosa Maria apertou as mãos da irmã, dizendo amedrontada:

— Essa mulher é perigosa, Isabel. Ela não vai sossegar enquanto você não deixar o Lúcio. O que vamos fazer?

Pelo rosto de Isabel passou um brilho maldoso.

— Ela pensa que me assusta com o que fez e ainda tem a ousadia de me dizer o que devo fazer. Nunca em minha vida deixarei o Lúcio, muito menos por causa de uma rameira imbecil quanto ela.

— Mas ela pode realmente mandar atear fogo na casa. Por favor, leve-nos todos para seu castelo, não fico mais um dia sozinha aqui.

O rosto de Isabel prosseguia sereno:

— Não se preocupe, minha irmã, já sei exatamente o que irei fazer. Você não vai precisar sair da quinta, esse lugar que tanto ama, por causa dessa mulherzinha. Ela terá o que merece e aprenderá a nunca mais meter medo em ninguém.

Rosa Maria balançava a cabeça:

— Você não está avaliando o tamanho do perigo, minha irmã. Não posso ficar aqui correndo o risco de morrer, tenho uma filha, uma tia que mora comigo. Não! Quero ir hoje mesmo para o castelo.

— Fique calma, Rosa, eu resolverei essa situação. Madame Celina é uma chantagista e se formos ceder, sua chantagem só vai aumentar, teremos de cortar esse mal pela raiz.

— E o que você pretende fazer?

Pelos olhos de Isabel, uma maldade mal disfarçada aparecia:

— Confie em sua irmã, nada vai acontecer. Dê-me pena e papel.

Rosa Maria obedeceu e começou a escrever um bilhete:

"Madame Celina, estou muito assustada com tudo isso. Tudo farei para que nada aconteça à minha família. Mas antes quero conversar com você, tentar algum acordo, podemos eu e você

Capítulo 29

dividir o Lúcio. Tenha piedade de uma irmã em desespero. Estarei esperando-a daqui a dois dias em meu castelo. Lúcio estará viajando e poderemos conversar à vontade. Mande-me resposta e no dia exato enviarei um cocheiro para buscá-la."

Rosa Maria não entendeu nada e, nervosa, perguntou:
– Você vai levar essa mulher perigosa para seu castelo? Perdeu o juízo?
– Não, minha cara, nunca estive com a cabeça melhor. Confie em mim. Agora chame o Carlinhos e peça que ele leve este bilhete à Casa da Perdição e o entregue em mãos.

Rosa Maria, vendo o olhar seguro e altivo da irmã, não teve alternativa senão obedecer. Isabel foi ver Denise em seguida que já estava acordada clamando fome. Após a menina ser amamentada, Isabel contou à tia Elisa que tinha um plano para acabar de vez com as ameaças de madame Celina, e pediu para que tanto ela quanto Rosa ficassem calmas. A altivez e a serenidade de Isabel impressionaram tia Elisa e Rosa Maria de tal forma, que elas acabaram por se acalmar mesmo sem saber o que se passava na mente de Isabel.

Já era quase meia-noite quando Carlinhos voltou com uma resposta. Madame Celina dizia-se muito honrada com o convite e confirmava presença no castelo dali a dois dias. Olhando para o bilhete perfumado e com marca de batom, Isabel sorriu enigmática ao dizer:
– Não sabe o que a aguarda...
– Você está me assustando, Isabel, nunca a vi com esse rosto.
– Não se preocupe, minha irmã. Daqui a dois dias, não teremos mais problemas com essa mulher.

Meia hora depois, quando todos já tinham se recolhido, Isabel ficou a pensar no que iria fazer. Não era o mais certo, mas naquele momento não havia outra solução. Ou realizava o que pretendia ou três pessoas morreriam queimadas. Ela sabia que Celina era maldosa e passional o suficiente para praticar aquele ato insano. Um ódio surdo brotou do peito de Isabel e ela custou a dormir.

Pela manhã, ela acordou cedo e assim que tomou café, despediu-se de todos e partiu de volta ao castelo, deixando Rosa Maria e tia Elisa menos preocupadas e confiantes de que tudo seria solucionado.

Isabel contou aos sogros o que tinha acontecido, informando-os de que havia chamado madame Celina para uma conversa no castelo. Disse-lhes que pretendia oferecer-lhe muito dinheiro para que ela sumisse para sempre de suas vidas. Depois pediu:

– Senhor Januário, senhora Tereza, o Lúcio vai viajar amanhã cedo e só voltará depois de dois dias. O senhor sabe como Lisboa aprecia sua música. Peço-lhes que não lhe contem nada do que está acontecendo. Deixe que resolvo tudo sozinha.

Januário, que em tudo queria poupar o filho, gostou da ideia:

– É bom mesmo que Lúcio não saiba de nada, ele não pode se envolver em problemas, pois é um compositor, um cantor, e não deve ter a mente perturbada ou não fará belas apresentações.

– É isso mesmo – concordou Isabel para agradar e conseguir o que queria. – Acho que Lúcio, enquanto músico, deve estar sempre livre de problemas e aborrecimentos. Meu marido é muito sensível e desde que nos casamos, abandonou de vez as mulheres da vida. Se souber que madame Celina está me importunando e que virá aqui conversar comigo, é capaz de desmarcar os compromissos na corte e ficar para me ajudar na conversa.

– Isso nunca! – bradou Januário. – Não se preocupe, cara nora, não falaremos nada.

Quando Lúcio chegou naquela noite, Isabel cobriu-o de carinhos e fizeram amor maravilhosamente bem. Na manhã seguinte, assim que ele saiu, Isabel alimentou-se no próprio quarto e em seguida pediu que Belarmina chamasse Wladimir. A serva estranhou, mas obedeceu. Logo Wladimir surgiu no quarto, entrando com educação:

– O que deseja, senhora?

– Quero matar uma pessoa e você irá me ajudar.

Capítulo 29

Wladimir parecia já saber o que ela dizia, pois seu rosto não moveu um músculo.

– Creio que isso não seja assunto para ser tratado na frente de escravos – falou o mago, referindo-se à Belarmina que estava ao lado, assustada com o que acabava de ouvir da sua senhora tão querida.

– Não se preocupe, confio plenamente em Belarmina. Então, vai ou não me ajudar?

Wladimir olhou-a profundamente, de modo a ler seus mais íntimos pensamentos.

– Como a senhora quer que ela morra?

Isabel percebeu que Wladimir sabia tratar-se de uma mulher.

– Como sabe que é uma mulher?

– Eu li seus pensamentos.

– Não acredito nisso.

– Mesmo depois de tudo o que passou, senhora?

Ela refletiu:

– Tudo bem, sei que você tem essa estranha capacidade, por isso não preciso dizer muito, só que uma mulher perigosa e vulgar está colocando em risco a vida das pessoas de minha família, que mais amo, e em troca da paz, quer que eu me separe de Lúcio e vá embora desse castelo. Nunca vi ousadia maior.

– A senhora faz bem em matá-la. Vejo essa mulher rodeada de sombras sinistras e ela é realmente capaz de destruir sua família. Só não sei se matar será a melhor saída.

– E você acha que tenho alternativa? Jamais deixarei Lúcio, e se ela continuar viva, vai fazer o que promete.

– Eu tenho uma solução melhor que a morte.

– Qual é? – indagou Isabel curiosa.

– Esse castelo possui uma torre que serve de prisão. Já que ela virá aqui, podemos prendê-la lá para sempre.

– Nunca ouvi falar dessa torre.

– Ela existe faz muito tempo. Servia para prender malfeitores quando pilhavam o castelo, tempos antes. Quem entra lá não sai nunca mais.

— Então ela morrerá à míngua na torre?

— Não, ela será alimentada todos os dias. Já lhe disse que talvez a morte não seja a melhor solução.

— Mas esse tipo de mulher ardilosa pode seduzir algum guarda ou escapar de alguma maneira. Não, o que quero mesmo é que morra, daí estarei livre para sempre.

Wladimir fez um ar sério ao dizer:

— Sinto informá-la, senhora, mas a morte não vai livrá-la da sua inimiga, antes a tornará mais forte e poderosa.

— Como assim?

— A morte só destrói o corpo de carne, o espírito continua livre no mundo espiritual e daí pode fazer o que quiser. Com certeza, assim que se libertar do corpo, o espírito de madame Celina virá atormentar sua vida, assim como Pedro fez, e a senhora não pode esquecer isso. Já devia lembrar que não existem mortos, todos estão vivos, o que muda é a vibração, o ambiente, mas as pessoas continuam as mesmas.

Isabel lembrou-se de todo o horror que havia passado com Pedro e assustou-se:

— Eu havia me esquecido desse detalhe. Meu Deus!

Ela parou um pouco para pensar, depois disse:

— De qualquer forma, prefiro que ela morra e venha me assombrar mais tarde do que matar minha irmã, minha tia e minha sobrinha por causa de um capricho. Deus é justo e verá que só fiz o bem.

Wladimir ia dizer-lhe algo, mas desistiu. Vendo-o calado, ela perguntou:

— Não aprova minha ideia, não é?

— Não estou aqui para aprovar ou desaprovar, estou aqui para cumprir as suas ordens.

— Muito bem, então me diga qual é a melhor maneira de matá-la aqui dentro do castelo sem deixar vestígios.

— Venham comigo.

......Capítulo 29......

Isabel e Belarmina o seguiram, passaram pelo grande salão e entraram pelo enorme corredor que dava acesso à ala dos criados. Isabel nunca tinha entrado ali, mas o lugar era igualmente requintado, com o piso todo coberto por um tapete de veludo cor de vinho e archotes de ouro que àquela hora da manhã estavam apagados. Eles foram caminhando e dobraram em um novo corredor à esquerda que terminava em uma porta grande de madeira, artisticamente trabalhada. Diante da porta, havia um grande tapete com motivos primaveris.

Isabel observou:

– É tudo muito bonito, a senhora Helena tinha excelente bom gosto.

Wladimir nada disse, apenas abaixou-se, tirou o tapete e tanto ela quanto Belarmina se surpreenderam quando viram que, debaixo dele, havia uma porta quadrada sem fechadura.

As duas perguntaram surpresas:

– O que significa isto?

– Essa porta é o começo de um túnel que vai terminar no lago dos crocodilos. Quem cair por ela vai escorregando rapidamente e ao cair no lago é devorado pelos animais. Ninguém jamais sobreviveu a essa porta.

Isabel assustou-se:

– E a senhora Helena a usava?

– Não. Tanto a senhora Helena quanto o marido eram ótimas pessoas e não tinham inimigos, mas os pais de Helena usaram-na várias vezes, e agora é a hora da senhora usar.

Belarmina pediu assustada:

– Senhora, não faça uma maldade dessas, pelo amor do Nosso Senhor Jesus Cristo.

Isabel também não queria que madame Celina morresse de uma forma tão drástica, mas não havia saída, ou era ela ou sua família.

– Cale-se, Belarmina, sei o que estou fazendo – e olhando para Wladimir, perguntou: – E como faço para destravar essa porta e fazer com que a maldita caia aí dentro?

— Não notaram esse enorme urso empalhado aí perto de vocês?

Isabel e Belarmina olharam para o urso, mas não viram nada demais. Havia vários animais empalhados no castelo que serviam de ornamentos.

— E para que serve esse urso?

Wladimir aproximou-se do animal e com rapidez abaixou uma de suas mãos. Ouviu-se um som esquisito e a porta foi destravada com rapidez mostrando imenso buraco negro que parecia não ter fim.

Ambas se assustaram, mas Isabel entendeu tudo:

— Eu a trarei para cá, farei com que fique sobre o tapete e em seguida abaixarei a mão do urso. Muito bem, assim será!

Dizendo aquilo, Isabel saiu com porte altivo deixando Wladimir e Belarmina para trás.

— Por favor, mestre Wladimir, não deixe a senhora Isabel cometer um pecado desses.

— Belarmina, aprenda que a alma humana ainda é muito primitiva. Isabel poderia resolver essa questão de outra forma, mas seu espírito é prático e racional, fruto de sua última encarnação quando viveu nas Gálias. Isabel precisará passar ainda por muitos sofrimentos para aprender a agir com acerto. Não adianta dizer a alguém que faça o contrário do que quer. A pessoa pode até fingir que aceitou seu conselho, mas no fundo vai procurar uma forma de fazer exatamente o contrário.

— Mas existem conselhos que salvaram vidas, mestre.

— Os conselhos só ajudam para quem está aberto a eles. Quem é muito cheio de si e dono da razão não os ouve, é inútil. Isabel é muito dona de si, e isso, em vez de ajudá-la, vai prejudicá-la muito durante a vida. Só a dor é que vai ensiná-la.

Wladimir, ajudado por Belarmina, colocou o pesado tapete no lugar, e saíram dali calados, cada um imerso em seus próprios pensamentos.

Capítulo 30

Madame Celina sentiu-se imensamente importante com o convite de Isabel para ir ao castelo. Comentava com Lola enquanto se esmerava na arrumação:

– Está vendo como é fácil conseguir as coisas? Basta pôr um pouco de medo nas pessoas que elas fazem tudo que nós queremos.

– Não tem medo de Isabel? Ela é rica e poderosa.

Celina riu:

– Ninguém é poderoso quando tem medo. Isabel está morrendo de medo das queridinhas dela morrerem queimadas. Tenho certeza de que vai fazer tudo o que desejo.

– E o que a senhora quer? Acha mesmo que ela vai deixar o Lúcio e ir embora do castelo?

– Não seja tola, Lola. Claro que ela nunca faria isso, mesmo que eu matasse todos de sua família. Isabel é muito apaixonada e nunca teria coragem de deixar o homem amado. Sou mulher e sei muito bem como funciona o coração feminino. O que quero já consegui, ela mesma propôs no bilhete: dividir o Lúcio. Ele pode não ser meu totalmente, mas dela também não será.

– E a senhora acha que Lúcio vai voltar a desejá-la?

— Ele me deseja até hoje, só não vem mais me ver porque se casou com ela. Mas Isabel terá de facilitar as coisas. Deverá não ceder a ele sexualmente com facilidade, deverá deixá-lo com desejos ardentes, sem, contudo, saciá-los. Deverá também muitas vezes fingir indiferença, cansaço. Assim, ele logo se lembrará de mim e virá correndo para minha cama.

Madame Celina riu estrondosamente e completou:

— Não há homem que aguente indiferença, minha cara.

Lola estava admirada com a sabedoria de sua chefe. Verena bateu levemente na porta do quarto e entrou:

— Madame, a carruagem dos Vianna acabou de chegar.

— Já estou indo, diga ao cocheiro que espere.

Os olhos de Celina brilhavam orgulhosos:

— Como agi bem mandando queimar aquela plantação! Se soubesse que teria efeito tão rápido, teria feito antes.

Lola perguntou com certo receio:

— A senhora terá mesmo coragem de matar as parentas de Isabel caso ela não venha a ceder?

— Claro que sim, ora essa! Ainda não sabe do que sou capaz?

— Mas a senhora pode ser presa e condenada à morte.

— Prefiro morrer a perder o Lúcio.

As palavras da madame, ditas com tamanha frieza, fizeram com que Lola se assustasse e tivesse a impressão de que a estava vendo pela primeira vez.

— Abrace-me, querida, e deseje-me boa sorte.

Lola abraçou-a e despediram-se. Madame Celina entrou na carruagem e, inocentemente, partiu para o castelo.

A beleza do castelo impressionou sobremaneira a cafetina. Enquanto esperava Isabel, sentada no luxuoso terraço de estar, sentiu imensa inveja e ódio surdo a dominar-lhe o ser. Era ela quem deveria estar vivendo ali, usufruindo de toda aquela beleza e luxo ao lado do homem que mais amava no mundo. Quem sabe um dia não conseguiria? Iria ser paciente e esperar. Caso não tivesse

Capítulo 30

alternativa, armaria alguma emboscada e mataria a própria Isabel sem que ninguém desconfiasse. Em sua ilusão, imaginava Lúcio, sozinho e carente, voltando para seus braços, pedindo que fosse sua esposa.

Os devaneios de madame Celina foram interrompidos pela chegada de Isabel. Ao vê-la, mais uma vez sentiu a inveja corroer seu íntimo. Isabel estava vestida num belíssimo vestido vermelho, todo bordado com fios de ouro, com detalhes em pedras preciosas variadas que ela não pôde contar quantas eram. Naquele instante, não teve dúvidas de que aquela mulher teria de morrer.

– Bom dia, Celina, como vai? – perguntou Isabel, com fingida educação.

– Madame Celina, por favor, todos me chamam assim. É uma questão de respeito, não acha?

– Oh, sim! Desculpe-me!

– Vim aqui para saber quando é que você vai abandonar o meu homem e sair desse castelo com o rabo entre as pernas. Já sabe que, se não fizer isso, sua família morre queimada.

Isabel conteve a raiva e perguntou com fingida atenção:

– Não acha perigoso fazer-me esta ameaça? Posso colocar pessoas em seu encalço e impedir que faça qualquer coisa. Somos poderosos e ricos, podemos fazer uma denúncia e você será presa e morta. Não tem medo?

Os olhos de madame Celina brilharam de prazer ao dizer:

– Não tenho esse medo, sabe por quê? Porque sei que você é esperta o suficiente e não vai arriscar a vida de sua família, principalmente a de sua sobrinha praticamente recém-nascida. Sabe que, se algo me acontecer, há outras pessoas que farão o serviço por mim. Acaso acha que não pensei em tudo?

Isabel sabia que ela estava blefando. Ninguém teria coragem de arriscar a própria vida fazendo um serviço sujo daqueles para uma cafetina que já estivesse morta. Fingiu acreditar:

– Tudo bem, eu sei realmente que devo ceder, mas não acho prudente conversarmos aqui no terraço, vamos ao gabinete particular do Lúcio.

A menção ao nome do amado fez com que o coração da madame acelerasse. Ela iria conhecer seu gabinete! Poderia existir emoção maior?

Isabel chamou Belarmina e as três entraram pelo imenso corredor.

– O que essa criada quer junto com a gente? Nosso assunto é estritamente particular – disse Celina, irritada.

– Não se preocupe com Belarmina. Ela é minha aia de confiança, tudo que se passa em minha vida ela sabe. Belarmina acompanha-me em tudo, soaria estranho aos meus sogros eu ir conversar com você sem levá-la.

Celina entendeu e foi seguindo pelo corredor que, àquela hora do entardecer, já estava todo magnificamente iluminado por velas enormes e artisticamente trabalhadas. Chegaram em frente à porta magnífica e Belarmina começou a tentar abri-la, fingindo atrapalhar-se com as chaves. Madame Celina estava em cima do tapete e nada desconfiava.

Isabel disse com voz desgostosa:

– Belarmina, será que erramos com o molho de chaves?

– Não sei, senhora, estou testando uma a uma...

– Tenha um pouco de paciência, madame Celina, eu não costumo usar esse gabinete com frequência, por isso Belarmina se atrapalha com a chave.

– Espero que não demore muito, estou ansiosa para conhecer o gabinete do meu homem.

Isabel saiu do tapete com fingida displicência e aproximou-se do urso. Olhou com cinismo para Celina e perguntou:

– Está muito ansiosa para conhecer o escritório de meu marido?

Capítulo 30

— Sim, afinal, em breve ele será meu, só meu, não se esqueça disso.
— Sei... Mas eu tenho um lugar melhor e mais adequado para você conhecer.
— E qual seria? O seu quarto?
Isabel sorriu:
— Não... O inferno!
Não deu tempo de madame Celina dizer mais nada. Isabel abaixou a mão do urso, a alavanca destravou e a mulher caiu buraco adentro gritando em desespero. Aos poucos, seus gritos foram ficando mais distantes até que desapareceram por completo.
Foi com satisfação que Isabel disse:
— Coloque tudo no lugar, Belarmina. Essa aí agora só vai importunar o diabo.
— Senhora! Até agora não sei como teve coragem.
— Isso é para você aprender o que acontece com quem me desafia.
Belarmina fez um rosto assustado e Isabel riu alto, abraçando-a:
— Não se preocupe, minha linda, eu a amo e nunca lhe farei mal algum.
Enternecida com o carinho da sua quase dona, Belarmina ficou feliz e, enquanto Isabel saía com rosto altivo, ela foi arrumando tudo, mas não deixou de orar um "Pai Nosso" pela alma de madame Celina.
Efetivamente, Celina precisaria de muitas preces, pois naquele momento estava sendo devorada pela fome insana dos crocodilos e seu espírito estava sentindo todas as dores por ver o corpo sendo devorado, pedaço a pedaço, por aqueles animais ainda primitivos.
Isabel e Belarmina, meia hora depois, estavam bordando em seus aposentos como se nada tivesse acontecido, quando a senhora Tereza entrou no quarto:
— E então, querida? Como foi a conversa com a prostituta?

Isabel fingiu pesar:

— Pobre coitada! Desistiu de tudo só por alguns sacos de ouro. Como essas pessoas se vendem facilmente...

— E você acredita mesmo que ela vai deixar de persegui-la?

— Sim, não tenho dúvidas. Belarmina é minha testemunha do quanto ela ficou satisfeita com o ouro que lhe dei, não é, Belarmina?

— Sim, senhora – respondeu Belarmina, de cabeça baixa e voz trêmula, coisa que Tereza nem notou.

— Graças a Deus que esta mulher cedeu! Imagine sua família morta por uma pessoa dessas?

— Eu nunca iria permitir que isto acontecesse, senhora Tereza, por isso ofereci logo o que todo esse tipo de gente quer: dinheiro.

Tereza ficou mais alguns minutos conversando com as duas, depois se retirou para seus aposentos para contar ao marido o resultado da conversa com a nora, que também acreditou naquela versão.

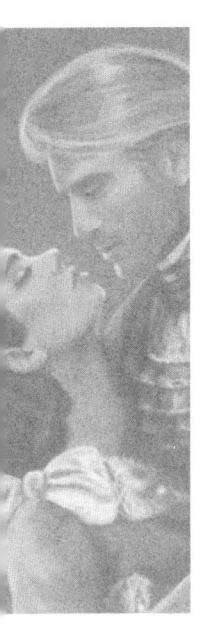

Capítulo

31

Assim que caiu dentro do túnel, madame Celina sentiu pavor indescritível tomar conta de seu ser. Não sabia o que estava acontecendo e na ânsia por se salvar, não pensou na possibilidade de Isabel tê-la feito cair numa armadilha. A queda não levou muito tempo, e logo ela se viu dentro de um rio de águas sujas e lamacentas.

Tentou nadar para chegar a uma das margens, mas logo notou que as águas começaram a se mexer rapidamente e figuras sinistras de crocodilos com dentes grandes e afiados surgiram-lhe à frente. Ela, em total desespero, tentou fugir nadando para o outro lado do rio, mas outros crocodilos apareceram e ela sentiu que era o fim. Pensou em Isabel e, mesmo em meio à agonia da morte iminente, compreendeu a emboscada de que tinha sido vítima e odiou Isabel mais do que tudo no mundo. Contudo, nem conseguiu levar adiante seu ódio, pois os animais famintos e ferozes começaram a devorá-la pedaço por pedaço, até que de seu corpo físico nada sobrou.

O espírito de madame Celina desmaiou e acordou horas mais tarde ainda dentro da água. Sentiu medo, mas pensou aliviada:

— Consegui salvar-me da fúria daqueles animais! Maldita Isabel, pagará com a vida o que tentou me fazer.

De repente, o medo de que os crocodilos voltassem surgiu com força e ela começou a nadar sem parar. Finalmente, chegou à margem do lago e deitou-se nela, esbaforida e cansada. Horas se passaram e Celina continuou deitada ali, até que finalmente conseguiu se levantar e perceber que estava próxima ao jardim no pátio de dentro, que levava à porta principal do castelo.

Quando viu que estava lá, sentiu o ódio aumentar e começou a correr em direção à grande porta. Viu cinco soldados fazendo a guarda e sentiu medo. Certamente, ela seria pega e levada à Isabel, que mandaria fazer coisa pior, matando-a de verdade. Resolveu correr em direção contrária e esconder-se por trás de alguns arbustos grandes e verdes.

Arrepiou-se por inteira quando ouviu um homem sinistro chamá-la:

— Madame Celina? Como está?

Ela ficou assustada, pois o homem tinha um aspecto asqueroso, possuía cabelos grandes e desgrenhados, barba enorme, vestia-se igual a um mendigo e tinha presas afiadas como os lendários vampiros da literatura.

— Quem é você? Afaste-se de mim, criatura das trevas.

O homem a olhou com cara de deboche:

— E você? Pensa que também não é das trevas? Se formos avaliar aqui, nem sabemos quem é pior, se eu ou você.

— Ora, pare de falar comigo nesse tom, sou madame Celina, uma mulher importante e valorizada.

— Você é valorizada porque explora a venda do corpo para os outros em troca de dinheiro. Isso aqui é considerado um ato trevoso, e você só não foi levada para o umbral porque eu pedi que me deixassem ajudá-la.

Celina começou a achar que aquele homem, além de feio, era louco, pois dizia coisas que ela não entendia. Ele leu seus pensamentos:

Capítulo 31

– Não sou louco, você é que ficará louca se não souber o que está acontecendo.

– E o que é? – perguntou assustada.

O homem realmente parecia ter lido seus pensamentos e isso a apavorou ainda mais.

– É simples: Isabel armou uma emboscada e jogou você aqui nesse rio para ser devorada pelos crocodilos. Eles comeram você por inteira, mas seu espírito continua vivo.

Celina assustou-se:

– Me comeram? Mas eu estou com o corpo perfeito.

– O que você chama de corpo é só a vestimenta do seu espírito que, assim como ele, nunca morre ou é destruída. Você vive agora com o perispírito.

– O que é isso? Nunca ouvi essa palavra.

– É que ninguém na Terra ainda estuda esse assunto com profundidade, mas o perispírito é o corpo que todas as pessoas do mundo têm e sobrevive depois da morte. Mas não se importe com isso agora, o que importa é saber que você está viva e pode se vingar da mulher tirana que a tirou da Terra por meio de uma morte cruel.

– Você quer dizer que eu morri de verdade?

– E você acha mesmo que alguém sobrevive a um ataque de crocodilos? É muito ingênua mesmo...

– Mas não pode ser, meu coração bate, eu tenho olhos, boca, braços, pernas. Como posso estar morta?

– É que este corpo em que você vive agora possui todos os órgãos que o corpo de carne possuía, mas em estado diferenciado, que alguns chamam de fluídico. E tem um detalhe, você não está morta, pois não existe morte. A morte é a maior ilusão que o homem cultiva na Terra. Quem morre é só o corpo, o espírito fica tão ou mais vivo do que antes.

Madame Celina, naquele momento, já estava convencida daquela verdade, por isso disse:

– Se continuo viva, quero me vingar de Isabel, vamos entrar lá agora e acabar com ela de vez.

– Não seja ingênua, Celina. Se você entrar lá agora e começar a perturbá-la, logo vão tirá-la de cena. Há um mago que vive nesse castelo que é muito poderoso. Se nós fizermos uma atuação muito forte, ele saberá agir e logo nos tirará do castelo e adeus vingança.

– Mas eu morri de uma forma horrorosa, você quer que fique parada sem fazer nada?

– Não é isso, nós vamos destruir Isabel, mas de maneira sutil, pouco a pouco, sem que nem mesmo ela perceba.

– Como assim?

– Vamos obsidiá-la, fascinando-a.

Celina não estava entendendo. Ele captou sua confusão e explicou:

– A interferência constante e maligna dos espíritos junto aos seres humanos é chamada por nós de obsessão. Na Terra, ainda ninguém usa esses termos, chamam de possessão, encosto do maligno, etc. Futuramente, as pessoas estudarão e compreenderão bem mais esse fenômeno. A obsessão mais difícil de ser combatida é a fascinação. Nela vamos induzindo, aos poucos, e de forma quase imperceptível, as pessoas a mudarem seus pensamentos, gostos e até preferências. Precisamos ter paciência, e devagar, um dia elas estarão todas em nossas mãos, fazendo tudo o que queremos.

Ela começou a entender. Ele prosseguiu:

– Se nos jogássemos em cima de Isabel ou a enlouquecêssemos, logo perceberiam que se trata de espíritos desencarnados. Vamos atuar devagar, e Isabel irá mudando, e ninguém suspeitará de nada.

– Mas isso vai demorar muito.

– Não seja apressada. Afinal, não quer o Lúcio para você?

Os olhos de madame Celina brilharam.

– Claro que quero, ele é tudo que mais desejo no mundo. Mas agora estou morta, isto não é mais possível.

O estranho homem sacudiu a cabeça com ironia:

Capítulo 31

— Você e a maioria das pessoas não sabem mesmo de nada. Nós, espíritos, podemos fazer sexo com as pessoas encarnadas na Terra. Isso acontece com muita frequência.

Ela se horrorizou:

— Como isso é possível? Que loucura é essa?

— Loucura alguma, tudo é muito normal. Durante o sono, as pessoas saem do corpo e, se estiverem num baixo padrão vibratório, podemos trazê-las para nosso lado e as seduzimos. Também existe outra opção. Se a pessoa encarnada for médium, podemos aparecer para ela e fazemos sexo como se estivessem os dois vivos.

— Custo a crer! — disse Celina, duvidando.

— No seu bordel, por exemplo, sempre que algum cliente ia se relacionar com uma de suas afilhadas, outros espíritos sedentos por prazeres iam juntos. E você se lembra da Guilhermina? Aquela que dizia que durante a noite o demônio a possuía?

— Ah! Mas aquela era louca, despachei de volta para a casa dos pais.

— Ela não era louca coisa nenhuma, era uma médium muito desenvolvida. Durante a noite, o espírito de um antigo amante dela, que vivia no astral inferior, aparecia e ambos faziam amor.

— Que horror!

— Nada é horror, tudo é natural do jeito que é. E justamente por isso é que você precisa aproveitar, e quando for oportuno, você e Lúcio se amarão muito, mesmo nesse estado em que está agora.

Madame Celina começou a gostar de sua posição de desencarnada.

— Parece que desse lado é muito melhor para se viver do que do outro.

— Isso depende muito. Se ficar do meu lado, viverá muito bem, mas se não quiser me obedecer, se tornará escrava na Cidade Perversa. Você usou a prostituição para angariar dinheiro, sem se importar com o mal que estava causando aos outros. Isso deixou você sem crédito algum perante os iluminados, e há uma pessoa importante pronta para escravizá-la, caso saia de minha guarda.

Ela se assustou:

— Meu Deus! Que perigo! Não quero ser escrava de ninguém.

— Então, me obedeça.

Celina olhou-o novamente, e ele percebeu que ela não estava à vontade com sua aparência vampiresca. Riu:

— Você está achando ruim conviver comigo com essa aparência, não é?

Ela meneou a cabeça afirmativamente.

— Pois, eu só ando assim para assustar as pessoas, já virou um costume. Mas posso mudar quando quiser, veja.

Ele fechou os olhos, concentrou-se e em poucos instantes, transformou-se num rapaz belo e com feições delicadas.

Madame Celina o considerou lindo e exclamou:

— Bravo! Agora sim, podemos conviver em paz. Sua outra aparência era repugnante.

— Só a uso quando preciso. Fique tranquila.

Ela o olhou desconfiada e perguntou:

— Mas qual seu interesse em me ajudar? Conheço muito bem a vida para saber que as coisas não vêm de graça. Cedo descobri isso.

— Espertinha você, hein?

— Sim, quero saber o que vou dar em troca.

O espírito mentiu:

— Tenho o desejo de me vingar de Isabel também, por isso estou aqui para que juntos levemo-la à ruína.

— Mas nunca o vi na Terra. De onde veio esse desejo de vingança?

O espírito continuou a mentir:

— Isso vem de vidas passadas. Isabel me fez muito mal numa outra vida e agora quero vê-la sofrer.

— Outras vidas?

— Sim, mas depois eu explico como é isso. Agora vamos entrar no castelo e nos postar ao lado dela. Precisamos ficar vinte e quatro

Capítulo 31

horas observando-a para ver seus pontos fracos e assim começar a atuar.

– Para que ver os pontos fracos de Isabel? – questionou Celina, sem entender.

– Só conseguimos manipular as pessoas da Terra de acordo com os seus pontos fracos. Sem isso é impossível.

– Então, todo mundo na Terra é obsidiado, pois ninguém lá é santo.

– Não é bem assim. A vida só permite uma interferência dessas quando os pontos fracos das pessoas já não fazem mais parte de seu nível de evolução espiritual. A pessoa que sabe menos, que não conhece como funciona a vida, é protegida, porque para Deus é considerada ignorante e criança. Só conseguimos atingir as pessoas que já têm condições de agir melhor e não o fazem, e sei que Isabel é assim. Por isso, teremos muito sucesso. Dê-me a mão.

Madame Celina e Enzo (assim era o nome daquele espírito) deram-se as mãos e entraram no castelo com facilidade, postando-se ao lado da cama de Isabel que, àquela hora da noite, dormia placidamente como se nada de errado tivesse feito durante o dia. Ela não sabia que, a partir daquele dia, sua vida passaria a mudar por completo.

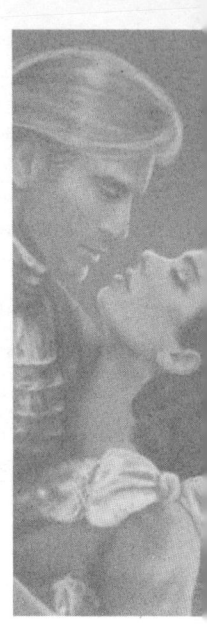

Capítulo 32

Naquela manhã, antes de voltar para casa, Lúcio tomou coragem e decidiu que ia visitar Rosalinda. Desde o dia de seu casamento, quando ficou sabendo que, por sua causa, ela entrara em estado vegetativo, sua consciência vez por outra o acusava e ele se sentia inquieto e triste. Na noite anterior, sonhara com Rosalinda em pé, de braços abertos, suplicando que ele a fosse visitar. Aproveitou, então, que estava em Lisboa, e resolveu ir até seu palacete. Sentiu medo da reação dos pais dela, mas decidiu arriscar.

Quando chegou à frente da casa, desceu da carruagem e tocou a sineta. Uma criada veio atender, perguntando:

– Com quem quer falar?

– Gostaria de falar com os pais de Rosalinda, eles se encontram?

– Só a dona Brígida está em casa, vou chamá-la.

Lúcio aguardou alguns instantes no portão, e poucos minutos depois, a senhora Brígida apareceu. Tomou um susto e raiva surda brotou de seu peito quando viu que era Lúcio:

– Como tem coragem de voltar até esta casa? Saia daqui imediatamente. Você não é digno de pisar nem nesta calçada.

– Acalme-se, senhora Brígida. Sei que para a senhora sou a pior das pessoas, mas vim aqui fazer uma visita à sua filha. Desde o dia em que soube de seu estado, não consigo ficar em paz.

Capítulo 32

221

— É consciência pesada, pois vai continuar com ela até morrer de remorso. Minha filha você não verá nunca mais.

A senhora Brígida fez menção de fechar a porta quando ele pediu quase aos gritos:

— Pelo amor que a senhora tem à sua filha, deixe-me entrar e vê-la.

A mulher sentiu-se tocada com aquelas palavras, mas ainda assim resistiu:

— Não sei se será bom para ela revê-lo. Além do que, há o Modesto, ele o odeia mortalmente, é capaz de matá-lo se chegar em casa e encontrá-lo aqui.

— Eu corro esse risco, mas quero ver Rosalinda, desejo pedir-lhe perdão.

A senhora pensou um pouco e decidiu:

— Entre, só não sei se vai adiantar alguma coisa. Após o choque nervoso que minha filha tomou, perdeu a consciência de si mesma e vive alheia. Até para comer e tomar banho, depende de mim e das criadas.

Uma onda de pena invadiu o peito de Lúcio. Rosalinda era uma moça viçosa, alegre, bonita e encantadora. Como fora virar um farrapo humano?

Ele adentrou a casa e acompanhou a senhora Brígida até o quarto da doente. Lá chegando, seu coração acelerou e ele quase desmaiou ao ver Rosalinda deitada na cama, extremamente pálida, excessivamente magra, rosto fundo e profundas olheiras. Em quase nada lembrava a moça que um dia tinha sido sua noiva. Tocado pelo remorso pungente, Lúcio ajoelhou-se perto dela e chorou talvez como nunca tivesse feito na vida. Movido pela emoção, pediu:

— Rosalinda, perdoe-me. Perdoe minha fraqueza, perdoe o homem cheio de erros e covarde que fui. Nunca a amei de verdade, mas gostava de você como ser humano, como mulher virtuosa e boa. Se existir ainda um pouco de bondade em seu coração, perdoe a mim e a Isabel. Sei que um dia poderemos estar juntos mais uma vez e prometo reparar todo o mal que fiz a você.

Brígida chorava de emoção vendo que Lúcio falava a verdade. Já ia dizer que sua filha não estava compreendendo nada, quando, de repente, viu que duas lágrimas escapavam dos olhos de Rosalinda. Como aquilo podia acontecer?

Lúcio percebeu que ela chorava e pegou em sua mão. Logo, Rosalinda apertou as mãos de Lúcio entre as suas e mais uma vez choraram.

Eles não sabiam, mas o espírito de Rosalinda estava consciente de tudo o que estava acontecendo. Desde que adoecera, passou a viver mais do lado espiritual do que do terreno, e espíritos amigos vinham visitá-la ajudando-a na fase difícil de reajuste pelo qual estava passando. Rosalinda descobriu que, em vida anterior, fora uma moça voluntariosa e egoísta. Apaixonou-se por um homem casado e foi correspondida, mas ele não podia ficar com ela porquanto sua mulher era influente e impedia uma separação.

Movida pelo desejo de posse e pela paixão desenfreada, Rosalinda contratou um matador de aluguel e encomendou a morte da rival, contudo, a bala foi mal disparada e atingiu a coluna da mulher, indo se alojar na medula. Esse fato a deixou para sempre inválida em cima da cama. Rosalinda, mesmo sem conseguir matá-la, como era seu desejo, ficou feliz porque seu amante ficou mais livre para vê-la, até quando a esposa morreu de vez e ambos se casaram, vivendo felizes até o fim das suas vidas.

Quando desencarnaram, estagiaram no umbral sofrendo os horrores do local, escravizados por espíritos demoníacos e violentos. Décadas se passaram até que Rosalinda e o amante fossem resgatados e encaminhados para nova reencarnação. Considerando que o ato havia ferido uma pessoa inocente, ela pediu para passar pela mesma situação na próxima vida caso não mudasse seu temperamento possessivo e mimado. Foi o que aconteceu. Não resistindo à rejeição de Lúcio, seu espírito, que só esperava esse momento, entrou em choque e provocou um dano no sistema nervoso periférico, deixando-a prostrada para sempre numa cama, assim como fez outrora com aquela que julgava rival.

...... Capítulo 32 ......

De posse daquele entendimento, Rosalinda não tinha mais como odiar Lúcio e Isabel. Entendia que os havia atraído para sua vida pela necessidade que tinha de reajustar seu crime de vidas passadas. Por isso, naquele momento, sem poder falar, ela emitiu para ele ondas de pensamentos amorosos:

– Querido Lúcio, você está perdoado. Não sou ninguém para julgá-lo nem acusá-lo de nada. Um dia fui criminosa e pecadora, por isso estou aqui cumprindo uma sentença que eu mesma decretei para mim. Você não é culpado de nada, cada um é responsável apenas pela própria vida. Siga em paz e seja feliz com Isabel.

Enquanto ela pensava aquilo, lágrimas de emoção rolavam sobre seu rosto magro e pálido. Lúcio, mesmo sem ouvir, conseguiu entender que aquelas lágrimas eram de perdão, pois em seu olhar não havia nenhuma sombra de acusação ou ódio, só de compreensão.

Quando soltou as mãos dela, a senhora Brígida o abraçou:

– Obrigada, meu filho! Rosalinda nunca havia esboçado nenhuma reação antes. Hoje ela chorou e teve forças para apertar suas mãos. Isso me dá esperança de que um dia ela venha a se recuperar. Perdoe-me por tê-lo tratado tão mal agora há pouco, percebi que realmente se arrependeu e é outro homem.

– Sim, senhora Brígida – tornou Lúcio com emoção. – Hoje sei que muito errei com sua filha, jamais era para eu ter aceitado aquele noivado com ela já que nunca a amei de verdade. Talvez se isso não tivesse acontecido, hoje ela não estivesse aí, presa nessa cama, ainda tão jovem.

– Não sei, meu filho. Às vezes, penso que certas coisas têm de acontecer e nada as pode fazer impedir. Muitas moças perdem seus noivos em situações piores que a de minha filha e, no entanto, não ficam dessa maneira. Há horas que acredito que Rosalinda veio para esta vida com essa triste sina.

Lúcio não sabia o que dizer. Ela, vendo-o calado, tornou:

– Mas isso não importa, tudo farei para que, de agora em diante, ela se recupere. Direi ao médico o que aconteceu e tenho certeza de que ele vai encontrar nova forma de tratamento.

– Por favor, não comente com o senhor Modesto que estive aqui, ele nunca compreenderá.

– Vou comentar sim. Assim como eu, ele precisa aprender a perdoar e depois, sabendo o que aconteceu aqui, tenho certeza de que ele não vai lhe desejar mal.

– Se a senhora pensa assim... O que tenho a fazer agora é partir, mas não sem antes agradecer-lhe mais uma vez.

Ambos se abraçaram e Lúcio voltou à carruagem, pedindo ao cocheiro que desse a partida em direção ao castelo. Dessa vez, ele regressava para casa com a alma mais tranquila, feliz e livre de remorsos.

Capítulo

33

Quando Lúcio se aproximava do grande portão de entrada, viu que outra carruagem estava lá e uma jovem conversava com um dos soldados. Aproximou-se mais e percebeu se tratar de Lola, uma das meninas da Casa da Perdição. Indagou curioso:

– Lola? O que deseja aqui?

A moça fez um rosto preocupado ao responder:

– Desculpe-me, senhor Lúcio, mas preciso falar com sua mulher Isabel e saber onde está madame Celina.

Lúcio não entendeu.

– Por que Isabel saberia de madame Celina?

– É que sua esposa chamou a madame para conversar com ela aqui no castelo ontem ao final da tarde, e até agora ela não voltou ao bordel. Algo estranho deve estar acontecendo, e todas nós estamos preocupadas.

Lúcio realmente não sabia o que dizer. Isabel nada lhe dissera sobre qualquer conversa com madame Celina. Ele estava achando muito estranho o fato da esposa ter chamado a cafetina logo ali. Pediu à Lola:

– Entre, vamos conversar com Isabel.

Os portões se abriram e eles entraram. Isabel, ao ver Lúcio, correu aos seus braços e o beijou muitas vezes. Logo seu coração acelerou, e ela precisou ter todo controle ao ver Lola. Nunca a tinha visto antes, mas pela forma como se vestia, só poderia ser uma das prostitutas da Casa da Perdição à procura da patroa. Lúcio adiantou-se:

– Isabel, para que você chamou madame Celina aqui no castelo? Por que me escondeu isso?

A voz de Lúcio era inquisidora e grave, e Isabel teve de fingir que estava muito natural:

– Ah, precisava conversar com ela um assunto muito importante e confidencial. Por isso a chamei aqui. Mas por que quer saber? O que essa messalina quer aqui?

Lúcio fingiu não notar o nome pejorativo atribuído a Lola e disse:

– Ela veio ver se você sabe onde está madame Celina, pois até agora não voltou para o bordel. Já estamos no meio da tarde, não acha estranho?

Isabel fingiu:

– Muito estranho! Ela saiu daqui ontem pouco antes das oito da noite, um dos cocheiros do castelo foi levá-la.

– Então, chame esse cocheiro, quero saber até onde ele levou a madame.

Isabel, que já previa que aquilo pudesse acontecer, pediu que Belarmina chamasse Josué, que já estava com tudo decorado para dizer a quem quer que fosse, em troca de muito dinheiro.

Josué apareceu com aparente tranquilidade:

– O que deseja, senhora?

– Essa moça trabalha com madame Celina e disse que até agora ela não apareceu em casa. Você fez como mandei? Deixou-a em frente ao bordel?

Josué fingiu atrapalhar-se e disse:

– Bem, não a deixei em casa, senhora. No meio do caminho, a madame pediu-me que parasse e desceu dizendo que iria seguir o resto do caminho a pé.

Lola olhou de Josué para Lúcio achando tudo aquilo muito estranho.

– E você lembra em qual trecho do caminho? – perguntou Lúcio, preocupado.

– Lembro sim. Foi logo depois do Rio das Contas. Notei que ela entrou naquela trilha pequena e desapareceu no meio do escuro.

– Desculpe-me, senhor Lúcio, mas isso está estranho. Madame Celina jamais faria isso.

– Como pode afirmar que não? Ela é uma mulher cheia de mistérios.

Lola sentiu que algo grave havia acontecido com sua patroa e resolveu falar:

– Acontece que madame Celina veio aqui resolver um assunto por demais grave. Tenho medo de que sua mulher tenha feito mal a ela.

Lúcio olhou para Isabel esperando que ela dissesse alguma coisa. Isabel colocou as mãos na testa fingindo nervosismo e pediu:

– Vamos todos para o gabinete, lá poderei dizer tudo.

Foram para o gabinete e entraram. Isabel abriu uma das gavetas da escrivaninha lavrada, pegou o bilhete ameaçador e mostrou a Lúcio, que, à medida que lia, sentia como se a verdade caísse em sua cabeça como uma bomba. Em poucos segundos, concluiu tudo. Madame Celina ameaçara matar tia Elisa, Rosa Maria e Denise, e Isabel havia se antecipado e dado um fim trágico à cafetina.

Rapidamente, Lúcio se refez para que Lola não percebesse e disse:

– Nesse bilhete, madame Celina ameaça matar a irmã, a tia e a sobrinha de Isabel queimadas. Você sabia disso, Lola?

A moça empalideceu. Sabia de tudo e temia ser incriminada como cúmplice. Ainda assim ganhou coragem e resolveu falar a verdade:

— Sabia de tudo. Infelizmente, madame Celina nunca aceitou que o senhor a tivesse deixado e se casado com Isabel. Vivia sempre procurando uma maneira de separá-los. Foi quando veio a ideia de mandar queimar a plantação da quinta e em seguida matar as parentes de Isabel que moram lá, caso ela não cedesse e o deixasse.

Lúcio sentiu-se inquieto e preocupado. Aquilo era muito grave. Olhou fixamente para Lola e disse:

— Você sabia que ela poderia ser presa e condenada à morte por isso?

— Sabia sim, senhor. Mas a madame não tinha medo, estava disposta a tudo.

— E sabe que você pode ser presa como cúmplice?

Ela se desesperou:

— Por favor, senhor Lúcio, não quero ser presa, nem morta. Só vim aqui saber o que aconteceu com minha patroa, por favor, me poupe de um destino tão cruel.

Lúcio pediu à Isabel:

— O que aconteceu aqui entre você e Celina?

Isabel disse com naturalidade:

— Chamei-a nesse gabinete e ofereci dois sacos de ouro para que ela nos deixasse em paz para sempre. No começo ela resistiu, mas eu a convenci dizendo que seria melhor do que ser presa e condenada à morte. Belarmina estava comigo e é testemunha de que ela aceitou tudo e foi embora jurando nunca mais nos prejudicar. Eu tenho medo, não acredito que ela vá nos deixar em paz, mas foi uma forma dela parar para pensar e nos dar uma trégua, pelo menos por um tempo.

Lola levantou a cabeça e disse:

— Desculpe-me, senhor Lúcio, mas eu não acredito que madame Celina tenha cedido a isso. Ela não precisa de dinheiro e a paixão que tem pelo senhor a cega completamente. De jeito algum ela aceitaria uma proposta dessas. Algo estranho aconteceu.

Lúcio, prevendo que Lola pudesse descobrir a verdade e colocar a boca no mundo, aproximou-se dela com altivez dizendo:

— Pois é nisso que você vai acreditar e é o que vai dizer às suas amigas do bordel. Vai dizer que madame Celina aceitou muito dinheiro e que foi embora para sempre. Entendeu?

Lola persistiu:

— Mas essa não é a verdade.

— Não importa qual seja a verdade, é isso o que você vai dizer. Ou diz isso ou entregaremos a carta à milícia e você será presa e morta como cúmplice de uma ameaça criminosa. Agora saia daqui e trate de calar a boca sobre suas desconfianças. Somos ricos e poderosos e vocês não são ninguém, é melhor não nos enfrentar. Não queria agir assim, mas preciso defender minha família e não medirei esforços para isso. Sua patroa usou da ameaça e não tenho dúvidas de que mandaria matar quem fosse preciso para conseguir seus objetivos. Não queira entrar numa disputa comigo, pois sairá perdendo e perderá o mais importante, que é a própria vida.

Lúcio foi até o cofre, abriu-o e tirou mais dois sacos de ouro entregando-os à Lola:

— Isso é suficiente para calar sua boca e para que vá embora para sempre de Portugal refazendo sua vida em outro lugar. Agora saia e espero nunca mais ver seu rosto.

Lola pegou os sacos com satisfação no olhar. Era muito ouro e ela seria rica dali em diante.

— Pode contar com meu silêncio. Só não sei o que faço com o bordel.

— Feche-o para sempre e mande as meninas embora.

— Mas muitos homens importantes são frequentadores dali, vão querer saber o que aconteceu.

— Você dirá que sua patroa fez um serviço extra, ganhou muito dinheiro e foi embora para sempre. Todos irão acreditar, pois você era a melhor amiga dela.

Lola concordou, escondeu os sacos de ouro por entre as roupas fartas e partiu. A partir dali, teria uma nova vida, mas em seu íntimo, grande tristeza se instalaria por ter a certeza de que sua querida amiga Celina havia sido morta barbaramente por Isabel. Resolveu não pensar no assunto e ir para muito longe. Com aquela pequena fortuna, deixaria de ser prostituta e onde fosse trataria de comprar um marido e ter sua família.

O espírito de madame Celina estava ali se contorcendo de ódio e com vontade de estrangular Isabel. Dizia rangendo os dentes:

– Então, ela foi capaz de comprar minha melhor amiga? Não sei se terei essa paciência toda para esperar uma vingança lenta. Minha vontade agora é acabar com ela de vez.

Enzo dizia paciente:

– Acalme-se, Celina, já disse o que pode acontecer caso não se contenha. Quer pôr tudo a perder?

– Quer dizer que Isabel faz tudo isso e ainda tem defesa? Onde está a justiça?

– Você entende muito pouco sobre a lei de causa e efeito, por isso é melhor ter paciência e fazer as coisas aos poucos. Tenho certeza que, se seguir meus conselhos, terá Isabel perdida para sempre e em suas mãos.

Ela pareceu se acalmar ao ouvir aquelas palavras e pôs-se a seguir Isabel e Lúcio como fazia já há algum tempo.

Capítulo 34

Algumas semanas se passaram e a notícia de que madame Celina havia ido embora e que a Casa da Perdição seria fechada espalhou-se rapidamente por toda Lisboa. As meninas ficaram sem saber o que fazer e pediram para continuar no palacete até resolverem as próprias vidas. Algumas decidiram tentar a sorte em outros lugares, mas a maioria ficou por ali, vendendo o corpo para sobreviver e pagar o aluguel à prima de madame Celina, única herdeira viva daquele lugar.

A notícia chegou até a quinta e, num começo de tarde, logo após o almoço, enquanto Rosa Maria embalava Denise, a fim de fazê-la dormir, tia Elisa comentava:

– Tenho certeza de que essa partida de madame Celina tem dedo de Isabel.

– É claro que tem, tia! – retrucou Rosa Maria. – A senhora viu a carta que ela nos mandou dizendo que estávamos livres para sempre das ameaças daquela mulher. Isabel ofereceu muito dinheiro para que ela fosse embora e ela aceitou, graças a Deus.

– E você acreditou no que Isabel disse? – tornou tia Elisa, maliciosa.

– Claro que sim, ora! Isabel nunca foi de mentiras.

— Só não se mente até surgir uma oportunidade muito forte. Não acredito que madame Celina tenha ido embora por ter recebido muito dinheiro. Isabel fez alguma coisa muito grave com ela.

Rosa Maria horrorizou-se:

— A senhora está querendo dizer que Isabel a matou?

— Não sei se matou, mas pode ter prendido a cafetina numa masmorra daquele castelo ou numa prisão da qual não possa sair. O que tenho certeza absoluta é de que uma mulher apaixonada feito ela não cederia à chantagem alguma, por mais dinheiro que estivesse em jogo. Sou mulher e já me apaixonei inúmeras vezes. Uma mulher apaixonada faz todo tipo de loucura, mas nunca desiste de seu homem. Vá por mim, Isabel aprontou alguma com essa madame.

Rosa Maria pensou um pouco e percebeu que tia Elisa poderia mesmo ter razão, contudo, não queria pensar mais naquilo. Isabel era inteligente, rica e poderosa, confiava no que a irmã fazia.

— Não desejo mais falar nisso. Seja o que for que Isabel tenha feito, foi para nosso bem. Ou a senhora queria morrer queimada?

— Deus me livre! Logo agora que estou amando novamente...

— Já lhe disse que seu romance com o negro Antônio não vai dar coisa boa. Ele é casado, e a esposa certamente não vai gostar nada quando souber. E há também a grande diferença de idade. Ele tem pouco mais de 20 anos, enquanto a senhora mais de 60.

Tia Elisa gargalhou alto:

— E desde quando o amor tem idade? Estou amando Antônio como nunca amei homem algum nessa vida. Se a esposa descobrir, nada poderá fazer. Ele é nosso empregado, precisa da nossa quinta para sobreviver. Ela terá de aceitar.

Rosa Maria sabia que sua tia não tinha mesmo jeito, por isso encerrou a conversa:

— Tudo bem, a senhora faz o que quiser da sua vida. Só depois não diga que não avisei.

Tia Elisa olhou bem para o rosto de Rosa Maria sem saber se compartilhava ou não uma ideia que estava vindo à sua mente

Capítulo 34

há várias semanas. Era uma ideia ousada, mas que, se Rosa Maria aceitasse, elas poderiam até mesmo ficar ricas. Resolveu tomar coragem e dizer:

— Sabe, querida, eu estava pensando... Esta casa é muito grande, tem muitos quartos enormes e só moramos nós três. Não acha um desperdício?

Rosa Maria estranhou:

— Por que está pensando nisso?

— Porque acho que você pode lucrar muito com essa casa seguindo o meu conselho.

— E o que a senhora me sugere? Que a transforme numa hospedaria?

Tia Elisa sorriu da ingenuidade da sobrinha. Coitada! Ainda teria muito o que aprender da vida. Uma hospedaria ali não daria lucro algum. Disse com certa cautela:

— Hospedaria não daria resultado, penso em algo mais ousado.

— O quê?

— Veja bem, essa casa é grande, tem dois salões enormes, mais de oito quartos. Não tem sentido deixar tudo isso aqui parado, sendo que só ocupamos dois cômodos. Eu sugiro que você... — tia Elisa parou um pouco. Deveria dizer ou não?

— Diga logo, tia Elisa. O que a senhora sugere?

Era "agora ou nunca". Arriscou:

— Sugiro que você transforme a quinta num bordel, substituindo a Casa da Perdição que foi fechada. Os homens estão loucos por diversão, por mulheres novas, por um lugar com o mesmo luxo e requinte que tinha por lá. Aqui é o lugar ideal.

Rosa Maria corou:

— Como a senhora tem coragem de me sugerir uma coisa dessas? Sou contra a prostituição, tenho meus princípios, meus valores. Só vou relevar porque lhe tenho muito respeito, mas nunca mais me fale numa coisa dessas.

Tia Elisa, com coragem, prosseguiu procurando tocar em seus pontos fracos:

— E de que adiantaram seus valores e princípios? Perdeu o homem amado para uma aventureira e está aí sozinha criando uma filha que sequer saberá quem é o pai.

— A senhora está me magoando. Não fui culpada por Augusto ter me deixado e voltado para Manuela – disse Rosa Maria, com lágrimas nos olhos.

— Não quero magoá-la, só quero dizer que, às vezes, princípios de moral não têm valor algum. Você gosta daqui, e viver só das plantações pode dar para sobreviver com dignidade, mas sei que você é tão ambiciosa quanto Isabel e sabe muito bem que plantações e animais não enriquecem ninguém.

— A senhora está enganada, muitas pessoas hoje estão ricas por causa do valor que deram à terra.

— E isso leva quantos anos? No ritmo que esta quinta está, você só vai ficar rica quando estiver mais velha do que eu. Quer que Denise leve uma vida de pobre?

— Denise não terá vida de pobre, Isabel é rica e dará a ela tudo que precisar.

— Mas, não é o mesmo que ganhar a riqueza vinda da própria mãe – prosseguia tia Elisa, impiedosa, mexendo com as feridas de Rosa Maria. – Se você deixar que Isabel dê coisas boas para sua filha e faça tudo por ela, é capaz de Denise valorizá-la muito mais do que valorizar você.

As ideias da tia, que naquele momento estava sendo envolvida por um espírito altamente inferior, começaram a ganhar força na mente invigilante de Rosa Maria e ela começou a pensar que a tia estivesse com a razão. Se deixasse tudo para Isabel, seria bem capaz de Denise até renegá-la enquanto mãe. Aquilo ela não poderia permitir.

O espírito inferior, percebendo os seus pensamentos, aproximou-se dizendo:

— É isso mesmo, Rosa Maria. Sua tia tem total razão. Você precisa ser muito rica para dar o luxo que sua filha merece. Se deixar isso para Isabel, ela roubará Denise de você que, além de já ter perdido o homem que amava, perderá também a filha.

As ideias do espírito tomavam forma na mente dela, que as absorvia como se fossem suas. Logo, Rosa Maria estava totalmente convencida de que era exatamente aquilo que deveria fazer. Contudo, alguns resquícios de consciência ainda permaneciam, e ela insistiu:

– Sei que tem certa razão, tia, mas não posso concordar em ficar rica vendendo meu corpo e o corpo de outras pessoas.

O espírito inferior teleguiava tia Elisa, que raciocinava com muita clareza junto com ele e argumentava:

– Pense que esta é uma profissão como outra qualquer. Para que esse moralismo? As mulheres vendem o corpo porque querem, não é culpa sua. E você não precisará vender seu corpo, basta cobrar cinquenta por cento de tudo que as meninas faturarem durante a noite e em pouco tempo estará muito bem de vida.

– Mas isso não é errado?

– Não, querida! Imagine! Você não estará forçando ninguém, todas elas são muito adultas e escolhem esse caminho porque querem. Fiquei sabendo que as meninas da Casa da Perdição estão passando muitas dificuldades. Você poderia ir lá conversar com elas e sugerir que venham para cá. Será uma beleza ver esta casa grande virando um imenso e famoso cabaré.

Tia Elisa delirava de prazer ao imaginar aquilo, mas Rosa Maria não estava totalmente convencida. Naquela casa viveram seus pais, pessoas dignas, cristãs e honestas. Naquele lar todos aprenderam os princípios do evangelho, aprenderam a orar a Deus, viveram felizes. Transformar aquela casa num bordel lhe parecia algo muito fora da realidade, uma coisa pecaminosa e triste. Certamente, seus pais, onde estivessem, jamais apoiariam aquilo. Por outro lado, tia Elisa tinha razão. As plantações e a criação de gado enriqueciam quem os fazia em larga escala, e ela, por mais que gostasse da terra e dos animais, não tinha condições de fazer grandes coisas. Daria para se manter e viver bem, mas riqueza jamais. Contudo, a prostituição lhe parecia algo muito repugnante e ela não podia compactuar com aquilo.

– Não sei bem se isso é certo, sinto-me desonrada em fazer isso.

– Bem, eu vou deixá-la pensando, tenho certeza de que acabará por concordar com sua velha tia.

Tia Elisa saiu levando Denise já adormecida em seus braços para colocá-la no berço, deixando Rosa Maria deitada no sofá com os pensamentos contraditórios. A ideia da riqueza fácil era tentadora e ela pensava se não estaria certa em aceitar a ideia de tia Elisa. Uma verdadeira batalha moral passou a ser travada na alma daquela mulher.

De um lado, estavam seus pais, espíritos radiosos e iluminados, inspirando-a para nunca aceitar aquela ideia, e de outro, sem percebê-los, estava o espírito de um homem deformado, antigo inimigo de Rosa Maria que queria sua queda moral, sugerindo-lhe que se tornasse cafetina. Na verdade, foi ele quem havia inspirado a tia Elisa a ter aquela ideia desde o dia em que a velha senhora soube que o bordel havia sido fechado, e que as moças estavam passando dificuldades. Tia Elisa, antiga prostituta desde as épocas remotas do Império Romano, captou com facilidade aquelas sugestões imorais e pervertidas, achando-as normais e saudáveis, em decorrência do seu espírito ainda inferior e preso aos prazeres dissolutos do sexo desregrado.

De repente, o espírito resolveu jogar sua última cartada, aproximou-se mais de Rosa Maria, soprando-lhe aos ouvidos:

– Lembre-se de que foi trocada por Manuela. Augusto, o homem que tanto você ama, a deixou por causa de uma prostituta. Vingue-se dele tornando-se uma delas. Um dia ele voltará e perceberá que você não o esperou e que agora pertence a muitos homens e é muito rica. Será sua vingança.

O orgulho de Rosa Maria falou mais alto ao ouvir aquela sugestão e ela quase cedeu, mas ainda havia seus princípios, sua moralidade. O que fazer?

Capítulo 34

A partir daquele dia, ela não mais deixaria de pensar no assunto.

Raimundo e Margarida, mãos dadas, choravam a um canto:

– É, meu velho, nossa filha vai cair nas garras do orgulho e cometer um dos maiores crimes, que é o da prostituição própria e alheia.

– E o pior é que nada podemos fazer. Ela tem livre-arbítrio e precisará escolher.

– Mas, seu inimigo achou seu ponto fraco, tenho certeza de que nossa filha vai cair – lamentou Margarida, chorosa.

– Ainda temos uma saída. Vamos procurar Carlinhos e pedir que converse com nossa filha. Quem sabe com os esclarecimentos dele, ela não volta atrás?

– É uma boa ideia, meu velho. Carlinhos vai nos escutar e fará o que nós lhe pedirmos.

Assim, os dois espíritos saíram dali para buscar ajuda junto à cabana onde Carlinhos residia.

Capítulo 35

Três dias se passaram sem que Rosa Maria decidisse o que fazer. Tia Elisa prosseguia incessante, falando de suas ideias, tentando de todas as formas convencer a sobrinha a fazer o negócio o quanto antes. Todos os argumentos possíveis e imagináveis, baseados na falsa lógica, eram usados pela velha senhora na tentativa de conseguir seus objetivos.

Naquela manhã, Rosa Maria estava com a cabeça muito confusa e resolveu sentar-se às margens do Tejo sobre a costumeira pedra. Alguns minutos passaram-se enquanto ela meditava ouvindo a doce melodia das águas do rio, correndo impassíveis e serenas, enquanto machucava, entre os dedos, pequenas florzinhas do mato.

Logo, ouviu passos aproximando-se e, olhando para trás, percebeu que era Carlinhos. Sentiu-se bem, pois queria mesmo falar com ele sobre o assunto que a preocupava, mas não havia encontrado jeito.

– Pensando na vida, não é, senhorinha Rosa?

– Sim, Carlinhos, acho que foi Deus que o mandou aqui, pois preciso muito lhe falar e ouvir seus conselhos. Você me fez muito bem daquela vez, neste mesmo lugar, quando fui abandonada pelo Augusto e recebi suas palavras sábias de consolo. Você é um sábio.

Capítulo 35

Ele meneou a cabeça negativamente:

– Não sou sábio, é a vida que ensina. Qualquer pessoa pode aprender muito com ela se prestar atenção.

Carlinhos sentou na outra pedra e começou a enrolar seu cigarro de palha e a dar suas baforadas. Ficaram em silêncio por alguns minutos, quando ele começou:

– Seus pais, o finado Raimundo e a finada Margarida, vieram me ver.

Rosa Maria estremeceu:

– Quando foi isso?

– Há três dias. Eles estão muito preocupados com seu futuro e o futuro da quinta e pediram para lhe dar um recado.

Se ela tinha ainda alguma dúvida da mediunidade de Carlinhos, naquele momento não existia mais. A ideia de transformar a quinta num bordel famoso era secreta, só ela e tia Elisa sabiam. Rosa Maria ficou emocionada, então seus pais continuavam mesmo a olhar por ela e por sua vida. Perguntou ansiosa:

– Qual o recado?

– Eles estão muito tristes com o que a senhorinha e a dona Elisa querem fazer aqui na casa grande. Disseram que, se a senhorinha aceitar, vai entrar por um caminho muito errado, que Deus condena, e terá de responder com muita dor no futuro – ele fez pequena pausa, olhou-a ainda mais fixamente e prosseguiu. – Vender o corpo é um ato criminoso perante as leis universais e quem o pratica terá de reparar um dia por meio do sofrimento. Não faça isso, senhorinha! Seus pais pediram que pense neles, pense em como a família de vocês é honrada e comprometida com os princípios de Jesus. Desista enquanto é tempo.

Rosa Maria começou a chorar. No fundo, ela sabia de tudo aquilo, mas naquele momento, sabendo que seus pais haviam saído de onde estavam para lhe mandar aquele recado, tudo ficava mais claro. Como pudera pensar em ceder?

– Oh! Carlinhos, não tenho como lhe agradecer por ter sido o intermediário. Eu estava praticamente disposta a fazer o que tia Elisa me sugeriu, mas agora eu não vou mais. Não tenho mais dúvidas. Obedecerei aos meus pais.

Carlinhos olhou-a com ar de dúvida e perguntou:

– A senhora sabe mesmo quais as consequências da prostituição?

– Sei sim. As prostitutas são discriminadas pela sociedade, sofrem todo tipo de impropérios com os clientes que muitas vezes as tratam feito animais e muitas delas contraem doenças dolorosas e morrem. Não é uma vida boa nem fácil como parece, a princípio.

Ele a olhou e disse:

– A senhora só falou das consequências materiais, a senhora já se perguntou o que acontece espiritualmente a alguém que se prostitui?

– Não... Nunca pensei nisso.

– Então, está na hora de saber. A mulher ou o homem que se prostitui, que vende seu corpo em troca de dinheiro, acumula energias negativas e doentias em seu perispírito, que se apresentam como pontos escuros que um dia explodirão em formas de doenças físicas ou mentais. Cada pessoa que entra numa vida dessas nunca está sozinha. Junto a ela estão espíritos obsessores, viciados em sexo, que as usam para atingir um prazer que não conseguem mais obter no mundo onde vivem. É por isso que as pessoas que entram para o comércio sexual envelhecem mais cedo que as outras. Não é apenas pelo desgaste físico, mas principalmente porque são sugadas por espíritos trevosos, e suas energias se esgotam muito rapidamente. Além disso, como a prostituição é uma prática contrária às Leis Divinas, nenhuma pessoa que a comete é feliz. Vivem frustradas, angustiadas, depressivas e com vazio interior. Por fora aparentam estar felizes, alegres e contentes, vivendo às gargalhadas, mas por dentro sentem estranho vazio de viver e angústia inexplicáveis. Tudo que é contrário às leis cósmicas, eternas e imutáveis, que regem o universo, produz sofrimento.

Carlinhos começou a acender outro cigarro e prosseguiu:

Capítulo 35

– Quando estas pessoas morrem, sem se perdoarem pelo que fizeram, são sugadas para lugares do plano espiritual inferior onde estão espíritos que, na Terra, cometeram o mesmo erro. Nesses locais se tornam escravos de espíritos ainda mais perversos e viverão experiências tão duras e chocantes que nem dá para falar aqui. Mas não termina por aí. As pessoas que se prostituem vão contra as leis universais e terão de voltar à Terra em futuras reencarnações, com sérios problemas na área da afetividade e do sexo, para poderem harmonizar tudo que fizeram. Por isso, não se comprometa desse jeito, minha querida.

Rosa Maria estava assustada com tudo que ouvia, e seu perseguidor invisível com muito ódio, pois tentava atacar Carlinhos impedindo-o de dizer aquelas verdades, porém não conseguia. Ao redor de Carlinhos, havia uma camada de energia azulada que repelia o espírito perseguidor.

Envolvida por aqueles ensinamentos, Rosa Maria levantou-se da pedra e abraçou Carlinhos dizendo:

– Não posso te agradecer por essas informações, só rezar a Deus que o proteja sempre mais. Vou voltar agora para casa e dizer à tia Elisa que esqueça de vez esse assunto.

Foi por poucos instantes, mas Carlinhos pôde ver com nitidez a figura horrenda do espírito que queria ver o mal de Rosa Maria, sorrindo para ele com ironia. Vendo aquilo, Carlinhos segurou no braço da moça e disse com firmeza:

– Tenha força, senhorinha, pois pareceu se convencer, mas para ter a certeza do que se quer, é preciso muita fortaleza de caráter e muita vontade. Temo que a sua não esteja tão forte. Quem comanda nossa vida e nosso destino é a vontade, quando ela não é suficiente, tropeçamos e caímos nos primeiros pedregulhos do caminho. Vá com Deus!

Rosa Maria o abraçou ainda mais como a querer sugar suas energias para se fortificar e se foi.

Capítulo 36

Antes que Rosa Maria chegasse à casa grande, seu obsessor já estava lá colado à tia Elisa dizendo tudo o que ela deveria falar para a sobrinha a fim de convencê-la de vez. Ele era poderoso e esperto e não seria um negrinho qualquer que iria lhe passar a perna. Carlinhos veria quem era mais forte.

Quando entrou na sala, percebeu que Denise dormia placidamente no colo da tia, por isso foi falando:

– Tomei minha decisão definitiva: não vamos abrir nenhum bordel aqui. Quero que a senhora saiba que muito a estimo, mas não posso concordar com isso e desejo que esse assunto se encerre aqui.

Tia Elisa, completamente dominada pelo espírito vingativo, demonstrou calma impressionante enquanto dizia:

– Tudo bem, Rosa, não insistirei mais. Tentei de todas as maneiras chamá-la à razão, mas você prefere seguir o que chama de princípios, então nada mais tenho a dizer, ou melhor, nada mais tenho a fazer aqui. Ainda hoje arrumarei minhas coisas e partirei da quinta.

Rosa Maria foi pega de surpresa. Tia Elisa prometera ficar com ela para sempre, pois não tinha mais interesse em morar com a filha, e também lhe prometera ajudar na criação de Denise.

Capítulo 36

Sem ela ali, tudo ficaria difícil, ou melhor, impossível. Como iria viver sozinha naquela casa enorme, rodeada de peões por todos os lados? Como criaria Denise sem ajuda de uma pessoa experiente? Desesperou-se:

– Por favor, tia Elisa, a senhora não me compreende e está querendo se vingar de mim indo embora e me deixando sozinha aqui – Rosa Maria deixou que lágrimas sentidas caíssem de seus olhos.

Tia Elisa disse com alto grau de amabilidade na voz:

– Não me interprete mal, minha querida. É que, ao contrário de você, quero ter uma vida ainda mais rica. Se você não quer montar o bordel e vai esperar suas criações darem resultado, é uma escolha sua, mas eu vou juntar o resto de minhas economias, comprarei o palacete onde ficava a Casa da Perdição e continuarei o negócio que foi da madame Celina. Entendo seu jeito pacato e quieto de ser e também entendo que, embora tão ambiciosa como Isabel, você prefira não se envolver no comércio sexual. Então, não posso deixar de realizar um sonho e ficar aqui com você esperando essa quinta dar algum resultado.

Rosa Maria chorava, não saberia o que fazer ali sem a tia. Em meio ao desespero e também influenciada pelo seu obsessor, nem pensou que poderia chamar a mulher de um dos colonos para morar com ela e ajudá-la em tudo. Ela só via um futuro negro e incerto, sozinha naquela imensidão de casa.

– É sua última palavra? Não tem pena de me deixar aqui só, não lembra das promessas que me fez?

– Lembro-me de tudo, querida, mas tenho agora um amante e o Antônio gosta de vida boa. Disse que, se eu ficar muito rica, deixará a mulher e ficará comigo para sempre. Acha que perderei essa chance?

– A senhora nunca foi ligada em homem nenhum, por que logo agora esse amor súbito por Antônio?

– Simplesmente, porque nunca havia amado antes, e Antônio, com seu jeito, me fez perceber o que é o verdadeiro amor. Quero que me compreenda, mas a única forma de permanecer aqui com você é se transformarmos essa quinta num bordel, ganharmos muito dinheiro e ficarmos ricas.

Rosa Maria, com medo da solidão e não querendo deixar sua terra amada para ir viver com Isabel no castelo, esqueceu-se de tudo o que Carlinhos lhe dissera há poucos minutos e decidiu:

– Tudo bem, vamos fazer o que a senhora quer. A quinta será o bordel mais famoso de Lisboa.

Tia Elisa deixou Denise no sofá, sorriu muito e abraçou e beijou a sobrinha diversas vezes.

– É assim que se fala, querida! Tenho certeza de que nunca irá se arrepender, seremos muito ricas, e quando Augusto voltar, você terá o prazer de estar linda e ainda esnobá-lo.

Ao pensar em Augusto, Rosa Maria sentiu crescer o desejo de ser muito rica a fim de humilhá-lo, e teve a certeza de que estava no caminho certo. Lembrou-se de Carlinhos, mas aquela conversa então não mais importava, ela não tinha certeza de nada, e tudo o que ele lhe dissera poderia ser invenção. O que importava era não ficar sozinha ali e se vingar de Augusto.

Enquanto Raimundo e Margarida choravam abraçados, o espírito zombeteiro e mau sorria muito e rodopiava ao redor das duas, ajudando-as nos diversos planos da sexualidade pervertida.

No Castelo de Vianna, o espírito madame Celina sentia-se entediado. Fazia semanas que ela e Enzo só observavam Isabel o tempo todo, sem, contudo, encontrar nela uma falha moral maior para que começassem a obsessão. Aquilo a deixava inquieta e raivosa, principalmente porque não conseguia se aproximar de Lúcio e fazer amor com ele como pretendia. Bem que ela tentou observá-lo e a Isabel no ato íntimo, mas nessa hora uma luz azulada os envolvia e ela era arremessada ao longe. Enzo lhe explicara que, quando existe amor verdadeiro entre um casal, a Espiritualidade Superior protege seus momentos íntimos para que não sejam violados por ninguém.

Capítulo 36

Aquela explicação a deixou ainda com mais ódio. Quando teria finalmente sua vingança, e Lúcio em seus braços?

Estava a pensar, sentada numa das poltronas imensas no quarto da rival, quando viu Enzo aparecer, de olhos brilhantes. Foi logo perguntando, autoritária:

– Onde estava até agora? Não aguentava mais ficar sozinha olhando essa dondoca bordar junto com Belarmina.

– Acalme-se. Hoje, finalmente, conseguimos a primeira forma de levarmos Isabel à ruína moral.

Madame Celina distendeu a face num largo sorriso:

– Conte-me. Como conseguiu isso?

– Fui fazer uma visita à quinta onde moram a tia e a irmã dela e fiz uma descoberta surpreendente. A senhora Elisa teve a ideia de transformar aquela propriedade num cabaré, substituindo o seu que foi fechado por Lola. Bem que Rosa Maria resistiu, mas agora há pouco acabou por ceder. Aquele ambiente se tornará palco de orgias e desvarios sexuais.

Madame Celina estava sem entender:

– Mas o que isso tem a ver com Isabel?

– Tudo a ver. A senhora Elisa mentiu dizendo ter economias para reformar a casa e adaptá-la para a função de prostíbulo. Na verdade, ela tem pouca coisa que não daria para quase nada. Então, ela e Rosa Maria virão aqui pedir ajuda à Isabel.

– Mas, e o que tem isso a ver com nossos planos? – continuava Celina sem compreender.

– Mas você é burra mesmo, hein? – disse Enzo irritado. – Vamos influenciar Isabel a aceitar o novo negócio da irmã e dar todo o dinheiro que elas precisarem. Isabel já fez das suas, mas gosta de ser puritana e ter bons costumes. Vamos começar a influenciá-la ainda hoje para que ache normal a prostituição e ajude a irmã em tudo. Não só quem pratica, mas quem ajuda e influencia o comércio sexual se compromete moralmente com as leis da vida e um dia pagará caro por esse ato. Isabel vai ficar presa a esse compromisso que será um dos primeiros que faremos com que ela entre e, de pouco em pouco, ela estará mergulhada na lama da imoralidade. Daí a teremos em nossas mãos.

Madame Celina exultou:

– Desculpe-me questioná-lo tanto, Enzo, é que demorei a compreender, não sei bem como funcionam essas tais leis da vida. Aliás, como é que você, sabendo tanto, ainda fica aqui querendo fazer mal a ela? Pelo que me disse, quem faz o mal se compromete, sendo assim nós também estamos nos comprometendo.

– Ocorre que nós temos todos os direitos de estar aqui fazendo isso. A lei é justa e nos concede a oportunidade de nos vingarmos. Existem muitos espíritos de luz por aí, Isabel também tem seu anjo da guarda; nunca se perguntou por que ele não apareceu aqui para nos impedir de nos vingarmos?

– Nunca havia pensado nisso – tornou madame Celina, coçando a cabeça.

– Eles nunca apareceram porque sabem que Isabel tem compromissos sérios com as leis universais e por isso não merece ser protegida. De quem tem proteção não conseguimos sequer chegar perto. Isabel até que tinha essa proteção, mas a partir do momento que tirou sua vida física, ficou totalmente sem apoio dos seres da luz. Por isso, se estamos aqui e ninguém nos impede, é porque temos direito.

A simples e rápida referência à sua morte horrível fez com madame Celina ruborizasse de ódio:

– Essa miserável! Nem que eu tenha de ficar aqui por toda a eternidade, mas me vingarei dela com requintes de crueldade.

– Acalme-se, Celina – pediu Enzo, com cautela. – Olhe só para suas unhas. Cada vez que tem essas crises de ódio, elas aumentam. Daqui a pouco você terá dificuldade em movê-las.

Ela olhou para suas unhas que sempre foram grandes, vermelhas e afiadas e notou que estavam ficando cada vez maiores, mais vermelhas e mais afiadas. Pareciam garras de um abrute faminto e feroz. Assustou-se:

– Não quero ficar feia assim. O que faço?

– Precisa controlar a mente e dominar esse ódio. Esse corpo que nós usamos é modelado pela nossa mente. Quanto mais emoções fortes e carregadas, mais ele se modifica para pior.

– Mas você tem muito ódio também e no entanto está aí, muito bonito – observou ela.

– É que eu já vivo mais tempo neste lado de cá e aprendi como moldar minha aparência como quero. Não pense que seja fácil. É preciso muito treino, disciplina e, principalmente, apoio dos magos negros. Já você é uma novata, e se não aprender a se controlar, logo vai virar um animal.

Ela se assustou:

– Isso não pode acontecer. Sempre fui uma mulher linda e sensual. Vou procurar me controlar.

Assim, os dois ficaram confabulando até altas horas e depois se dispuseram a esperar pela visita de tia Elisa e de Rosa Maria ao castelo.

Capítulo 37

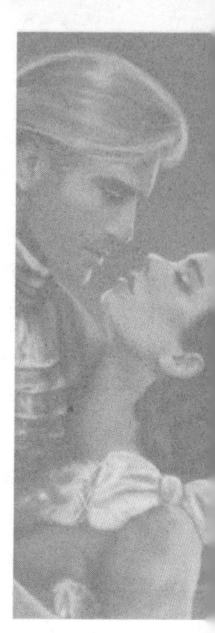

Como era de se esperar, tia Elisa acabou revelando à Rosa Maria que não tinha economia alguma e que havia mentido que iria embora a fim de que ela concordasse em abrir o bordel. Ainda assim, prosseguiu ameaçando dizendo que, embora não tivesse dinheiro, caso a sobrinha não fizesse o que ela queria, ela realmente partiria em busca de uma vida melhor, ao lado de Antônio.

Mas tal ameaça já não tinha mais razão de existir, porquanto Rosa Maria estava cada dia mais certa de que se tornar cafetina seria a melhor saída para sua vida, principalmente quando pensava em Augusto, feliz nos braços de Manuela, enquanto sua filha Denise estava ali sendo criada sem pai. Rosa Maria não pensava sozinha, a seu lado estava o obsessor que não a deixava refletir por si mesma. Carlinhos ainda tentou demovê-la mais uma vez da ideia, contudo, ela o expulsou da casa a gritos, e o rapaz entendeu que deveria se calar deixando-a que utilizasse seu livre-arbítrio.

Em conversas que se prolongavam pelas madrugadas, tia Elisa e Rosa Maria chegaram à conclusão de que só Isabel e Lúcio poderiam ajudá-las com o capital necessário para a reforma e as novas instalações na casa grande.

Capítulo 37

Numa segunda-feira partiram para o castelo e lá foram recebidas com muito carinho e amor por todos eles. Rosa Maria, que nunca havia ido lá, ficou deslumbrada com tamanha beleza, e tia Elisa, além de tocada pela beleza da imensa construção, imaginava como seria bom se aquele palácio fosse transformado em um lugar de comércio do sexo. Ali sim é que teriam lucro.

A princípio, Isabel ficou chocada com a decisão de Rosa Maria, mas depois de pouco tempo, intuída pelos espíritos de madame Celina e Enzo, acabou por achar muito natural e prometeu apoio. Chamou Lúcio e compartilhou a ideia, que na hora foi rejeitada por ele:

– Não sou hipócrita, fui frequentador assíduo da Casa da Perdição, sei que é um negócio de muita renda, mas não creio ser coisa para você, Rosa Maria, que é moça de família, honrada e cheia de irmãos que a vão odiar por isso.

Rosa Maria deu de ombros:

– Não sou mais moça de família. Desde a visita surpresa de Bernadete e seu maldito marido, que descobriu a existência de Denise e espalhou isso para toda a sociedade. Sou uma mulher rejeitada pela sociedade por ser mãe solteira, inclusive sou rejeitada pelos meus próprios irmãos. Até Bernadete me virou as costas dizendo não desejar uma perdida frequentando sua casa. O que mais tenho a perder?

Lúcio concordou que, de certa forma, ela tinha razão, mas ainda assim não poderia concordar:

– Mesmo assim, acho que você deveria pensar melhor. Um bordel é um lugar onde se pratica todo tipo de sexo. Você é mãe solteira, mas não perdeu a dignidade por isso. A sociedade pode até discriminá-la, mas na verdade você é tão digna quanto qualquer outra pessoa. Se você montar um bordel, aí sim, deixará de ser digna.

– Olha só quem fala! – disse tia Elisa com voz alterada e zombeteira. – Sei muito bem que você não era um simples frequentador da Casa da Perdição, era amante oficial da madame Celina que, por sinal, sumiu misteriosamente dentro deste castelo.

O comentário de tia Elisa desagradou a todos, mas Lúcio não se deu por vencido:

– Não importa, tia Elisa, e, por favor, não se irrite comigo. Lembre-se também de que há a Denise. Hoje ela é um bebê, mas vai crescer em meio a prostitutas e homens da noite. Será uma péssima influência para ela.

Rosa Maria, olhos tristes, fixou-se no semblante de Denise que sorria nos braços de Isabel e sacudia as mãozinhas, e disse:

– Eu já pensei nisso. Será doloroso para mim, mas Denise só viverá comigo até completar sete anos. Depois disso, quero que você, Isabel, cuide dela como se fosse sua filha. Ela virá morar aqui no castelo e quero que você a apresente à mais fina sociedade lusitana com uma festa inesquecível quando fizer as quinze primaveras. Promete-me isso?

Isabel sentiu lágrimas nos olhos:

– Claro que prometo, minha irmã! Denise já é minha filha do coração e tudo farei para que tenha o melhor futuro, o melhor casamento. Não se preocupe com isso.

– Acho melhor deixar Denise logo aqui hoje – disse tia Elisa, com empáfia. – Haverá reformas na casa, homens por todos os lados, barulho, as meninas também chegarão. Não creio que será bom para ela ficar lá, pode nos atrapalhar.

– Que é isso, tia Elisa? – ralhou Rosa Maria, furiosa. – Denise vem comigo e ficará até fazer sete anos. Meu comércio será o prostíbulo, mas não vou deixar de cultivar a terra e criar animais. Quero que ela cresça em meio à natureza e vou ensinar a amá-la. E ela ainda está mamando, jamais deixaria Denise aqui agora, mesmo confiando plenamente em Isabel.

Tia Elisa calou-se e Isabel concordou:

– Está certa, Rosa, Denise ainda é muito pequenininha, precisa muito de você – aproximou-se da irmã, deu-lhe a criança e abraçando-a, disse: – Lembro-me sempre do nosso velho quarto na quinta, quando ficávamos até altas horas tecendo nossos sonhos de riqueza. Como era bom aquele tempo! Papai, mamãe, nossos irmãos todos reunidos, era uma felicidade. Mas agora estou muito mais feliz porque estou ao lado do homem que amo e consegui tudo o que queria, resta você. Se for para ficar rica com esse negócio, que seja! Tem meu apoio incondicional.

Rosa agradeceu e Lúcio parou de falar. Não adiantava ele dizer nada, pois sabia o quanto Isabel era voluntariosa e cheia de si e nunca desistia de nada ou se arrependia do que fazia. Ele a amava, mas, às vezes, se assustava com seu temperamento, principalmente depois que ela lhe confessou como havia matado madame Celina e como se mantinha sem uma gota de remorso. Procurou não pensar mais naquilo e logo estava se despedindo da cunhada e de tia Elisa.

Quando ficaram a sós, Lúcio teve o ímpeto de voltar a falar no assunto com Isabel quando ela o abraçou com carinho pegando suas mãos e pondo-as em sua barriga.

– Meu amor, acho que teremos nosso primeiro filho.

Lúcio emocionou-se:

– Não brinque com isso, Isabel, meu maior sonho é ter um filho com você!

– Tenho certeza de que estou grávida. Pelos meus sintomas, pelas regras atrasadas, pela experiência de Belarmina que me confirmou, posso afirmar que vem por aí nosso primeiro herdeiro.

Lúcio, emocionado, ajoelhou-se, beijando toda a barriga de Isabel.

– Por que não me disse antes? Por que não contou à Rosa e à tia Elisa? Elas ficariam felizes em saber.

– Só hoje tive praticamente a confirmação, embora estivesse desconfiada já há alguns dias. E preferi primeiro lhe falar a sós, do jeito que estamos agora.

– Eu amo você, Isabel, mais que tudo nessa vida!

– Eu também amo você, meu amor! Agora o nosso filhinho só vem selar cada vez mais nossa perfeita união!

Embalados nesse clima de amor, os dois se beijaram e foram para o quarto, deixando madame Celina a um canto, ruminando sua raiva e seu ódio.

O bordel foi inaugurado com muita pompa e a quinta Santo Antônio passou a se chamar Quinta dos Prazeres. Rosa Maria sofreu uma mudança grande em sua personalidade, tornando-se, aos poucos, uma cafetina mercenária e cruel. Todas as vezes que lembrava de Augusto, feliz com Manuela, mais lhe vinha a vontade de explorar as pessoas. Mas, sua transformação não ficou apenas em nível psicológico. Sua figura externa havia sofrido também grande mudança. Vestia-se, a partir dali, sempre com roupas sensuais, brilhantes e de cores fortes, e também passou a se chamar Madame Rosa Maria.

Em suas mãos, as prostitutas sofriam muito, mas ao mesmo tempo eram recompensadas com vida boa e agradável, e nada lhes faltava. Aos poucos, Rosa Maria passou a juntar bom dinheiro e ficava cada vez mais feliz por estar enriquecendo tanto quanto Augusto.

Um dia, o pior aconteceu: envolvida pelas ondas de prazer emanadas no ambiente e, principalmente, pelos espíritos inferiores e viciados que passaram a habitar o local, ela foi se entregando aos homens que achava mais interessantes e, movida pela obsessão, passou também a se prostituir junto com as demais, para alegria de tia Elisa. Rosa Maria estava tão fascinada pelo sexo e pelo seu obsessor, que achava aquilo tudo muito normal e se perguntava como um dia fora tão moralista.

É assim que ocorre a fascinação. A pessoa invigilante é, aos poucos, conduzida por um obsessor hábil, e vai mudando seus valores, sua conduta, sua moral, achando que tudo é muito natural e bom. Não adiantam argumentos, conselhos ou orientações. A pessoa fascinada acredita ser a mais certa das criaturas e começa a antipatizar e até mesmo sentir aversão de quem pensa o contrário, procurando fugir-lhe ao convívio. Só a dor é que no futuro fará

Capítulo 37

com que os fascinados voltem-se para seu eu interior e descubram os desvarios que cometeram.

Mas a fascinação só acontece em quem lhe dá abertura, por isso, todo pensamento contrário à nossa forma natural de ser deve ser analisado e excluído da nossa mente, ainda que pareça normal e natural. Não somos contra o progresso das ideias, ao contrário, temos plena consciência de que o pensamento evolui e marcha com outros progressos da humanidade, contudo, a ética cósmica é a mesma em todas as épocas e em todos os mundos. Por esta razão, toda crença, pensamento, atitude e sentimento, contrários ao verdadeiro bem, ainda que mostrados como modernidade e renovação de ideias, deve ser rejeitado automaticamente. Quem os agasalha é levado pelo turbilhão do mundo e vai sofrer muito no futuro para voltar ao verdadeiro rumo, ao verdadeiro caminho.

Rosa Maria cedeu aos instintos mais baixos que degradam o ser humano, movida pelo orgulho e pela vaidade. Contudo, tinha o bom-senso de não passar nada daquilo para Denise, que crescia sábia e bela. Aliás, a beleza de Denise era tanta que chamava atenção até das pessoas mais distraídas. Era uma criança encantadora e sorridente, e como prometera, Rosa Maria a ensinou a amar a natureza e os animais.

Denise passava todo o dia correndo atrás dos marrecos, galinhas, patos, porcos e ovelhas que viviam na quinta. Carlinhos a levava sentada em seu pescoço para ver a ordenha das vacas, o que para ela era uma felicidade sem igual.

Um dia Carlinhos a levou para ver uma bela plantação de milho. O milharal estava verde e alto e cada pé produzia muitas espigas. Eles estavam lá observando o milho quando, de repente, Rosa Maria surgiu em roupas simples. Durante a manhã, ela costumava se vestir como antes e adorava andar por entre o mato e as campinas verdes. Encontrou-os no meio da plantação e Denise, ao vê-la, soltou-se dos braços de Carlinhos e correu para os da mãe:

– Mamãe, venha ver que lindo pé de milho.

Rosa Maria foi até lá e ela o mostrou. Rosa pegou uma das espigas grandes, retirou do pé, abriu-a e mostrou à Denise:

– Veja que lindo, filhinha. Isso é o milagre da vida!

– Milagre, mamãe?

– Sim, minha linda! É um milagre de Deus. Olha para essas sementes de milho. A gente joga no chão e elas nascem, virando esse pé enorme que vai dar outras espigas. Não é um milagre?

– Sim, mamãe, é um milagre! – disse Denise na inocência dos seus três anos, sem saber ao certo o que aquela palavra significava.

Rosa Maria abaixou-se, pegou um punhado de terra do chão e colocou-a nas mãozinhas da filha dizendo:

– Isso aqui é terra. É dela que vem a vida, o milagre da grande vida que Deus nos dá. Nunca desvalorize a terra, pois ela é o que existe de mais importante no mundo. Sem a terra, todos morreriam de fome.

A menina pareceu se emocionar. A mãe prosseguiu:

– Se um dia tudo faltar, se nada mais pudermos fazer para viver, sempre podemos recorrer à terra, pois ela existe no mundo inteiro e nunca faltará para ninguém! Nunca se esqueça disso, Denise!

A emoção tomou conta de todos. Carlinhos olhou para Rosa Maria e disse:

– Quando a senhora começou seu novo comércio, queria ir embora daqui, só não fui porque tinha certeza de que dentro da senhora mora um coração amoroso e bom, que valoriza as coisas simples da vida, que é humilde. Só a simplicidade e a humildade elevam o espírito para Deus. Ainda bem que está passando todos esses valores nobres para Denise, assim ela crescerá com a mente sadia.

– Ainda bem que você me entende, Carlinhos. Sei que viverei pouco com minha filha, faltam só quatro anos para que eu a envie para Isabel, por isso, tiro todo o tempo possível para ficar com ela e dar-lhe muito amor, ensinando o que ainda resta de bom em mim.

Capítulo 37

Carlinhos baixou a cabeça e não disse nada. Rosa Maria sabia que no fundo ele a recriminava pelo que fazia e não queria ficar ouvindo seus sermões. Por isso, disse:

– Vamos, Denise, vamos ver os pintinhos novos da galinha ruiva. Você já soube que eles nasceram hoje de manhãzinha?

– Oba! Quero ver os pintinhos da Aretuza! Vamos!

Carlinhos sorriu do nome que Denise colocara na galinha e, ao ver mãe e filha partirem, sentiu um doce sentimento no ar. Orou por elas, pedindo a Deus que as abençoasse sempre, mesmo que não agissem de acordo com as suas leis...

Capítulo 38

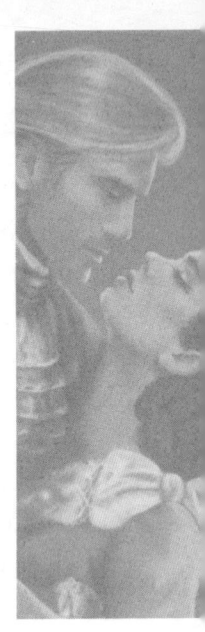

O tempo passou e foi com sofrimento na alma que Rosa Maria deixou Denise no castelo para ser criada por Isabel. A despedida foi triste, mas Rosa Maria não queria que sua filhinha, ainda criança, regressasse à quinta, para não se ver envolvida no clima de orgias que por lá pairava. A menina cresceu cada vez mais em beleza e inteligência e logo descobriria o que se passava ali.

Rosa Maria pretendia contar-lhe a verdade, mas só quando Denise tivesse maturidade para aquilo. Enquanto viveu na quinta, Denise passava mais tempo em contato com a natureza e com os animais do que dentro da casa, mas ainda assim fizera amizade com as meninas que trabalhavam lá, pois era uma criança encantadora e muito doce.

Quando chegou ao castelo, encontrou Isabel e seus três filhos: Maurício com também sete anos, Alda com seis e Zélia com cinco. Logo fez amizade com os três, mas talvez devido aos gostos e à mesma idade, dava-se melhor com Maurício. Os arredores do castelo ofereciam beleza natural farta e rica, e Denise costumava fugir para o mato com Maurício passando por lá horas e horas a brincar.

Contudo, tanto Lúcio quanto Isabel preocupavam-se com o comportamento do primogênito. Maurício era um menino muito

Capítulo 38

normal, mas por vezes tinha crises de abatimento, ficava triste em um canto por horas, sem falar com ninguém, sendo que, em outros momentos, tinha crises de euforia, brincava sem parar, corria pelo castelo e muitas vezes se perdia pelos imensos corredores e salões, e somente Wladimir era quem o encontrava.

Wladimir foi consultado pelo casal e lhe explicou que Maurício era sensitivo, possuía a capacidade de absorver as energias dos encarnados e desencarnados, o que hoje chamamos de médium. Isabel não queria aceitar aquilo, muito menos os avós da criança, que ficaram por demais preocupados. Mas as conversas com Wladimir foram, aos poucos, acalmando o casal. Sempre que o menino ficava cabisbaixo ou enérgico demais, o bruxo fazia-o parar e aplicava-lhe passes dispersivos e calmantes, assim, logo ele voltava ao normal.

Uma tarde, Denise estava na sala com Maurício e as outras irmãs dele brincando de desenhar, tendo mais à frente sentados em poltronas e conversando Lúcio, Isabel, a senhora Tereza e o senhor Januário. De repente, Maurício ficou muito inquieto e começou a pedir:

– Quero papel e lápis! Quero papel e lápis.

Denise explicou:

– Já tem papel e lápis aqui, é só pegar.

Maurício parecia em transe e dizia:

– Quero papel na minha frente e um lápis na minha mão.

Como ele falava alto e com voz alterada, logo todos estavam perto e vendo a estranha cena.

Denise colocou o papel e o lápis e Maurício começou a escrever rapidamente. Em poucos minutos, havia toda uma página escrita. Em seguida, a criança respirou fundo e disse:

– O que foi que aconteceu, Denise? Você está com uma cara espantada...

– Você pediu lápis e papel e escreveu tudo isso, olhe – disse a menina realmente assustada.

– Deixe-me ver – Isabel puxou rapidamente o papel e começou a ler em voz alta para que todos ouvissem:

"Eu a odeio! Odeio porque tomou o Lúcio de mim e me matou mandando me jogar para os crocodilos. Pensa que esqueci? Sou sua sombra, vivo aqui dia e noite só esperando uma hora para me vingar. E tenha certeza de que vou conseguir. Só descansarei quando a vir sofrendo muito, nem que para isso leve toda a eternidade. Garanto que, assim que achar uma oportunidade, você perderá a paz e jamais a recuperará.
Madame Celina."

Isabel foi sentindo tontura, e pavor inexplicável tomou conta de todo o seu ser, o que a fez desmaiar.
Logo Lúcio tomou a carta, leu novamente para ter a certeza de que não tinha sido uma alucinação da esposa, e percebeu que era verdade. O que tinha acontecido ali? Wladimir estava por perto e havia presenciado a cena e, enquanto Isabel era colocada na cama pelos lacaios, ele disse:
– Seu filho recebeu uma carta de um espírito, e esse espírito se chama madame Celina. Maurício tem a capacidade de escrever o que espíritos lhe ditam.
– Mas não pode ser! Isso é um engano! – tornou o senhor Januário, incrédulo.
Wladimir perguntou:
– Vocês já comentaram na frente dele alguma coisa sobre madame Celina?
– Nunca! – disse Lúcio, resoluto. – Até esquecemos que essa mulher um dia existiu.
– Então, não há dúvidas de que o fenômeno foi real. O espírito dessa mulher está aqui no castelo e quer se vingar.
A senhora Tereza tomou-se de pavor intenso:
– Meu Deus! Então, quer dizer que essa Isabel matou madame Celina jogando-a no rio dos crocodilos?

Capítulo 38

As crianças estavam entretidas, já esquecidas do episódio, mas Wladimir, temendo que elas ouvissem algo, chamou-as de volta ao meio do salão.

– Acho melhor que Lúcio conte toda a verdade a você.

Lúcio enrubesceu, mas não havia como negar. O fenômeno espiritual fora muito real. Sentou-se junto com os pais e explicou o que Isabel havia feito. Ambos se horrorizaram, mas ao final concordaram que não havia mesmo outra saída para ela.

Isabel acordou chamando por Lúcio, e Belarmina correu a chamá-lo. Lúcio foi ao quarto e ela o abraçou temerosa:

– E agora? O que faremos com essa alma penada aqui? Estou com medo. Bem que Wladimir me avisou que ela voltaria para se vingar. Tenho medo de acontecer comigo novamente o que aconteceu quando Pedro veio aqui para me cobrar. Ajude-me, Lúcio. Não me deixe só.

Era nítido o pavor de Isabel. Lúcio não sabia o que fazer e pediu que Belarmina chamasse Wladimir imediatamente. Quando ele chegou, Isabel atirou-se em seus braços chorando e pedindo socorro, ao que ele disse:

– Tenha calma, senhora. Madame Celina só conseguirá lhe atingir se a senhora der abertura. Na carta, ela disse que está esperando essa hora chegar, isso é sinal de que a senhora está bem mentalmente, com boa moral e, embora tenha a mancha de um crime pairando em sua aura, Deus deve ter-lhe dado alguma atenuante, pois do contrário provavelmente já estaria em total desequilíbrio. Esse fato aconteceu há sete anos e se até agora ela nada conseguiu, é porque a senhora tem proteção. Agora, se começar a se desesperar e alimentar o medo, facilmente ela vai lhe atingir.

– Mas eu sou uma criminosa, como é que Deus pode estar me dando proteção?

– Nós não sabemos tudo sobre Deus e estamos longe de saber, acredito mesmo que nunca saberemos todos os mistérios da divindade. Contudo, eu acredito que seu crime não tenha sido motivado por uma coisa vã. A senhora o cometeu para proteger as pessoas que mais gostava, acredito que Deus tenha visto suas intenções e lhe dado atenuantes que impedem madame Celina de se aproximar e se vingar. Um crime, um assassinato, são atos erradíssimos e um dia a senhora terá de voltar à Terra para reparar esse crime, mas em todas as coisas Deus vê as intenções e é por isso que não podemos julgar nada, pois só Deus conhece o íntimo de suas criaturas. Fique em paz, sem preocupações, ore muito, peça perdão à madame Celina, e tenho certeza de que ela nunca vai conseguir lhe fazer mal algum. É tudo que a senhora pode fazer.

Isabel acalmou-se um pouco e quando Wladimir percebeu que ela queria ficar a sós com o marido, retirou-se do quarto. Chegou ao salão onde as crianças brincavam e começou a observar Denise com profundidade. Ela era linda, e Wladimir havia se encantado por sua figura assim que a viu chegar ao castelo pela primeira vez. Ele era um homem reservado no amor. Quando sentia necessidades físicas, ele procurava alguma serviçal do palácio ou camponesa, mas amor nunca havia sentido. Mas, desde então, era diferente. Seu coração amou Denise assim que ele a viu pela primeira vez. Contudo, Denise ainda tinha sete anos, e ele a esperaria crescer para conquistá-la, mesmo sendo trinta anos mais velho. Continuou a olhá-la embevecido e em seguida retirou-se para seus aposentos jurando que Denise jamais seria de outro homem.

Isabel resolveu seguir o conselho de Wladimir e foi se modificando. Fazia constantes orações vindas da alma e pedia perdão sincero à madame Celina pelo ato do qual estava totalmente arrependida. Se fosse naquele momento, não mais a mataria, a encerraria na torre e a deixaria lá para sempre, mas com vida.

Aquela mudança de postura irritou sobremaneira a ex-cafetina, que passou a ficar agressiva com Enzo:

– Então, ficamos aqui esse tempo todo para perdemos a parada? Você é mesmo um fraco, olhe só para aquela capa de proteção azulada em torno de Isabel. Nem sequer consigo mais chegar perto dela.

Capítulo 38

– É um risco que nós corríamos, mas a culpa foi toda sua, quem mandou escrever aquela carta através do menino? Várias vezes mandei você conter seus impulsos, e agora viu que eles a prejudicaram. Se não tivesse escrito nada, ninguém saberia que você estava aqui à espreita para se vingar.

Ela rangeu os dentes com ódio:

– Malditos, malditos!

O ódio de madame Celina foi tanto que seu corpo começou a se transformar.

Enzo, que esperava aquele momento com ansiedade, aproveitou e começou a hipnotizá-la:

– Você tem muito ódio, Celina! Muito! Sinta cada vez mais ódio!

Ela parecia obedecer ao comando, e ele prosseguia:

– Você está se transformando numa cadela feroz e valente. Você é uma cadela feroz, muito feroz. Seus dentes são afiados e suas patas são fortes e grandes.

Madame Celina, movida pelo ódio, obedecia cegamente aos comandos hipnóticos de Enzo. Ele prosseguiu e depois de algumas horas, madame Celina havia ganhado a aparência de uma cadela grande, raivosa, com dentes e unhas afiadas e grandes. Ela latia e uivava sem parar.

Enzo, com brilho de satisfação no olhar, pegou uma espécie de coleira e a prendeu dizendo:

– Agora será minha escrava para o resto da eternidade. Finalmente, consegui o que queria. Demorou, mas valeu a pena! Pensa que esqueci quando, no Império Romano, sobre o comando de Graco, você me traiu e ainda fez com que me jogassem na arena onde fui devorado por leões? Maldita mulher que amei pela vida toda e me traiu insensivelmente. Menti, dizendo que tinha uma vingança contra Isabel, que na realidade nem sei quem é, e ela fez certo matando-a. Você caiu nas minhas garras e agora será minha cadela nos meus aposentos e eu a farei sofrer para sempre.

Enzo, transformando-se naquele espírito com aspecto vampiresco, saiu arrastando madame Celina pela coleira, enquanto ela, movida pelo ódio, latia e grunhia incessantemente. Aos poucos, saíram do castelo e no meio de uma estrada de terra, Enzo encontrou um buraco invisível aos olhos humanos e lá mergulhou com ela para nunca mais voltar.

É isso o que acontece com todos aqueles que não aplicam o ensinamento de Jesus: "Perdoai setenta vezes sete", e se lançam em uma vingança. Acabam sempre vítimas do próprio ódio. Será assim até o homem aprender que, acima de tudo, o mais importante é perdoar e se livrar de todo o mal.

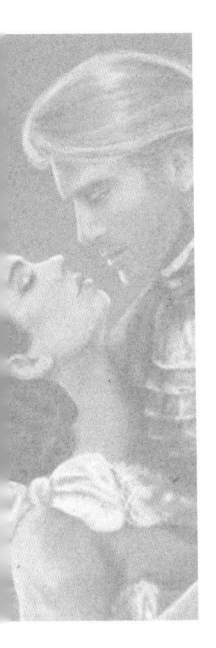

Capítulo 39

Denise estava impaciente. Havia mais de duas horas que estava parada, de pé, rodeada de costureiras, bordadeiras, alfaiates e pajens que a ajudavam na prova do magnífico vestido que usaria na sua festa de quinze anos, na qual seria apresentada à sociedade lusitana, em uma comemoração requintada como nunca Isabel havia feito antes.

O seu vestido da mais pura seda rosa-claro, era todo bordado em fios de ouro, formando motivos de flores com pétalas confeccionadas na mais pura prata, ricamente decoradas com pedras preciosas.

Isabel fez questão de lhe dar de presente de aniversário um solitário de diamante negro, que Lúcio havia subtraído do tesouro escondido, do qual Isabel já sabia da existência. Algumas horas depois, a prova terminou, e os alfaiates disseram que estava perfeito. Denise saiu do quarto impaciente procurando por Maurício, que se encontrava no terraço lendo um livro.

– Ah, que prova chata! – disse suspirando. – Pensei que não fosse acabar mais. E olhe que foi a oitava vez que provei esse vestido.

Maurício sorriu, fechando o livro.

— Vocês mulheres são engraçadas, querem toda a perfeição, mas são impacientes. Não sabe que a perfeição exige paciência?

Ela fez ar de descaso:

— Paciência demais não consigo ter. Não suporto esperar.

Maurício mudou de assunto:

— Soube que sua mãe e sua tia estarão presentes no evento – riu Maurício. – Vai ser um escândalo para a sociedade. Minha mãe é mesmo corajosa. Vai colocar tia Isabel e tia Elisa nas cadeiras do centro, junto com ela e papai. Todos terão de cumprimentá-las e ainda beijar-lhes as mãos.

Denise riu também:

— Tia Isabel é o símbolo da coragem. Vai fazer a sociedade frívola e hipócrita desse país se curvar a duas cafetinas.

— Isso é muito bom, acho que esses costumes da nossa sociedade são antiquados. Que é que tem uma mulher ser cafetina? Deve ser bem divertido ter um bordel. Sou louco para ir lá, mas papai proibiu.

— Você pode ir escondido, seu bobo – Denise calou-se um pouco e seus olhos perderam-se no horizonte. – Eu penso como você. No começo, estranhei essa escolha de mamãe de ser cafetina, mas hoje penso que não seja nada demais. É uma profissão como outra qualquer.

— Isso mesmo, Denise, não seja arcaica. Tudo é normal. E um dia ainda vou lá conhecer, matar minha curiosidade. Tia Elisa me disse que há uma espécie de teto móvel de onde descem mulheres nuas, fazendo poses sensuais, cantando e dançando muito – Maurício riu, inebriado só de pensar na cena.

— Mas você é um depravado mesmo, hein? Não sei a quem saiu.

— À tia Elisa – ele riu gostosamente quando viu que o clima havia mudado com a chegada sorrateira de Wladimir.

Denise fechou o semblante em desagrado:

— O que quer aqui?

— Vim fazer companhia a vocês. Adoro o papo de jovens.

Capítulo 39

– Você é velho demais para se meter em nossas conversas – tornou Denise com rispidez.

– Não me trate assim, senhorita, sabe o quanto a aprecio...

– Mas, eu não gosto nem um pouco de você, nem da forma como me olha. Já falei a Maurício que você me disse aquelas coisas ousadas, se continuar contarei tudo à tia Isabel e você será expulso daqui.

Maurício interveio:

– Deixe-nos a sós, Wladimir, por favor.

A ordem era bastante imperativa, e o bruxo saiu com raiva. Nunca conseguia se aproximar de Denise. Não estava tendo alternativa a não ser fazer uma magia para que ela se apaixonasse por ele. Não era isso que Wladimir queria, o que ele desejava era que a moça caísse de amores por ele, espontaneamente, mas parecia que aquilo não iria ocorrer, então ele recorreria ao que sabia fazer de melhor: sortilégios e encantamentos.

Novamente a sós com o primo, Denise retorquiu:

– Mas, esse velhote não se enxerga mesmo, hein? Teve a ousadia de me convidar para ir ao seu quarto. Imagina se tia Isabel sabe disso?

– Nem conte à mamãe, é capaz dela mandar matá-lo.

Denise arrepiou-se:

– Não quero ser responsável por uma morte, não contarei nada, mas se ele continuar, não terei outra solução.

Maurício calou-se um pouco e disse:

– Denise, aconteceu de novo.

– Não me diga! Que dia foi?

– Ontem. Ele chegou e passou duas horas me ditando essas páginas, olhe aqui.

Maurício abriu uma pasta cheia de papéis com letras muito pouco legíveis, mas possíveis de ser entendidas se fossem observadas com paciência.

Denise começou a ler e exultou:

— Então, ele está continuando a história da moça que se matou por causa do conde russo. Essa história é linda!

— Sim, bonita é, mas eu tenho medo. Ele toma minha mão e eu não consigo controlá-la. No final, não diz nada e só assina com a letra H.

— Ah, a letra H deve ser a inicial do nome dele.

— Você fala como se tivesse falando de alguém normal. Estamos falando de um espírito!

— E o que tem isso de anormal? O Wladimir já explicou que os espíritos são seres humanos que já viveram aqui na Terra e que, ao morrerem, continuam vivos na outra dimensão.

— Eu sei, mas ele fica me aconselhando e dizendo para eu não fazer mais aquelas coisas... Você sabe o que é.

— Sei sim, mas não ligue para esses conselhos, deve ser um espírito velho e careta.

Ambos riram e a conversa foi interrompida por Isabel que acabava de entrar no terraço:

— Sinto interromper esse colóquio tão agradável, mas já passa do meio-dia e Denise precisa se arrumar. Só para vestir o vestido, leva mais de uma hora. Vamos, Denise, siga-me, quero que esteja mais linda do que nunca hoje à noite.

Denise seguiu a tia com desagrado. Gostava de se arrumar, mas aquelas coisas muito demoradas e cheias de adereços ela detestava, preferia vestir coisas mais simples, mas Isabel insistia que as mulheres deveriam andar sempre no mais alto luxo.

Maurício ficou sozinho por um tempo, depois se retirou para o quarto a fim de reler novamente a continuação da história que o espírito estava escrevendo.

A noite chegou e Portugal vivia um agradável tempo de verão. Os portões do castelo estavam abertos de par em par, e a mais fina sociedade começava a aparecer. Ao som de afiados violinos, o clima era de extrema elegância, luxo e requinte. O tempo passara, mas Isabel e Lúcio continuavam tão lindos quanto antes. O mesmo poderia se dizer de Rosa Maria e tia Elisa. Enquanto Rosa se manteve bonita e conservada, tia Elisa, apesar de já estar com 75 anos, parecia haver remoçado. Emagrecera, estava elegante, com olhos muito vívidos, sendo abanada por um grande leque nas mãos de Antônio, que agora morava com ela.

Rosa Maria se sentia uma deusa sendo cumprimentada pelas pessoas que a odiavam e falavam mal de sua quinta. Isabel era riquíssima e influente, e todos teriam de obedecer ao protocolo e beijar a mão de Rosa Maria, como a dona do castelo ordenava.

A um sinal de Isabel, os violinos pararam e ela elevou um pouco a voz:

– Agora, vocês conhecerão Denise de Alcântara, minha sobrinha, filha de Madame Rosa Maria, minha filha do coração. Eu que a eduquei e agora a apresento à nossa bela sociedade. Eu e Lúcio estamos oferecendo um dote cinco vezes maior do que o maior dote já dado por uma família de Portugal, ao homem que encantar seu coração. Notem bem, não é o homem quem a escolherá, mas será minha sobrinha quem o vai escolher conforme sua preferência. Que desça Denise de Alcântara.

Os violinos recomeçaram a tocar, e Denise, auxiliada por quatro serviçais, desceu majestosamente a longa escadaria. Todos comentavam que nunca viram beleza tão majestosa na vida. Denise realmente era o que se podia chamar de beleza rara. No pé da escada, estava Lúcio, belíssimo, a esperá-la.

Ao som clássico dos violinos, um a um, os casais mais tradicionais e ricos de Portugal eram apresentados à moça, que estava extasiada com tanto requinte e beleza. Era Bóris quem os apresentava:

– Este é o casal Gumercindo e Betânia de Souza Moraes, trazem com eles seus lindos filhos, Henrique de Souza Moraes e Verônica de Souza Moraes.

– Prazer e parabéns, minha cara senhorita – disse Gumercindo, sendo seguido pela mulher e filhos.

Seguiram-se outros casais, sem que Denise se empolgasse com nenhum dos rapazes que aparecia. Maurício a olhava de lado, e ela percebia que ele se divertia com suas recusas.

Um novo casal aproximou-se e Denise estava distraída olhando para Maurício que lhe fazia sinais engraçados.

— Este é o casal Gilberto de Menezes, sua esposa Elvira de Menezes e suas duas lindas filhas, Paloma de Menezes e Lúcia de Menezes.

Denise não estava prestando atenção até que Bóris a apertou de leve no braço:

— Senhorita, mais um casal.

Assim que Denise virou o rosto e olhou para Gilberto, sentiu uma emoção tão forte que quase desmaiou. Seu coração acelerou, seu rosto cobriu-se de rubor e ela trêmula estendeu-lhe a mão.

Gilberto, com o coração descompassado por ver tão linda criatura, sentiu seu coração ser mexido até as fibras mais íntimas, percebeu que ela sentira o mesmo, mas procurou disfarçar, beijando sua mão com delicadeza:

— Prazer e parabéns, senhorita!

— O prazer é meu — disse Denise pela primeira vez a um convidado.

Em seguida, quando a família ia saindo, Denise, dominada por intensa emoção, sentiu grande tontura. Vendo que a moça ia desmaiar, Gilberto a pegou nos braços e a conduziu a uma cadeira próxima.

Isabel e Rosa Maria correram para perto, enquanto Bóris a abanava com um leque.

— O que foi, minha querida? Que sente? — tornou Isabel, preocupada.

— Que tem, minha filha? Não nos deixe preocupadas — tornou Rosa Maria, pálida, achando que a filha tivesse adoecido de repente.

Denise abriu os olhos e viu Gilberto à sua frente. Aos poucos, foi recobrando mais os sentidos e disse:

— Acho que foi um pequeno mal-estar por ficar de pé tanto tempo. Preciso me recompor.

Capítulo 39

— Mas, tem uma fila ainda grande esperando para conhecê-la, filha — tornou Isabel, preocupada com as etiquetas sociais.

— Não, agora não, preciso me recompor. Maurício, venha comigo até meus aposentos.

O primo a seguiu escada acima enquanto Isabel desculpava-se pedindo que esperassem a aniversariante. Todos começaram a comentar, pois além de Isabel ter tido a ousadia de dizer que era sua sobrinha quem iria escolher um homem, ainda a viram subir para o quarto acompanhada de um rapaz, mesmo que fossem primos.

Era falta de decoro, pois segundo as normas, era o homem quem escolhia a mulher, e uma moça jamais poderia ficar sozinha em seu quarto com outro homem que não fosse seu legítimo esposo. Mas Isabel era rica e famosa, e ninguém se atrevia a dizer nada. Muitos ali tinham negócios com Lúcio, que, naqueles anos havia se transformado em agiota, emprestando dinheiro a juros altíssimos a famílias tradicionais e famosas, que estavam na ruína financeira. Lúcio e Isabel mandavam e desmandavam porque tinham muito dinheiro, e todos teriam de aceitar.

No quarto com Maurício, Denise estava à beira da loucura:

— Maurício, ele é lindo! É o homem mais lindo que já vi na vida! É ele que quero.

— Mas, Denise, você só pode ter enlouquecido. Gilberto é mais velho que você, é casado e tem duas filhas da sua idade. Não é você que vive chamando Wladimir de velhote?

— Mas é diferente, Gilberto é belo, e meu coração já lhe pertence.

— Mas ele é casado.

— Não importa! Tia Isabel é muito poderosa e vai encontrar um jeito de separá-lo da esposa — olhou para o primo e pegou em suas mãos. — Eu tenho certeza de que ele também se apaixonou por mim, eu vi. Esse homem tem de ser meu.

Maurício estava assustado, nunca tinha visto Denise agir daquela maneira.

– De qualquer forma, você precisa agora se acalmar e voltar à festa, vamos, vou chamar uma maquiadora e um dos arrumadores para recompô-la.

Ela percebeu que não havia outro jeito a não ser concordar.

– Eu desço, mas a valsa dançarei com ele.

– Você está louca? Será um escândalo!

– Não me importo. Mande chamar a maquiadora e a costureira. Ou danço com ele, ou não me chamo Denise.

Maurício não tinha mais como argumentar e saiu. Meia hora depois, Denise já estava de volta ao salão, recebendo o restante dos convidados com muito enfado. Quando chegou a hora da valsa, Isabel tomou a frente e, chamando Denise para junto de si, disse:

– Minha sobrinha vai escolher um rapaz para valsar com ela, quem sabe não é esse o dono de seu coração? E então, querida? Quem escolhe?

Muito altiva e dona de si, Denise disse em voz mais alta que o habitual:

– Eu escolho Gilberto.

Isabel não entendeu:

– Mas quem é Gilberto? Não há nenhum rapaz aqui com esse nome, minha querida. Não está enganada?

– Não, minha querida tia. Eu escolho o Gilberto de Menezes.

Dizendo isso, tirou os braços do braço da tia e ela mesma aproximou-se de Gilberto tirando-o, com um gesto de mão, para dançar.

Aquela atitude causou um rebuliço entre os convidados, e Gilberto não sabia se ia ou não. Elvira, sua esposa, vendo o embaraço do marido e vendo em Denise uma atitude adolescente de insistência, disse com calma:

– Vá, querido, não deixe a moça esperando.

Não teve alternativa para Gilberto a não ser ir com Denise para o centro do salão e dançar toda a valsa. Em meio à música, ela tomou uma atitude ousada. Puxou-o para mais perto de si e disse com suavidade:

— Quero-o para mim. A partir desta noite, tudo farei para que seja meu.

Ele, ruborizado pela ousadia da moça, rebateu:

— Não diga isso, Denise, você é jovem e eu um homem mais velho e casado.

— Não importa, Gilberto. Não vê que o amei desde a primeira vez que o vi?

— Eu também senti a mesma coisa, Denise, mas nosso amor é proibido e só traria sofrimentos.

— Pois, eu o tornarei possível. Você verá.

A dança terminou, e Gilberto voltou para perto da família. Paloma comentou:

— Que honra para o senhor dançar com a aniversariante!

— Ela é linda! – disse Lúcia, empolgada.

Elvira tornou rindo:

— Olha só como são essas adolescentes, vão logo se encantar por um homem mais velho.

— A senhora não sente ciúmes, mamãe? – tornou Paloma, maliciosa.

Elvira riu e respondeu:

— Confio em seu pai e sei que Denise nada sentiu por ele a não ser carinho fraternal. Sei de sua história. Denise foi abandonada pelo pai ainda na barriga da mãe. É natural que nessa idade tão bonita, uma moça queira dançar sua valsa com o pai. Na falta dele, ela chamou o Gilberto, tudo muito natural.

As meninas concordaram e logo viram Denise se aproximar, pegando nas mãos de Elvira:

— Obrigada, senhora, por ter permitido que seu marido dançasse comigo.

— Não foi nada, Denise, compreendo você.

As duas se abraçaram, e ela piscou o olho para Gilberto, que tentava conter o receio de que uma das filhas percebesse o que Denise queria de verdade.

O baile prosseguiu até que, altas horas da madrugada, tudo se encerrou. Naquele resto de noite, Denise não conseguiu dormir, muito menos Gilberto. Um pensava no outro com intensidade. Ela, louca pela aventura, ele, a desejando mais que tudo, mas com muito medo do futuro.

Capítulo 40

Denise acordou tarde no dia seguinte e todos já tinham almoçado. Assim que ela fez sua lauta refeição na cama, arrumou-se com esmero e foi procurar por Maurício.

– Está na cozinha conversando com as cozinheiras – respondeu uma serva.

– Conversando o quê?

– Não sei, senhora, mas todas elas estão muito distraídas ao redor dele.

Só podia ser o que Denise estava pensando. Maurício não tomava mesmo jeito. Foi para a cozinha e lá estava ele sentado em uma mesa grande com uma das servas à sua frente e um baralho aberto sobre a mesa. Ele olhava a serva e dizia:

– Seu marido realmente está com outra. Ela é morena como você, mas é mais velha e casada. Ele vai lhe deixar por ela, pois está grávida e terá um menino.

A serva começou a chorar em desespero:

– É só isso que vê para mim?

Ele olhou para o baralho mais uma vez e disse:

– Esta outra carta mostra que um nobre velho vai se interessar por você aqui no castelo em uma das festas. Se quiser poderá refazer sua vida com ele.

Mas, a serva, chorosa e indignada, saiu do recinto enxugando as lágrimas. Outra ia se sentar quando a voz de Denise fez-se ouvir:

— Pare com isso, Maurício! Agora!

Ele se virou assustado, recolheu as cartas e saiu rapidamente da cozinha, pegando Denise pelo braço:

— Como ousa fazer isso?

— Você sabe que não pode ficar por aí adivinhando o futuro. O espírito de luz que o protege disse que é prejudicial para você, que sua função é escrever as histórias que ele dita.

— Não é você mesma que diz que esse espírito deve ser velho e arcaico?

— Digo isso por brincadeira, tenho medo de que algo ruim aconteça com você.

— O que pode acontecer comigo?

— Sei lá, o Wladimir disse que, se não obedecermos aos seres da luz, poderemos ser atacados pelos espíritos maus que rondam por aí.

— Não tenho medo disso e vou continuar lendo o futuro com esse baralho cigano que Tia Elisa me deu.

Denise percebeu que não adiantaria tentar, por isso mudou de assunto e foi logo ao que lhe interessava:

— Quero que você procure o tio Lúcio e peça a ele o endereço do Gilberto para mim.

— Não farei isso. Papai é muito bravo e não vai me dar.

— Ora, pois diga que é porque está interessado em Paloma.

— Ele não vai acreditar, todo mundo sabe que eu vivo a sonhar com a Fabiana Coutinho.

— Mas, um homem pode gostar de muitas mulheres, vá lá e diga que quer fazer a corte à Paloma.

— Mas, o que você quer fazer na casa de Gilberto?

Denise, girando delicada bolsinha que tinha nas mãos, combinando com seu lindo vestido de brocado, disse com malícia:

— Vou lá a pretexto de fazer amizade com Paloma e Lúcia, mas na verdade pretendo deixar nas mãos de Gilberto um bilhete

Capítulo 40

marcando um encontro para a noite no jardim das tílias, perto do Tejo. Tenho certeza de que ele irá e cederá aos meus encantos.

– Você enlouqueceu, minha prima – disse Maurício, assustado com a ousadia da prima.

– Enlouqueci de amor, e se você não conseguir esse endereço o mais rápido possível, conto ao tio Lúcio que você anda lendo a sorte das pessoas do castelo. Quero ver o castigo que ele vai te dar.

Temendo que a prima realmente cumprisse a promessa, Maurício foi, demorou quase meia hora e depois chegou encontrando-a impaciente:

– Pensei que não fosse mais voltar.

– Sabe como é papai, me fez um monte de perguntas. Aqui está o endereço.

Denise pegou o papel e nem mesmo se despediu do primo, saiu rápida, procurou Isabel e pediu que ela liberasse um cocheiro e uma carruagem para que ela desse um passeio pelas cercanias do castelo.

Em pouco tempo, Denise estava chegando em frente ao palacete dos Menezes. Tocou o sino e uma criada veio atender.

– Diga à senhora Elvira que é Denise de Alcântara, gostaria de falar com Paloma e Lúcia.

A criada entrou e em poucos minutos, Elvira surgiu na porta junto com as duas filhas.

– Mas que surpresa, Denise. O que a trouxe aqui? – perguntou Elvira, amorosa e feliz com a visita.

– Oh, perdoe-me não ter avisado antes como de praxe, mas hoje é domingo e me senti muito solitária naquele castelo. Gostei de suas filhas e queria muito fazer amizade com moças jovens e saudáveis como elas.

Paloma e Lúcia, que estavam próximas, sorriram felizes.

– Entre e fique à vontade.

Denise entrou e se emocionou ao estar dentro da casa onde o homem que amava vivia há tantos anos. Foi-lhe duro ver retratos da família feliz pendurados na parede, mas ela disfarçou bem. Após ser oferecido um lanche, ocasião em que as quatro conversavam animadamente, Denise perguntou como que por acaso:

– Onde está o senhor Gilberto? Acaso aproveitou o domingo para caçar?

– Não! Gilberto não gosta de caçar, é um homem muito caseiro e aprecia estar com a família. Passa a semana tomando conta da fazenda do pai, mas aos sábados e domingos fica conosco no recesso do lar – explicou Elvira, com calma. – Agora está fazendo a cesta, logo acordará e poderá conversar conosco.

A conversa se estendeu sobre banalidades, até que Paloma resolveu abrir o piano e tocar algumas músicas para a visitante e nova amiga. Assim que a música soou no ambiente, Gilberto apareceu muito bem vestido, cabelos penteados para trás e um belo sorriso no rosto. Ao ver Denise, tomou grande susto que foi percebido pela esposa:

– Não estranhe a Denise aqui, ela se sentiu solitária no castelo e resolveu nos fazer uma visita a fim de criar amizade com nossas filhas. Veja como estão felizes.

Gilberto beijou a mão de Denise, que corou levemente, mas disfarçou bem:

– Obrigado pela visita, senhorita, seja bem-vinda à nossa casa.
– Muito obrigada.

Gilberto sentou-se próximo a ela e passou a ouvir as canções que Paloma tirava do piano, com maestria. Sem que ninguém percebesse, Denise tirou pequeno pedaço de papel por baixo dos panos de seu vestido e foi encostando-o nas mãos de Gilberto, que logo percebeu o que estava acontecendo. Pegou o bilhete com rapidez e escondeu no bolso.

Passava das cinco quando ela finalmente foi embora, acenando com alegria para todos de dentro de sua carruagem.

Assim que pôde ficar sozinho, Gilberto abriu o bilhete e leu:

"Meu amor, estarei esperando-o às dezenove horas, sem falta, no jardim das tílias, perto do Tejo. Não falte. Da sua amada: Denise".

Capítulo 40

Gilberto sentiu o sangue ferver. Era uma loucura tudo aquilo, mas ele não podia mais negar que amava aquela moça mais que tudo na vida e não poderia resistir a ela. Mil questionamentos passavam por sua cabeça: "Por que não a conhecera antes?", "Por que viera conhecer logo agora que estava casado com uma mulher maravilhosa e possuía duas filhas lindas que o amavam tanto?" Gilberto concluiu que não teria respostas para aquelas perguntas. O que sabia realmente era que queria Denise em seus braços e nada importaria para tê-la.

Naquele momento, Gilberto e Denise cometiam grave erro que só o futuro se encarregaria de corrigir. Ele, como homem casado, deveria resistir à tentação e, antes de iniciar uma nova relação, terminar a primeira com dignidade. Mas, só deveria terminar o casamento se tivesse a certeza viva de que não amava mais a esposa e de que não poderia lhe dar mais felicidade. Muitos são os que terminam relações sinceras e verdadeiras para ir em busca das ilusões, representadas por rostos bonitos, corpos jovens e esculturais que despertam paixões, mas não trazem a verdadeira felicidade. Fazem isso baseados em crises conjugais banais e passageiras, sem perceber que o tempo daria a solução para os problemas sem a necessidade de terminar uma família. A separação conjugal só é aceita por Deus quando não existe mais afeto sincero, nem amor suficiente para se manter uma relação dentro do respeito que ela exige. Nesses casos, a separação é legítima, pois só separa o que na verdade nunca foi unido. Mas, as leis divinas cobram sempre aqueles que se separam com base nas futilidades da matéria, mesmo tendo sentimento pela família e ainda condições de melhorar a vida conjugal.

Gilberto nunca amara Elvira de verdade, casou-se por imposição da família no intuito de unir fortunas, então reencontrara o amor de vidas passadas, podendo separar-se da esposa e unir-se a ela com as bênçãos divinas, mas sem jamais trair ou abandonar a família para sempre, como muitos fazem. Com esta separação,

Elvira teria a chance de perceber que poderia reconstruir a própria vida, viver por si mesma, descobrindo potenciais que ignorava, depois que casou e assumiu o papel de esposa. Paloma e Lúcia teriam a chance de rever conceitos sobre posse, entendendo que, por estar separado, Gilberto não deixaria de amá-las e protegê-las, como sempre fez. Entenderia que um casamento só deve acontecer quando existe amor verdadeiro e, compreendendo isso, fugiriam da hipocrisia e do falso moralismo da sociedade.

Mas, Gilberto estava caindo nas malhas da traição e, movido pela paixão, se envolveria com Denise, mesmo na condição de casado.

Capítulo 41

Ao chegar ao castelo, Denise procurou a tia para conversar e ambas foram para o terraço.

– Tia, pela demora dá para perceber que não fiz um simples passeio pelas cercanias.

– Era isso mesmo que ia perguntar quando chegou. Aonde foi?

– Não posso negar nada à senhora que amo tanto quanto à minha mãe. Estou perdidamente apaixonada por Gilberto de Menezes e quero ter esse homem para mim, custe o que custar.

Isabel corou:

– Mas como isso foi acontecer? Esse homem tem idade para ser seu pai. Não é a pessoa que sonhei para você, e ainda por cima é casado. Jamais aceitarei que se relacione com ele.

Denise ficou com receio de que a tia interferisse em sua relação, mas sabia que Isabel era compreensiva e iria entender seus sentimentos e argumentou:

– Por favor, tia, não me deixe viver infeliz com outro homem. Deve ser horrível ter de se deitar todas as noites com um homem que a gente não ama nem sente nada. Não me encantei por nenhum jovem, só Gilberto fez vibrar meu coração.

Isabel sabia que Denise estava realmente apaixonada, mas não podia concordar com aquilo.

– Não, você não vai mais sair do castelo. Está proibida!

– Escute, tia, hoje à tarde fui à casa dele e deixei-lhe um bilhete marcando um encontro para as dezenove horas no jardim das tílias. Deixe-me ir ou voltarei a viver com minha mãe no bordel.

Denise dissera aquilo com voz grave, e Isabel teve medo:

– Está me desafiando, menina?

– Não, tia, estou simplesmente dizendo que se a senhora não me deixar viver esse amor, saio daqui e vou viver com minha mãe novamente. Ela certamente me entenderá e me dará toda liberdade.

Era bem possível que Rosa Maria apoiasse aquela relação, pois sendo cafetina e vivendo influenciada pelos pensamentos licenciosos de tia Elisa, tudo para ela se tornara extremamente normal. O que fazer? Isabel entrou em conflito íntimo. Se contasse a Lúcio, seria pior, pois ele tomaria atitudes drásticas e Isabel não gostaria de ver sua sobrinha sofrer, mas por outro lado, sabia que Gilberto a faria sofrer muito mais, pois jamais abandonaria esposa e filhas para ficar com Denise, que acabaria falada em toda corte.

– Eu não posso deixar que vá a esse encontro. O que você pensa que vai conseguir com Gilberto? Ele é casado, nunca abandonará a família por você.

– Eu tenho certeza de que, se a senhora me ajudar, ele abandona sim.

– Como assim? – perguntou Isabel, curiosa.

– Eu traço um plano e a senhora me ajuda, agora deixe-me ir, preciso me encontrar com ele.

Não havia jeito. Isabel conhecia Denise desde criança e não havia como fazê-la desistir do seu intento. Além de tudo, ela era rica e havia oferecido um portentoso dote a qualquer rapaz que quisesse casar-se com a sobrinha. Com aquele dinheiro, não faltariam pretendentes, mesmo tendo Denise sido desonrada e amante de um homem casado. Passou a ver a sobrinha como ela havia sido

Capítulo 41

no passado: uma moça jovem, linda, sedenta pelas aventuras da vida. Mudou de pensamento e disse:

– Tudo bem, mas tome cuidado e não se entregue com facilidade. Se Gilberto a amar de verdade, darei um jeito para que se separe da família e viva com você.

Denise deu vários saltos de felicidade e beijou a tia várias vezes no rosto saindo em seguida para se arrumar. Isabel sabia que tempestades viriam, mas ela, com o dinheiro e a posição que possuía, com certeza daria um jeito em tudo.

Quem não gostou nada de tudo o que ouviu foi Wladimir, que, por detrás de uma das colunas de mármore, ouvira a conversa na íntegra. Seu corpo todo se roía de ciúmes e ele não sabia mais o que fazer. Tentara conquistar Denise através da magia, mas seus guias o haviam avisado que ele nada conseguiria, pois a moça estava imbuída pela chama do amor verdadeiro, e ele não alcançaria seu intento, por mais práticas mágicas que utilizasse.

Contudo, ele não poderia ficar sem ela, teria de possuí-la. Naquele momento, lhe veio uma ideia e ele resolveu segui-la.

Antes das dezenove horas, Gilberto já se encontrava no jardim. Dissera à esposa e às filhas que iria visitar um amigo doente e que não teria horas para voltar. Intimamente, Gilberto sentia um pouco de remorso por estar cometendo uma traição, mas ele nunca tinha sido tão fiel assim. Vez por outra saía com uma prostituta. Mas agora era sério, estava apaixonado por Denise, apesar de tê-la visto apenas duas vezes, e aquela paixão havia tomado conta de todo o seu ser.

Foi com ansiedade que a esperou chegar. Denise foi surgindo no meio do jardim escuro com um pequeno lampião à mão e quando o encontrou, jogou-se nos seus braços com paixão e amor. Um beijo ardente e carregado de sentimento selou a união de ambos.

Não havia palavras para traduzir o que ambos sentiam naquele momento, mas procuraram não pensar em mais nada. Jogaram-se na relva e amaram-se o máximo que puderam.

Quando saíram dali, horas mais tarde, tinham a certeza de que tudo fariam para ficarem juntos, ainda que fossem ferir ou machucar outras pessoas.

O tempo foi passando e a amizade entre Paloma, Lúcia, Elvira e Denise foi se estreitando. A pretexto de averiguar como estava a vida do casal, Denise sempre ia à casa da rival especular como andavam as coisas. Uma tarde, enquanto Paloma dedilhava uma bela canção ao piano e Lúcia cantava acompanhando, Elvira disse a Denise:

— Estou me sentindo muito infeliz, querida.

— Por que, senhora Elvira? Tem um marido ótimo, filhas inteligentes e lindas. Não há motivos para estar infeliz.

— Sei que é jovem e não entende muito dessas coisas, mas meu marido, que tanto amo, já não é mais o mesmo comigo. Não tem mais carinho, anda frio e distante.

Denise exultou, era isso mesmo que queria. Quanto mais Gilberto ficava frio com Elvira, mais sabia que ele a amava. Tentou ajudar, sendo falsa:

— Não se preocupe. Tenho apenas quinze anos, mas sei de muitas coisas. Minha tia me conta que há fases em que o marido esfria com a mulher, é normal. Logo, ele estará com a senhora como antes.

— Sei não, minha querida, acho que ele está com uma amante.

Ela fingiu surpresa:

— Amante? Mas o senhor Gilberto é tão discreto! Não creio que seja isso.

— Mas é a única explicação para toda essa frieza.

— E se for mesmo verdade, o que a senhora fará? – perguntou Denise, na tentativa de se precaver.

— Nada farei. Eu me sentirei muito magoada porque ele não teve a coragem de ser sincero e me dizer a verdade.

— Quer dizer que a senhora aceitaria naturalmente uma traição se seu marido lhe contasse? – Denise sentiu-se preocupada, pois Elvira parecia ser uma mulher diferente, daquelas que

Capítulo 41

aceitavam tudo com passividade. Naqueles tempos em que viviam, a sociedade estava passando por algumas mudanças. As mulheres estavam, aos poucos, deixando de ser submissas para assumir a própria vida. Contava que Elvira fosse uma dessas e deixaria seu caminho livre quando soubesse que estava sendo traída.

– Não aceito naturalmente. Acho que em um casamento, para ser verdadeiro, deve existir fidelidade total entre os cônjuges, uma traição revela que o amor acabou e não há mais motivos para continuarem juntos.

Denise alegrou-se ao ouvir aquilo. Mas, queria saber até que ponto iria aquele pensamento:

– Quer dizer que a senhora se separa de seu marido se descobrir que ele a trai? Não acha um desperdício jogar seu casamento fora por uma aventureira?

– Eu não disse que vou me separar, tenho obrigações sociais, minhas filhas são novas, não têm idade para casar. Não posso desfazer um lar assim, e se meu marido estiver com outra, tudo farei para que ele não nos abandone como muitos têm feito. Preciso preservar nossa imagem e o futuro de minhas filhas. O que quero dizer é que um marido deve sempre ser sincero com a esposa e dizer que não a ama mais.

– Mas, isso é impossível. Nós mulheres é que temos de tomar essa atitude, pois minha tia Isabel diz que os homens são covardes e nunca terminam uma relação.

A conversa encerrou quando perceberam que a música havia terminado e as meninas se aproximaram. Paloma convidou Denise para ir ao seu quarto a fim de mostrar alguns livros que seu pai havia lhe dado, e Lúcia foi com elas. Sozinha na sala, Elvira continuou cabisbaixa pensando em seus problemas.

Capítulo 42

Denise voltou ao castelo animada e preocupada ao mesmo tempo. Ficou feliz em saber que Gilberto não estava mais tendo boa vida conjugal com a esposa, mas por outro lado, Elvira mostrou-se forte e não estava disposta a facilitar uma separação. Àquela hora não havia ninguém no castelo e certamente Maurício estaria fazendo a corte à Fabiana Coutinho, filha de uma viúva, cujo marido havia falido e deixado as duas cheias de dívidas. Maurício a conheceu numa das festas do castelo e se apaixonou perdidamente. Mas, Fabiana era volúvel e dormia com quem aparecia, via nos homens uma forma de conseguir dinheiro e com certeza só via em Maurício sua boa fortuna. Ainda assim, ele estava apaixonado e não era ela quem iria lhe tirar a felicidade.

Sentindo-se cansada, Denise chamou sua aia e pediu que lhe trouxesse um lanche leve, pois queria logo dormir. Foi tirando a roupa e quando estava praticamente despida, percebeu que alguém entrou no quarto. Assustou-se quando concluiu tratar-se de Wladimir.

– O que quer aqui? Fora! Eu o odeio!
– Calma, Denise, quero apenas abraçá-la.
– Saia daqui, seu ser asqueroso!

Capítulo 42

Wladimir, estimulado pelo insulto que recebera, partiu para cima dela com violência. Retirou um lenço que estava no bolso, embebido de substância sonífera, e tapou com ele o nariz de Denise. Logo, a moça estava desmaiada. Wladimir pegou-a no colo, colocou-a em cima da cama e ficou admirando seu belo corpo. Uma excitação sexual fora do comum tomou conta de seu ser e ele foi tirando as peças de roupa que restavam na moça e em seguida despiu-se também.

– Hoje será minha!

Wladimir partiu para cima dela quando ouviu a voz grave de Lúcio:

– Mais um passo e eu o mato como a um cão.

Ele estremeceu e percebeu que estava perdido.

– Perdoe-me, Lúcio! Perdoe-me esse ato de impulsividade. A paixão por sua sobrinha tomou conta de meu ser e de meus pensamentos.

Logo atrás, vinham a aia de Denise e Isabel, com feições coléricas:

– Você ia abusar de minha sobrinha se não fosse Felisberta correr a me avisar que o vira entrar no quarto. Bem que ela já havia me dito que você a perseguia pelo castelo! Como não pude ver isso antes? Será punido com a morte no lago dos crocodilos.

Wladimir estremeceu, não queria morrer daquele jeito. Pediu clemência:

– Senhor Lúcio, não deixe que a senhora Isabel mate-me desse jeito. Servi à sua tia durante toda minha vida, sempre quis o bem de vocês, salvei a vida de Isabel quando ela estava sendo perseguida pelo espírito de Pedro. Em nome desse ato, deixem-me livre. Sei que me deixei levar por uma paixão doentia, mas se me deixar livre da morte, prometo ir embora para sempre e nunca mais verão meu rosto.

Lúcio abaixou a arma e disse:

– Em nome de ter servido à minha tia com tanto desvelo durante tantos anos e, principalmente, por ter salvado minha mulher da morte, não posso matá-lo, mas arrume todas as suas coisas e vá embora ainda esta madrugada. E nunca mais apareça aqui, nunca mais!

Wladimir saiu de cabeça baixa segurando as roupas com as mãos, e logo Felisberta correu para cobrir Denise. Minutos depois, ela acordou gritando:

– Saia daqui, seu monstro! Socorro!

– Calma, Denise! Ele não está mais aqui, foi embora para sempre – disse Isabel, alisando seus cabelos com carinho.

Ela foi se acalmando e, vendo que Lúcio e Felisberta também estavam lá, acalmou-se completamente.

– Foi horrível, tia. Ele queria abusar de mim, por favor, mande-o embora.

– Fique tranquila, Denise – disse Lúcio, com calma. – Isabel queria matá-lo jogando-o para os crocodilos, mas ele implorou pela vida, lembrou dos anos em que serviu à minha tia Helena e de ter salvado a vida de Isabel quando ela estava obsidiada por Pedro. Eu não podia matar um homem que salvou a vida de minha mulher, por isso dei-lhe a vida em troca de sua partida do castelo para sempre. Ele possui muitos recursos, viverá muito bem longe daqui.

Fundo suspiro de alívio partiu do peito de Denise.

– Obrigada, tio.

Vendo que ela precisava comer alguma coisa e dormir, Isabel e Lúcio saíram do quarto deixando-a a sós com a aia. Estava encerrada ali mais uma etapa na vida de Denise, mas um dia Wladimir ainda voltaria para cobrar seu amor.

Uma noite Denise passou mal e Isabel, preocupada, mandou chamar o Doutor Venceslau. Assim que o velho médico chegou, foi perguntando:

– O que a menina sentiu?

Capítulo 42

— Estávamos todos jantando quando, de repente, ela sentiu uma tontura forte e desmaiou. Quando acordou continuou tonta e sentindo náuseas. Olhe como está pálida.

O médico experiente a observou e começou a examiná-la. O pulso estava normal, a respiração também. Apalpou o ventre de Denise demorando-se mais que o habitual e, dando por encerrado o exame, disse para Isabel:

— Meus parabéns, sua sobrinha está grávida.

Isabel teria caído se Lúcio não a tivesse segurado, tamanho susto que sentiu. Perguntou trêmula:

— Grávida? O senhor tem certeza?

— Sim, senhora, e pelo que pude observar, já está com quase dois meses de gestação. Como a senhora nunca percebeu?

— Não vi nada, nem Denise me disse que estava sentindo algo diferente.

— Bem, ela não tem doença alguma, o que precisa é se alimentar melhor agora e tomar algumas vitaminas. Tenho alguns frascos comigo. Vou receitar para que ela tome nos horários certos – ele fez a prescrição e enquanto escrevia, disse contente. – Como é bom dar uma notícia dessas, aposto que o marido ainda nem sabe.

Isabel nada disse. Doutor Venceslau era médico de província e pouco ou nada sabia da vida dos moradores de castelos. Não disse nada e assim que pagou a receita e viu o médico sair, olhou para Lúcio, que tinha os olhos em brasa, e disse:

— Perdoe-me, meu amor, mas escondi um fato grave que vinha acontecendo com nossa querida Denise.

— Não vá me dizer que ela está grávida de Wladimir. Isabel, eu não perdoo você se isso for verdade.

Ela estremeceu, a última coisa que queria era ficar mal com Lúcio.

— Não, felizmente não é de Wladimir, é de... é de...

Vendo que a tia sentia medo de falar, Denise adiantou-se:

— Estou grávida do homem que amo: Gilberto de Menezes.

Lúcio empalideceu:

— Como? Será que ouvi bem? Você está grávida do meu amigo Gilberto de Menezes?

— Ele mesmo, casado com Elvira e pai de Paloma e Lúcia.

— Você é uma doidivanas mesmo! Vai apanhar agora para ver o que é bom.

Não adiantou Isabel pedir. Lúcio tirou grosso cinto de couro da cintura e partiu para cima de Denise batendo-lhe com força, deixando vários vincos em sua pele branca. Contudo, algo inusitado aconteceu. Quanto mais apanhava do tio, mais Denise ria. Vendo o cinismo da sobrinha, Lúcio se encolerizou ainda mais:

— Quer que eu bata com a fivela em seu rosto e a deixe marcada para sempre? Como ousa me desafiar desse jeito?

— Calma, Lúcio, perdoe Denise, ela é uma moça inconsequente como nós fomos um dia – pediu Isabel, em lágrimas.

— E a culpa é sua que a criou com toda liberdade, não venha pedir por ela agora, cale-se ou apanha também.

Isabel irritou-se:

— Homem nenhum põe a mão em mim, nem você. Quero ver se tem coragem.

Isabel foi para frente de Denise e disse:

— Bata agora, quero ver se vai ter coragem. Vamos!

Isabel dominava Lúcio com facilidade e ele, vencido, abaixou o cinto.

— Por que você foi fazer isso conosco, Denise? Tanto rapaz jovem para você se relacionar, tantos homens bons e livres e você foi ter caso logo com Gilberto?

— Tio, ninguém manda no coração. Apaixonei-me por Gilberto assim que o vi em minha festa de quinze primaveras. Que culpa tenho se é casado?

— Tem culpa de ter se deixado levar por uma paixão adolescente. Ele não é homem para você, tem idade para ser seu pai.

······· *Capítulo 42* ·······

– Não importa, é ele que amo. E eu estava sorrindo não era do senhor, mas da felicidade em saber que terei um filho do homem que mais amo no mundo.

Lúcio olhou para Isabel e disse:

– Não vou me envolver com isso, resolva você, a sobrinha é sua.

Retirou-se do quarto deixando as duas a sós.

– E agora? Temos de abortar essa criança – disse Isabel, com senso prático.

– Nunca! A senhora enlouqueceu? Essa é a chance que tenho de tirar Gilberto para sempre dos braços daquela infeliz da Elvira. Não perderei por nada essa oportunidade. Além de tudo, é um filho dele comigo, já o amo muito, tanto a ponto de jamais ter coragem de tirá-lo de dentro de mim.

Isabel balançou a cabeça negativamente. O que faria com Denise? Seria uma vergonha para a família dela. Mesmo tendo dinheiro e riqueza, não poderia deixar que ninguém soubesse o que estava acontecendo. Temia que o futuro de suas duas filhas, Alda e Zélia, fosse comprometido. Pensou um pouco e disse:

– Vou falar com Gilberto e verei a melhor maneira de fazê-los ir embora daqui. Não poderão ficar em Portugal.

– Mas por quê? É aqui, onde nasci, que desejo viver com ele.

– Isso será impossível – disse Isabel, determinada. – Você foi desonrada por um homem casado e está grávida dele. Tenho-a como filha, mas se der guarida a vocês dois em meu castelo ou em qualquer outro lugar de Portugal, a nossa reputação está perdida. Os costumes estão se abrindo, mas muita coisa ainda permanece igual. Eu criei você junto com minhas filhas, tenho certeza de que, se ficar aqui, nenhuma delas terá bom futuro. Desejo para Alda e Zélia excelentes casamentos, e se eu e Lúcio dermos apoio a uma situação dessas, elas terminarão solteironas. Por isso, resolverei tudo com Gilberto e providenciarei para que deixem Portugal e vivam suas vidas felizes em outro lugar.

— Mas, tia...

— Nem um mas! Você pensa que viver aqui tendo causado a destruição de um lar, grávida de um homem casado, será fácil? Sua situação já é difícil, mas você foi abandonada pelo seu pai quando estava ainda na barriga de sua mãe, o que ameniza as coisas, mas ninguém vai querer unir seus filhos aos filhos que vocês vão ter, frutos de um adultério e da destruição de um lar. Acorde para a vida, Denise! Vou providenciar um lugar onde poderão viver felizes para sempre sem a sombra negra do preconceito. Enquanto isso, fique aí com Felisberta e não saia desse quarto.

Muito feliz, Denise abraçou e beijou a aia com alegria. Logo, Maurício entrou no quarto dizendo:

— Ouvi tudo atrás da porta, que bom que tudo está acontecendo para lhe favorecer.

— Isso é ótimo, Maurício. Quero que você jogue as cartas para mim, vou ver até onde vai tudo isso.

— Já as trouxe, vamos lá.

Maurício tirou um volumoso maço de cartas de dentro de pequena sacola e as separou. Em seguida, deu à Denise e pediu que ela embaralhasse pensando no que queria saber. Quando ela terminou, cortou em três partes e Maurício tirou sete cartas.

O rapaz pareceu entrar em transe, foi falando as coisas que já haviam acontecido até que, em determinada carta, deu uma pequena pausa e prosseguiu:

— Você vai embora daqui para sempre e será muito feliz. Irá além mar, viverá no meio da natureza e dos brilhantes e terá um lindo menino.

Denise emocionou-se:

— Para onde vou?

— Não sei, só sei que é um lugar muito bonito, próspero, onde Deus abençoou com a natureza.

Maurício saiu do transe e leu as últimas cartas, dizendo que o que ela iria fazer certamente magoaria muitas pessoas que ficariam com ódio dela por muitos e muitos séculos. Denise estremeceu com um pouco de medo, mas depois pensou:

– Azar de quem ficar com raiva, o que importa é que serei feliz.

O jogo havia terminado e eles, alegres, foram comentar o conteúdo das cartas e falar de Fabiana, cuja mãe havia aceitado seu pedido de casamento e dado a mão da filha. Quando a conversa pareceu se encerrar, Denise, com olhos diabólicos, pediu:

– Amanhã preciso ir à casa do Gilberto e você irá comigo.

– Fazer o que lá? Não acha que está na hora de acabar com essa amizade? Quando elas souberem o quanto você é falsa, nunca a perdoarão.

Ela, fingindo, disse:

– É isso mesmo que farei. Eu me afeiçoei muito à Paloma e à Lúcia, amanhã irei me despedir, dizendo que farei longa viagem e provavelmente nunca mais as verei.

– Está louca? Logo elas saberão que o pai irá partir com você.

– Não! Elas não saberão de nada. Tia Isabel não vai deixar que nossa sociedade saiba que fui embora após ter destruído um lar. Com certeza, encontrará um meio de fazer com que Gilberto abandone a família sem dizer nada sobre mim.

Maurício acreditou naquilo e concordou:

– Nesse caso vou com você.

– Agradeço muito, meu primo, pois não me deixariam sair sozinha e com você diremos que vamos à casa de Fabiana.

– Não gosto de mentir para meus pais.

– Não precisa se preocupar, ninguém vai saber.

Combinados, os dois primos continuaram a conversar acerca de suas vidas.

Capítulo 43

Isabel chegou ao quarto e encontrou Lúcio deitado, olhos fixos no teto, e falou:
— Não adianta ficar aí remoendo os problemas, precisamos dar uma solução para eles e é já!
— É nisso que estou pensando e não encontro saída. Não podemos falar isso para Rosa Maria, pois ela e tia Elisa, além de acharem maravilhosa a gravidez, ainda espalharão para todos os homens que frequentam aquela quinta maldita.
— Não pensei em falar com elas, estou pensando em obrigar Gilberto a abandonar a família e ir embora com Denise para outro lugar. Aqui é que ela não pode ficar, pois comprometerá a reputação das nossas filhas que estão ficando mocinhas.

Lúcio sentou-se na cama e olhou a mulher fixamente:
— O que você acha que devo fazer?
— Sei que o Gilberto pediu-lhe altos empréstimos para resolver problemas da fazenda do pai. Como anda esse negócio? Ele já os pagou?
— Qual nada, pediu-me outro recente. Se eu soubesse que estava aliciando minha sobrinha, o tinha expulsado daqui a pontapés.
— Nada disso, foi muito bom você emprestar mais. Deixe-me ver onde estão as promissórias.

Capítulo 43

Lúcio, sem entender bem o que a mulher iria fazer, foi com ela para o gabinete, abriu uma das gavetas e mostrou as promissórias de Gilberto a Isabel. Ela as olhou por um tempo e seus olhos brilharam ao dizer:

– Você acha mesmo que Gilberto terá condições de pagar tudo isso um dia? São valores exorbitantes, se você protestar, ele ficará totalmente na ruína.

– É verdade, mas os bons juros que ele me paga todo mês já são uma fortuna.

– Mas ele não paga o capital que é altíssimo. Nem que ele venda tudo que tem, conseguirá pagar isso aqui – jogou o calhamaço sobre a mesa com violência. – Por que ele pediu tanto dinheiro?

– O velho Cordeiro de Menezes já devia a muitos agiotas. É viciado em jogo e devia uma fortuna. Foi por isso que ele começou a me pedir dinheiro. Um dos jogadores estava jurando o pai de morte. Depois disso, vieram os problemas da fazenda e a doença da mãe, a senhora Amélia. Tudo isso somando dá essa pequena fortuna.

Os olhos de Isabel brilharam. Tudo estava resolvido. Disse ao marido:

– Você vai chamar Gilberto aqui amanhã e vai dizer que, se ele não abandonar toda a família e partir para longe com Denise, você irá protestar a dívida e ele ficará na ruína total, pois se vender tudo o que possui, mesmo assim ainda ficará devendo.

– Mas isso é muita maldade, Isabel. Você está usando de coerção, destruindo um lar através do dinheiro. Não tem medo da justiça divina?

– Ora, não me venha com essa! Desde quando? Não tenho medo de nada! O que importa é que amo Denise como se fosse minha filha e tudo farei para vê-la feliz, não importa os outros. Se você não fizer isso, eu mesma farei.

Lúcio conhecia Isabel o suficiente para saber que ela só ficaria satisfeita quando fizesse o que pretendia. Mas ele era digno, não achava justo agir daquele jeito, por isso disse:

— Deixo isso com você. Amanhã eu mando chamar Gilberto aqui e você mesma conversa com ele. Quero ficar longe dessa sujeira.

Lúcio saiu deixando Isabel sozinha com seus pensamentos, sem perceber que era auxiliada por espíritos inferiores que a conduziam em cada ato. Depois de muito pensar, voltou para o quarto e, ao ver o marido, esqueceu-se de tudo o mais e mergulhou numa intensa noite de amor.

Pela manhã, enquanto Gilberto aprontava-se para ir ao Castelo de Vianna, atender a um chamado de Lúcio, Denise, toda vestida de preto, saía de carruagem com Maurício dizendo à tia que iam visitar Fabiana. Isabel, de tão preocupada em resolver logo aquela situação, não pestanejou em permitir a saída dos jovens, até porque não queria arriscar que Denise e Gilberto se encontrassem ali.

Dentro da carruagem, Maurício comentou:

— Não sei para que se vestir toda de preto. Parece que vai a um velório.

— Mas é isso que essa visita significa para mim: a morte de uma linda amizade – fingiu Denise.

Ambos não falaram mais nada durante o trajeto, e quando entraram em Lisboa, Denise pediu que o cocheiro fosse até uma banca de flores no meio de uma praça. Lá chegando, ela desceu e comprou o maior e mais bonito buquê de rosas que encontrou. Voltando à carruagem, Maurício indagou:

— Para que essas flores?

— Quero deixá-las como prova de minha amizade.

Maurício estava estranhando tudo aquilo, mas nada disse. Algo lhe dizia que Denise iria aprontar alguma e ele já estava arrependido de ter ido com ela. Mas era tarde, teria de ir até o fim.

Quando chegaram, ela fez questão de que o primo entrasse. Abraçou Elvira, Paloma e Lúcia e em seguida disse:

— Trouxe essas flores para vocês, como prova de meu amor e amizade.

Capítulo 43

— Oh! Que rosas mais graciosas! – emocionou-se Elvira. – Mandarei Arminda colocá-las no vaso agora.

A aia veio em seguida, pegando o buquê e colocando num dos vasos da cristaleira.

— Vamos sentar, Denise, fico feliz que tenha trazido seu primo.

— A felicidade é toda minha, senhora – disse Maurício, sentindo que Denise estava ali para afrontar aquela família.

— Não vamos sentar, senhora Elvira, na verdade vim aqui me despedir de vocês e lhes dar uma ótima notícia.

— Despedir? – disse Paloma triste. – Logo agora que já estamos tão amigas?

— Você não pode ir embora, Denise, nós gostamos muito de você – tornou Lúcia, inocente.

— Eu preciso ir embora de Portugal, mas a notícia boa é que estou grávida.

O coração de Maurício acelerou naquele momento e se ele pudesse, partiria para cima da prima fazendo-a se calar, mas sabia que não havia jeito. A destruição estava feita. Elvira exultou:

— Mas que bom que está grávida! Por que não nos contou que estava namorando e cometeu o erro de se entregar antes do casamento? Eu iria entender e minhas filhas também, afinal ensino-as a serem compreensivas com os erros dos outros.

Denise fingiu não ouvir aquilo e disparou:

— Eu estou grávida de Gilberto.

Elvira não entendeu:

— Como assim? Grávida de Gilberto? Seu namorado também se chama Gilberto?

— Estou grávida de seu marido – disse com voz sibilante de ironia.

Elvira riu:

— Mas que brincadeira é essa, Denise? Não sabia que tinha tanto senso de humor.

— Pensa que estou brincando, velha nojenta? Este filho que está no meu ventre é fruto do amor apaixonado e profundo que tenho por seu marido. Aliás, seu por pouco tempo, porque em breve ele abandonará você e suas filhas esquisitas para ficar só comigo, a única mulher que ele ama de verdade. Não sei como um dia Gilberto conseguiu se deitar com uma mulher tão horrorosa como você.

— Pare com isso, Denise, você foi longe demais — pediu Maurício, segurando-a pelo braço.

Denise prosseguiu enquanto Elvira, chocada e tendo Lúcia e Paloma ao seu lado, ouvia sem querer acreditar:

— Diga para elas, Maurício, diga se estou mentindo. Faz mais de um ano que eu e Gilberto nos amamos. Tive de me sujeitar a me encontrar com ele, às escondidas, em vários lugares indignos para uma moça feito eu, só para proteger vocês. Mas agora acabou, o papaizinho de vocês será pai de meu filho! Meu filho, entendeu?

Vendo que elas nada diziam, apenas choravam, Denise prosseguiu:

— Se ainda duvidam, esperem até ele chegar e perguntem. Perguntem tudo, inclusive para onde ele ia quando saía às quartas e sextas-feiras à noite dizendo estar fazendo parte de uma associação rural. Só umas dementadas quanto vocês para acreditarem mesmo nisso.

Paloma estava indignada e, entre soluços de choro, perguntou:

— Por que usou nossa amizade? Por que nos enganou dessa forma? Você é um monstro, Denise, e enquanto eu viver, guardarei ódio de você. Nunca a perdoarei e tudo farei para que meu pai, que tanto amo, nunca seja feliz com você.

Denise zombou:

— E você acha que pode fazer o quê? Nós vamos embora daqui para sempre, para um lugar que sequer você imagina que exista. E olhe, não vou mais perder tempo com vocês. Morram afogadas em suas próprias lágrimas! Adeus!

Capítulo 43

Denise ia saindo, quando Paloma bradou:
– Maldito seja esse ser que carrega no ventre!
Denise voltou com muito ódio e deu-lhe um tapa tão violento no rosto que a moça caiu com força no chão.
Saiu com Maurício em direção à carruagem, e sob protestos do primo foram embora, deixando para trás pessoas magoadas e machucadas que carregariam, por séculos, muitas feridas na alma.

Capítulo 44

Enquanto isso no castelo, Gilberto era conduzido por Bóris ao gabinete onde Isabel se encontrava sentada feito uma rainha. Depois de pequena reverência, ela fez com que ele se sentasse à frente.

– Já sei de tudo, Gilberto. Sei que envolveu e deflorou minha sobrinha Denise. Agora terá de reparar o erro cometido.

– Não foi bem assim, Denise quis tudo quanto eu.

– Não quero ouvir suas desculpas. Vou ser clara. Denise te ama, está grávida de você e você terá de abandonar sua esposa e ir embora deste país para viver com ela para sempre.

O coração de Gilberto acelerou-se gostosamente ao ouvir que Denise estava grávida dele. Que emoção! Ele a amava mais que tudo e naquele momento muito mais ao saber que lhe daria um filho. Ficou tão emocionado com a notícia da gravidez que nem ouviu o restante da conversa:

– Perdão, senhora, não ouvi o resto.

– Notei que gostou de saber que Denise está grávida, então repetirei com prazer: você terá de abandonar sua família e ir embora de Portugal com Denise.

Ele se assustou:

Capítulo 44

— Mas não posso fazer isso, senhora. Amo Denise mais que tudo na vida, mas como homem de sociedade, jamais poderei abandonar minha família.

— Ah, e você pensava que iria viver para sempre tendo minha sobrinha como concubina? Será mesmo que passou pela sua cabeça que eu, Isabel de Alcântara, iria permitir?

— Eu não pensava em tê-la para sempre como concubina. Já não tenho mais nada com minha mulher, nunca a amei, mas amo minhas filhas. Por elas eu pretendia viver com Denise, tendo ela um lar onde pudesse viver dando assistência às duas. Assim que minhas filhas encontrassem um bom casamento, eu me separaria de Elvira e viveria com Denise definitivamente.

— Pois, essa gravidez de Denise só veio adiantar as coisas. Você não mais poderá esperar suas filhas se casarem, terá de ir embora o mais urgente possível.

— Mas a senhora há de convir que não posso...

Isabel interrompeu com rispidez:

— Cale-se, você não está em condições de dizer nada, olhe isso aqui — dizendo isso, atirou as promissórias em seu rosto, e ele as pegou assustado. Olhou para elas durante algum tempo e disse:

— Mas eu vou pagar tudo isso, é uma questão de tempo, o Lúcio compreende e...

Mais uma vez ela interrompeu:

— Meu marido compreende, mas eu não, e ele deixou esse caso para eu resolver. Sei que pela rapidez com que olhou esse calhamaço não deu tempo de somar, mas eu já somei e sei que, mesmo que venda todas as suas propriedades, não conseguirá pagar nem a metade.

Gilberto sentiu que estava nas mãos daquela mulher. Por isso disse:

— Diga o que devo fazer.

— Inteligente você, já entendeu! Se não deixar tudo e for embora com Denise, mandarei Lúcio protestar todas essas promissórias de vez e você perderá tudo e ainda será preso. Caso me obedeça, Lúcio venderá suas propriedades e lhe dará o dinheiro para que comece sua vida com Denise fora daqui.

— E onde ficarão meus pais, minha mulher e minhas filhas?

— Pensasse nisso antes de cometer a loucura de engravidar minha sobrinha.

— Mas, por que o Lúcio não compra minhas propriedades e permite que eles vivam nelas?

— Simplesmente porque não quero nosso nome envolvido nisso. Não quero que saiam por aí dizendo que Lúcio comprou o que era seu, o ajudou a fugir com minha sobrinha e por remorso ainda ajuda sua família. Não quero nosso nome envolvido nessa situação imoral, tenho brios e duas filhas para casar, entendeu?

— Então, prometa vender a uma pessoa rica como vocês que os deixem morar lá e viver da terra.

— Não prometo nada, venderemos a um desconhecido. Agora assine aqui essa procuração.

Gilberto tremia todo, mas o olhar inquisidor de Isabel fez com que ele assinasse.

— Está tudo como a senhora quer. Agora já posso ir?

— Ir? Ir para onde? — perguntou Isabel, zombeteira. — Daqui você só sai para outro país. Guardas, prendam esse homem na masmorra.

Dois homens fortes e musculosos invadiram o recinto e levaram Gilberto embora. Desceram várias escadas e o jogaram numa cela. Gilberto, vendo-se naquele lugar, sozinho e coagido, começou a chorar sentidamente. Não gostava da esposa, mas amava as filhas e não queria partir assim, sem ao menos se despedir, entretanto, seria forçado. Lembrou-se dos velhos pais, sozinhos e no meio da rua. O que seria deles? Chorou muito e por muito tempo, mas depois de um período, começou a pensar que seria bom para ele sair dali para sempre. Amava Denise e era com ela que pretendia viver o resto de seus dias. Suas filhas já estavam grandes e logo

Capítulo 44

teriam seus maridos, e Elvira teria de se virar e refazer a vida. Mas onde? Para onde elas iriam quando a casa e as propriedades fossem vendidas? Pensando nisso, Gilberto voltou a chorar baixinho.

Quando Denise chegou ao castelo, foi chamada por Isabel no gabinete, que foi logo dizendo:

— Sua vida já está resolvida. Partirá amanhã daqui com Gilberto para sempre. Será muito feliz.

Abraçou a sobrinha com carinho, enquanto Denise enchia os olhos de lágrimas.

— Obrigada, tia! Não sei o que seria de mim sem a senhora. Mas como resolveu tudo tão rápido?

Isabel fez com que ela se sentasse em seu colo e alisando seus cabelos, foi contando tudo. Denise muito se alegrou pela astúcia da tia. Sentia Gilberto muito reticente quando falava em separação e ela temia que pudesse ser sua amante para sempre. Claro que faria muitas armações para separá-lo da família, mas reconhecia que só uma jogava pesada como a de Isabel é que faria com que se separasse definitivamente. Ao final, beijou a tia:

— Tudo o que a senhora fez foi perfeito, menos colocá-lo na masmorra.

— Mas ele pode sair e voltar para casa.

— Como ele vai sair desse castelo? É impossível e a senhora sabe disso.

— É impossível a ele sair, mas pode se esconder por essa imensa propriedade e nos dar trabalho. Noto que Gilberto quer fazer de tudo para se despedir da família e isso não podemos permitir. É o nosso nome familiar que está em jogo. Deixe-o preso lá. É só até amanhã no final da tarde.

Denise estava curiosa:

— Posso saber para onde está nos mandando?

— Para uma de nossas colônias, o Brasil. Lúcio ganhou um lote de terras na capitania de Minas Gerais em troca de uma grande dívida. Lá tem uma imensa fazenda, cercada por natureza virgem e muitos locais de mineração. Além do dinheiro das propriedades que Lúcio vai vender, terão muito para começar uma vida digna, rica e próspera. Lá serão senhores de minas de ouro, pedras preciosas e muitos escravos.

Denise era só sorrisos de felicidade. Em seu profundo egoísmo, não queria nem saber qual seria o fim de Elvira, Paloma e Lúcia, muito menos dos velhos Cordeiro e Amélia. Para ela, seria um alívio se livrar de todos eles e viver feliz em meio à natureza, ao lado do filho amado e do futuro marido que amava mais que tudo na vida.

Isabel prosseguiu:

– Lá vocês se casarão com a bênção do primeiro padre que aparecer e ninguém saberá que são adúlteros. Agora, vá rápido cuidar de arrumar sua bagagem, o navio sairá amanhã às cinco em ponto e não é bom que se atrase ou esqueça nada.

Denise saiu saltitante de alegria e logo chamou Maurício para ajudá-la. Era muita coisa que iria levar, inúmeros vestidos, sapatos, joias, livros, dentre outros objetos que ela fazia questão de ter consigo. Era tanta coisa que Belarmina e Maurício não estavam conseguindo dar conta. Quando fizeram uma pausa, Maurício perguntou:

– E sua mãe? Não vai se despedir dela?

Só naquele momento foi que Denise lembrou-se de Rosa Maria. Estava tão louca de felicidade que se esqueceu de tudo o mais. Fez um rosto triste:

– Amo minha mãe demais, mas creio que não dará tempo de me despedir. Deixar-lhe-ei uma carta contando tudo e pedirei à tia Isabel que, assim que for possível, mande minha mãe e tia Elisa me visitarem.

Maurício fez um ar triste:

– O castelo não será o mesmo sem você. Não sinto a mesma afinidade com minhas irmãs Alda e Zélia.

Capítulo 44

— Mas não se preocupe, sei que logo estará casado com seu grande amor e será muito feliz.

Ele sorriu:

— Sim, ela já aceitou meu pedido.

— Então, saio eu e entra a Fabiana.

Os dois primos sorriram e se abraçaram com carinho, enquanto Belarmina os chamava para continuarem a arrumar as bagagens.

Com ajuda de Maurício, Denise conseguiu chegar à prisão onde estava Gilberto. Ao vê-lo deitado, chorando e agarrado às grades, uma sensação de pena a acometeu. Correu a abraçá-lo e beijaram-se longamente por entre as grades.

— Tenha paciência, amor. Logo sairá daqui e iremos embora. Vamos para o Brasil.

— Brasil? Onde é?

— É uma das colônias de Portugal, é do outro lado do Atlântico — Denise contou tudo que esperava por eles naquelas terras e, aos poucos, Gilberto foi se animando. Era a vida que ele queria para si, não tinha dúvidas. Mas havia ainda o pai, a mãe, a mulher e as filhas, não queria deixá-los ao desamparo e à mendicância. Isso o estava deixando com o coração arrasado.

Denise se irritou ao perceber que ele pensava na família:

— Se for para continuar assim, prefiro que fique aqui com elas. Não quero um homem ao meu lado sofrendo por causa de outra.

— Você não entende, Denise. Eu iria embora tranquilo sabendo que eles ficariam amparados, mas dói meu coração saber que ficarão largados feito mendigos.

— Seu coração dói porque é de manteiga — disse Denise, irritada. — Eles que se virem. Garanto que de fome eles não morrem.

Maurício horrorizou-se com a fala da prima:

— Será que você não sente mesmo nenhuma pena deles?

— Ah, Maurício, quem tem pena é galinha...

— Não estou de brincadeiras, Denise, o assunto é sério.

— Pois, se é seriedade que você quer, aqui terá: pouco me importa o que aconteça com eles, o que importa para mim é exclusivamente minha felicidade e a felicidade de meu filho. Ora, você acha mesmo que vou permitir que meu filho viva à margem da sociedade enquanto aquelas três ficam bem e tranquilas?

— Você é muito egoísta!

— Não, eu sou igual à minha tia: prática. Ou elas ou eu.

Maurício, penalizado pela situação de Gilberto, prometeu:

— Vá em paz, Gilberto. Sei que o que mais quer é ser feliz com Denise, mas ninguém pode ser feliz deixando para trás destruições. Por isso, eu prometo que vou amparar toda a sua família. Tenho muito dinheiro e em breve estarei casado. Garanto que seus pais não passarão por nenhuma dificuldade e nem sua ex-mulher e suas filhas. Fique tranquilo.

Gilberto, chorando, agradeceu:

— Deus te pague, Maurício.

— Pois eu acho você um insensato! Deixe esse povo para lá – disse Denise encolerizada.

— Não posso fazer isso, vai contra minha consciência. Se você não está se importando, eu estou. Agora vamos, antes que mamãe nos pegue aqui.

Denise e Gilberto beijaram-se ardentemente e se despediram. Gilberto acalmou-se, pois após a promessa de Maurício, tinha certeza de que poderia partir com a consciência tranquila. Orou a Deus e agradeceu pela ajuda.

Capítulo 45

As horas passaram rápidas e o final da tarde do outro dia chegou. Gilberto e Denise, muito bem vestidos com algumas características que não os identificavam, entraram no navio e partiram rumo ao Brasil. Ao longe, Isabel e Maurício choravam enquanto eles acenavam dando o adeus. Começava para Denise e Gilberto uma nova etapa em suas vidas, marcadas pelos muitos desafios que a existência lhes proporcionaria. Desafios estes que fariam dela uma pessoa menos egoísta e dele um homem mais centrado, que saberia bem mais o que fazer da própria vida.

Assim que o navio distanciou-se, Maurício tomou seu coche e avisou aos pais que iria ver Fabiana. Eles concordaram, mas Maurício tomou outro rumo e foi até a casa de Gilberto.

Lá chegando, tocou a sineta e foi a própria Elvira quem abriu a porta. Reconhecendo Maurício, ela perguntou mal-humorada:

– O que deseja aqui além do que já fez ontem?

– Vim em paz, senhora, e não concordei com o que minha prima fez. Quero que me deixe entrar, tenho algo muito grave a lhes falar.

Elvira empalideceu:

– Você veio trazer notícias de meu marido? Há dois dias ninguém sabe dele. As meninas não param de chorar.

– Vim trazer notícias, embora não sejam boas, mas também vim oferecer ajuda.

Elvira abriu o portão e o fez entrar. Quando Maurício surgiu na sala, viu Paloma e Lúcia abraçadas, deitadas num grande divã, deixando que lágrimas de tristeza lhes banhassem os olhos.

Elvira se adiantou:

– Ele veio trazer notícias de seu pai.

– O que veio dizer? Só pode ser coisa ruim – disse Paloma, levantando-se do divã e ficando frente a frente com Maurício numa atitude desafiadora.

– Acalme-se, Paloma, eu não lhe desejo nenhum mal, vim trazer notícias de seu pai e lhes oferecer ajuda.

A um sinal da mãe pedindo calma, Paloma voltou a sentar e pôs-se a ouvir:

– Gilberto foi embora com Denise para destino ignorado.

O choque não podia ser maior.

– Não diga uma coisa dessas nem de brincadeira, por favor, diga-nos a verdade – pediu Elvira, sem querer acreditar no que ouvia.

– Mas é verdade, senhora. Gilberto devia muito a meu pai, e minha mãe o obrigou a ir embora com Denise para nunca mais voltar.

Paloma e Lúcia começaram a chorar vencidas pelos acontecimentos, pois perdiam para sempre o pai que tanto amavam, que as havia ensinado a andar, a falar, a ver as belezas do mundo. Como um homem tão bom como aquele havia caído nas garras de uma mulher sem moral, capaz de destruir um lar honrado e feliz?

Maurício prosseguiu contando como Isabel havia feito tudo de uma forma que, praticamente, obrigava Gilberto a fugir. Mas não havia como livrar a culpa dele, e por isso Elvira disse:

– Deixem de chorar, minhas filhas. Vamos levantar nossa cabeça e seguir adiante. Denise e Isabel fizeram tudo isso, mas o pai de vocês foi fraco de caráter e de vontade. Se ele não quisesse

Capítulo 45

realmente partir com ela, teria ficado e enfrentado tudo: a miséria, a fome, os trabalhos pesados, as doenças. Ele foi porque quis e nós só temos de aceitar. Ninguém pode dar além do que possui. Se o coração de Gilberto não estava mais conosco, nem nesta casa, nada mais justo que refizesse a vida. O que ele não poderia ter feito, de forma alguma, e é o que a vida um dia vai lhe cobrar com rigor, é ter-nos abandonado dessa forma. Mas não o julgo. Só Deus sabe o que vai no coração das pessoas e é só Ele quem pode aplicar a Sua Justiça com acerto. Cabe a nós aceitar e perdoar.

Paloma partiu para cima de Maurício esbofeteando-o e gritando:

— Eu jamais perdoarei, nunca! Por mais tempo que viva, nunca hei de perdoar essas duas mulheres que nos tiraram tudo. Malditas sejam!

Maurício foi obrigado a colocar toda sua força para conter os tapas que Paloma desferia sobre sua face. Finalmente, quando a conteve, a moça foi ao chão, chorando muito, sendo acompanhada pela irmã que, igualmente sentida e triste, chorava baixinho.

Quando percebeu que elas estavam mais calmas, Maurício tornou:

— Não vim aqui apenas para isso, vim oferecer minha ajuda. Prometi a Gilberto que nada havia de faltar a vocês e aos velhos Cordeiro e Amélia. Não sei quem comprará as propriedades de vocês, mas eu possuo uma propriedade muito boa, presente de meu pai, no sul do nosso país, e posso dar para que vocês vivam bem e com dignidade. Os pais do senhor Gilberto são idosos, a dona Amélia doente, precisam de um teto e condições para viver.

Ódio surdo apossou-se do peito de Paloma que se levantou novamente, limpou as lágrimas e disse com altivez:

— Pois, não precisamos da sua esmola. Vá embora daqui e não volte nunca mais. Preferimos morrer de fome a aceitar algo que venha de sua família.

— Não diga isso, minha filha — tornou Elvira, humilde. — Nós não temos para onde ir e seus avós precisam de amparo na velhice. Não seja orgulhosa e nem egoísta, não pense só em você, nem dê valor demais à sua dor.

— Peça-me tudo, minha mãe, menos isso. Eu e Lúcia não queremos nada disso.

— Lúcia é apenas uma criança, não tem condições de escolher, não fale por ela.

— Lúcia tem quinze anos, e irá comigo para onde eu for. Se a senhora quiser receber ajuda desse homem, receba, mas nunca mais nos terá como filhas.

Elvira estava em meio a uma situação difícil. Sentia-se magoada, ferida, humilhada, mas seu coração era bom e sabia perdoar. O que fazer? Suas filhas eram novas, tinham tudo pela frente, não podia deixar que Cordeiro e Amélia, idosos e doentes, passassem a viver na sarjeta. Olhou para as filhas e não conseguia entender como elas eram tão insensíveis àquele ponto.

— Então, vocês preferem ver os avós de vocês mortos por causa de orgulho?

Paloma foi fria:

— Sim, prefiro que morramos todas nós a aceitar um centavo que seja dessa gente.

Algo dentro de Elvira se rebelou contra todo aquele egoísmo e ela decidiu:

— Pois eu aceito ir para onde você me levar, Maurício. Tenho consciência e não posso deixar duas pessoas idosas e dependentes morrerem só por causa de meu sofrimento. Aprendi que meu sofrimento não deve fazer ninguém sofrer, que meu egoísmo não pode fazer ninguém egoísta, nem minha mágoa deve servir de ponte para magoar ninguém. Se vocês duas querem ficar na rua da amargura, podem ficar. Eu já as criei, já as eduquei, sigam o caminho que quiserem.

Paloma empalideceu:

Capítulo 45

— É a senhora agora que vai nos abandonar? Já não basta o papai? Prefere os nossos avós a nós? Que tipo de mãe a senhora é?

— Sou realista. Vou para onde Maurício me levar, levarei comigo os meus sogros e cuidarei deles até a morte. Quero ter minha consciência tranquila e se vocês, com seus egoísmos em alto grau, não quiserem vir, podem ficar aqui e tratem de cuidar de suas vidas. Para pessoas idosas iguais a seus avós, a vida não dá mais chance, mas para vocês duas, tenho certeza de que muitas portas irão se abrir. Adeus.

Elvira, chorando muito, abraçou as duas filhas e seguiu com Maurício para o coche. Maurício virou-se e ainda viu as duas olhando-os pela janela. Perguntou:

— Têm certeza de que não querem vir?

Dessa vez foi Lúcia quem respondeu:

— Preferimos a morte.

Elvira olhou para Maurício e disse:

— Vamos seguir, tenho certeza de que se quiserem me encontrar, saberão me procurar.

— Não acha precipitado sair assim e deixar suas duas filhas sozinhas?

— Não, não posso ser egoísta nem trair minha consciência. Paloma e Lúcia são pessoas de coração duro e terão de aprender a perdoar com as lições duras que a vida lhes oferecerá.

— Nunca vi uma mãe agir desse modo. Parece que a senhora não tem amor por elas.

— Amar não significa se dobrar aos orgulhos e caprichos dos outros, ainda que sejam filhos. Amar não significa baixar a cabeça para o egoísmo. Amo as minhas filhas e é justamente por amá-las que as deixarei entregues a si mesmas para que aprendam com a vida o que é verdadeiramente importante. Depois não me preocupo. Paloma sabe muito bem como agir e tenho certeza de que nenhuma das duas morrerá por isso. Toca esse coche.

Maurício saiu dali sem entender bem as palavras daquela mãe, mas fez como prometera. Deixou Elvira numa hospedaria, depois foi buscar Cordeiro e Amélia e os colocou juntos. Tempos depois, sem que os pais soubessem, os levou para sua propriedade, garantindo o sustento de cada um para o resto de seus dias.

Epílogo

Levadas pelo ódio e pelo desespero, Paloma e Lúcia não viram outro caminho senão o da prostituição. Não procuraram pela Quinta dos Prazeres, pois o estabelecimento pertencia à mãe de Denise, quem elas igualmente odiavam, por isso passaram a vender os corpos por pouco dinheiro, pelos guetos e vielas de Lisboa, a quem aparecesse e pagasse melhor.

Cada homem que as tocava as fazia sentir mais ódio da vida, de Isabel e, principalmente, de Denise. Paloma, contudo, passou a gostar daquela vida de sexo fácil e era com prazer que se entregava a todos os tipos de experiências nessa área, para depois chorar horas e horas de arrependimento, sentindo-se suja e pecaminosa. Lúcia não gostava do que fazia, mas era o único meio de ter o que comer e pagar um quarto em uma taverna no Beco das Garrafas, uma espécie de pequeno prostíbulo no subúrbio da cidade.

Quanto mais elas sofriam, mais odiavam todos, inclusive a mãe, que se negou a seguir com elas. Anos depois, velhas e doentes, Lúcia e Paloma desencarnaram e foram para o umbral, onde passaram outras dezenas de anos até serem resgatadas por espíritos socorristas amorosos.

Um ano depois de chegar ao Brasil, Denise enviou uma carta para Isabel que, naquele momento, unida a Lúcio, emocionava-se com a leitura:

"Amada tia Isabel,

Jamais poderei pagar o que a senhora fez por mim, por Gilberto e pelo nosso pequeno e lindo Dionísio. Ele nasceu no final do verão e já está completando três meses. É bastante saudável e grande e sempre sorri quando conto as histórias de nossa terra natal, parecendo já conhecer todos vocês.

Como estou feliz! Aqui vivo numa casa maravilhosa, grande, cheia de muitas janelas, parecendo a quinta onde vivi meus primeiros anos. Adoro trabalhar com a plantação. Aqui no Brasil tudo floresce e vinga com facilidade. Vivo alegre em meio às plantações de milho, feijão e mandioca, uma raiz muito cultivada por aqui. A fazenda é alegre e cheia de escravos e a "escravinha" Zefa me ajuda a cuidar de Dionísio e da cozinha.

Gilberto não gosta da roça, pois seu trabalho é cuidar das minas que pertencem às nossas terras. Estamos enriquecendo cada vez mais e poderemos criar não só o Dionísio, mas todos os outros filhos que Deus nos confiar.

Às vezes, sinto remorso quando me lembro de Elvira, Paloma, Lúcia e dos pais de Gilberto, choro escondida, mas agora já não posso fazer mais nada. Gilberto também sente saudades deles, mas logo esquece, pois diz que nunca foi tão feliz em toda existência. Se a senhora puder, volte atrás e dê abrigo e vida digna a eles.

Diga à mamãe e à tia Elisa que as amo muito e nunca vou esquecer o amor que elas me deram na infância inesquecível. Como tudo era bom! Hoje sou muito mais feliz, mas reconheço que tive uma infância abençoada ao lado delas, da senhora e do Maurício.

Aquela menina mimada cresceu muito nesse pouco tempo. Aprendi a viver melhor e me tornei mais responsável, principalmente depois que Dionísio nasceu.

Quero que a senhora e o tio Lúcio sejam muito felizes e oro todas as noites para que Deus os proteja e abençoe!

Da sobrinha querida,
Denise de Menezes."

Epílogo

Isabel releu a carta e por fim olhou para Lúcio dizendo em murmúrio:

– Hoje sei que, embora não tenha sido tão certo o que fiz, foi o melhor para todos. Ela não sabe, mas já fui procurar Paloma e Lúcia pessoalmente várias vezes, mas elas me odeiam e não aceitam minha ajuda. Fico muito feliz em ter um filho como Maurício que deu amparo a Elvira e aos sogros quando eu estava envenenada pelo egoísmo. Apesar de tudo, minha consciência está tranquila e sei que um dia, de uma forma ou de outra, iremos reparar todos os erros que cometemos nesta vida. Como dizia Carlinhos e agora diz nosso filho Maurício, a vida não começa no berço, nem termina no túmulo, e nascemos e renascemos várias vezes para progredir e reparar todo o mal que fizemos. Anseio por este momento.

Lúcio, olhos brilhantes de emoção por ver Isabel melhor espiritualmente, disse:

– Acredito que esse dia chegará para todos nós. Tenho aprendido muito com meu filho e com os amigos espirituais que ele recebe e tenho a certeza de que um dia, depois de tudo isso, seremos realmente felizes.

– Nós já somos felizes, meu amor, temos um ao outro.

– Sim, somos felizes por muito nos amar, mas a felicidade só pode ser completa quando beneficia a todos os envolvidos em nossas vidas. Temos uma felicidade relativa e vamos aproveitar agradecendo a Deus por isso, mas a felicidade verdadeira só iremos conseguir quando colocarmos no lugar tudo o que, com o nosso egoísmo e orgulho, nós tiramos.

Isabel e Lúcio beijaram-se com emoção. Eles não viam, mas ali estavam, jogando-lhes energias prateadas, os espíritos de Raimundo, Margarida e Rosalinda. Esta, aproximou-se de Lúcio com emoção, alisou os seus cabelos e disse:

– Hoje sei que você sempre amou Isabel, mas eu amo você mesmo assim. Espero um dia poder compartilhar novamente de sua presença linda e acolhedora. Que Deus os abençoe!

Naquele instante, um espírito luminoso apareceu no ambiente chamando-os:

– É preciso voltar para a Colônia. Um emissário do Plano Maior disse que é hoje que vai acontecer.

Margarida e Raimundo se emocionaram:

– Como é grande a bondade de Deus, vamos lá.

Chegaram à Colônia e foram procurar Pedro que, naquela noite, reencarnaria como filho caçula de Isabel e Lúcio. Depois de mais de quinze anos, Isabel se veria grávida novamente. Havia uma preocupação no ar e o mentor pediu que todos dessem as mãos e fizessem um círculo em volta de Pedro. Assim foi feito e ele começou a orar:

"Que Deus te dê coragem para mudar o que precisará ser mudado, força para aceitar o que não poderá ser modificado e sabedoria para saber separar uma coisa da outra".

Emocionados, todos disseram:

– Que assim seja!

FIM

O preço de uma escolha
Maurício de Castro pelo espírito Hermes

Uma trama repleta de suspense, com ensinamentos espirituais que vão nos ajudar, no decorrer de nossa vida, a fazermos escolhas certas sem prejuízo ao semelhante.

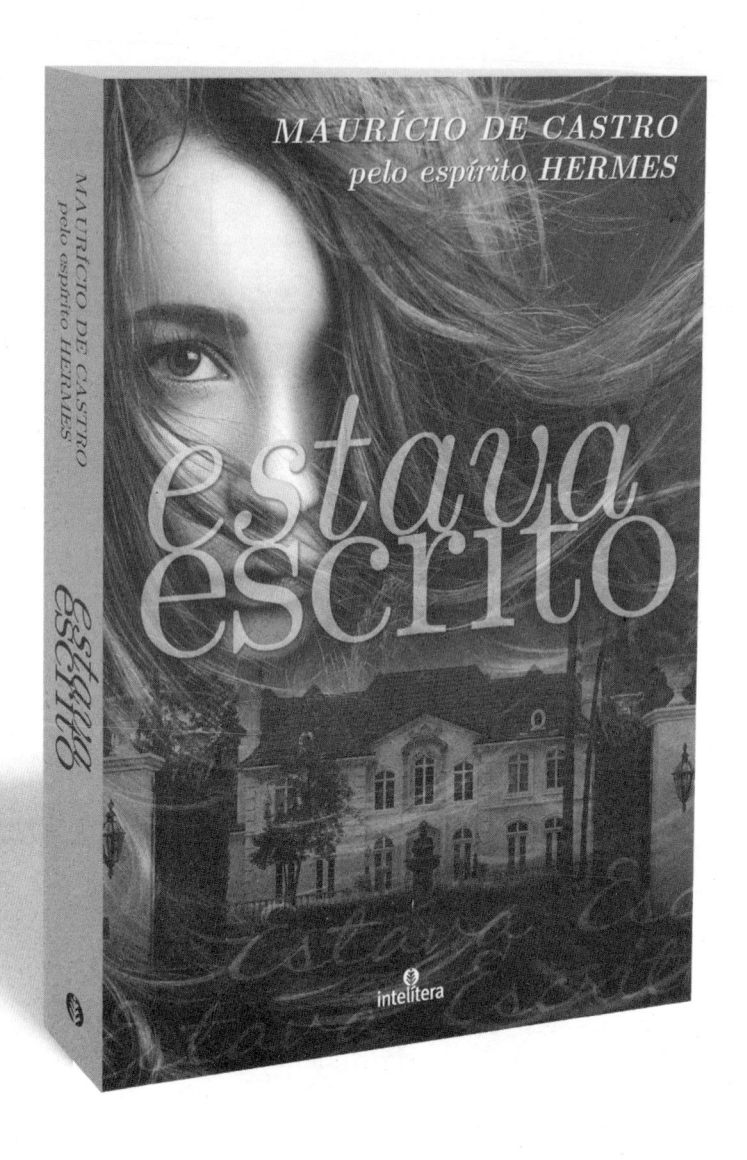

Estava escrito

Maurício de Castro pelo espírito *Hermes*

Nesse magnífico romance, que traz à tona temas fortes, polêmicos, dramas intensos e muitos ensinamentos espirituais, você se envolverá em um eletrizante enigma e junto com Helena tentará descobrir quem é o verdadeiro assassino.

Ninguém domina o coração
Maurício de Castro pelo espírito *Saulo*

A ingênua Luciana vive na mansão dos Gouveia Brandão onde a mãe trabalha como empregada. A linda jovem é perdidamente apaixonada pelo rico herdeiro Fabiano. O clima reinante na residência era de felicidade, até a chegada de Laís, mulher jovem, fútil e muito má.

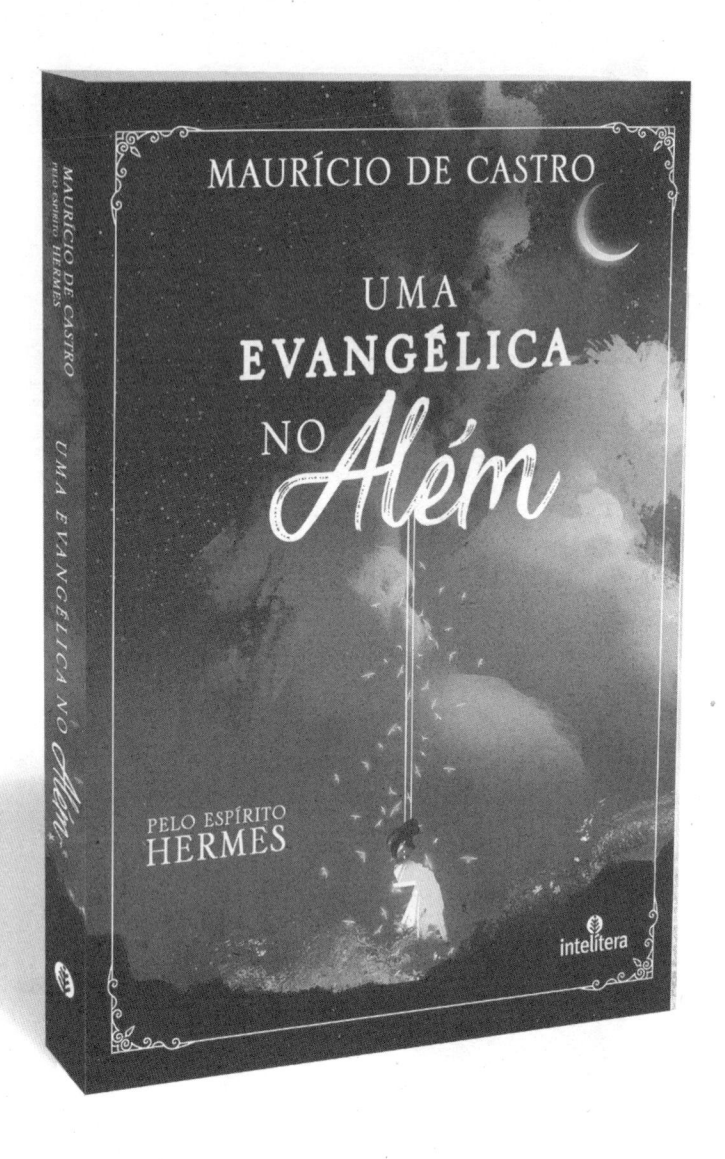

Uma Evangélica no Além
Maurício de Castro pelo espírito *Hermes*

Jéssica era evangélica convicta, e ficou adormecida por vários anos no astral, por acreditar sinceramente que seu espírito esperaria a chegada do dia do juízo final. No plano espiritual é surpreendida com um mundo totalmente desconhecido e diferente do que ela sempre acreditou.

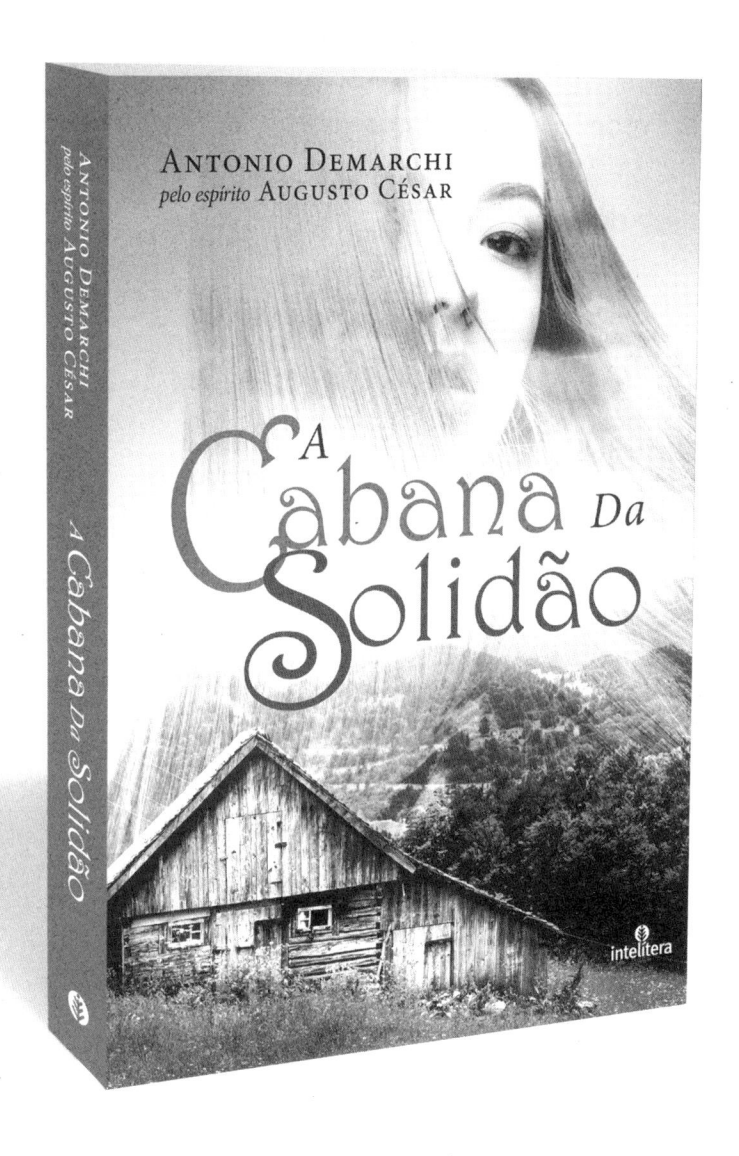

A Cabana da Solidão
Antonio Demarchi pelo espírito Augusto César

Francisca soube amar, compreender, perdoar e renunciar a tudo na vida para resgatar espíritos muito queridos que lhe eram caros ao coração. Adentre essa cabana e descubra o que um coração que ama de verdade é capaz.

Para receber informações sobre nossos lançamentos, títulos e autores, bem como enviar seus comentários, utilize nossas mídias:

intelitera.com.br
@ atendimento@intelitera.com.br
▶ intelitera
○ intelitera
f intelitera

○ mauriciodecastro80
f mauricio.decastro.50

Esta edição foi impressa pela Lis Gráfica e Editora no formato 160 x 230mm. Os papéis utilizados foram o papel Snowbright 60g/m² para o miolo e o papel Cartão Supremo 250g/m² para a capa. O texto principal foi composto com a fonte Sabon LT Std 12/16 e os títulos com a fonte Akzidenz-Grotesk BQ Light Conde 100/145.